Uma aventura a dois

THAÍS OLIVEIRA

Uma aventura a dois

Copyright © 2024 por Thaís Oliveira

Todos os direitos reservados e protegidos pela Lei 9.610, de 19/02/1998.

É expressamente proibida a reprodução total ou parcial deste livro, por quaisquer meios (eletrônicos, mecânicos, fotográficos, gravação e outros), sem prévia autorização, por escrito, da editora.

Cip-Brasil. Catalogação na publicação
Sindicato Nacional dos Editores de Livros, RJ

O52a

Oliveira, Thaís
 Uma aventura a dois / Thaís Oliveira. - 1. ed. - São Paulo: Mundo Cristão, 2024.
 384 p.

 ISBN 978-65-5988-330-1

 1. Ficção cristã. 2. Ficção brasileira. I. Título.

24-91753
CDD: 869.3
CDU: 82-97(81):27

Gabriela Faray Ferreira Lopes - Bibliotecária - CRB-7/6643

Edição
Daniel Faria

Revisão
Ana Luiza Ferreira

Produção
Felipe Marques

Diagramação
Gabrielli Casseta

Ilustração de capa
Ana Bizuti

Capa
Jonatas Belan

Publicado no Brasil com todos os direitos reservados por:

Editora Mundo Cristão
Rua Antônio Carlos Tacconi, 69
São Paulo, SP, Brasil
CEP 04810-020
Telefone: (11) 2127-4147
www.mundocristao.com.br

Categoria: Literatura
1ª edição: agosto de 2024 | 1ª reimpressão: 2025

Para todas as garotas que já se olharam no espelho e não se reconheceram. Que este livro tenha o mesmo gostinho daquele brigadeiro que você dividiu com a sua melhor amiga (e faça um sorriso bobo surgir em seu rosto quando você menos esperar, assim como a sua comédia romântica favorita).

E para a minha mãe. Aquelas conversas na cozinha após a escola, os olhos reluzentes ao ouvir minhas ideias mirabolantes (eles brilham até hoje, viu?) e os joelhos dobrados me fizeram ser quem eu sou. Te amo, mamãe. Obrigada por tanto.

"Nunca aceito conselhos! Não consigo ficar parada o dia inteiro. Também não sou uma gatinha para ficar cochilando do lado do fogo. Gosto de aventuras e vou encontrar uma."

Louisa May Alcott, *Mulherzinhas*

Uma aventura a dois

Outono

"A vida é cheia de surpresas, você nunca sabe
o que vai acontecer."

De repente 30

1

— Duzentos e oitenta e seis dias? Sério?!

O *tec-tec* dos dedos de Serena correndo pelo teclado cessaram.

— Algum problema, Mabel? — da sua mesa, a secretária me olhou por cima dos óculos brancos, a testa franzida revelando sua preocupação. Os fios negros emolduravam seu rosto moreno.

E quem não estaria preocupada? Eu tinha acabado de falar sozinha...

— Ah, nenhum — abanei a mão, as bochechas formigando.

— Tem certeza de que não quer mesmo que eu peça algo para almoçar? — a secretária do meu pai insistiu. — A reunião ainda pode demorar um pouco.

A essa altura, devia estar em casa, almoçando e assistindo a um episódio de *Gilmore Girls*, mas uma reunião de urgência com alguns fornecedores subiu na lista de prioridades do meu pai, me obrigando a gastar os bicos do meu All Star azul no piso recém-trocado.

— Tenho sim. Obrigada.

Sorri antes de voltar a atenção para o celular largado de qualquer jeito em cima da mochila. Um X vermelho marcava a caixinha "01 de janeiro de 2015": o dia em que minha vida, finalmente, mudaria!

Bem, talvez as mudanças não acontecessem no primeiro dia, mas o importante era que o ano novo traria muitas novidades. Com o fim do ensino médio, deixaria Valadares para passar uma temporada nos Estados Unidos.

Só tinha um probleminha: 2015 estava tão longe!

Abri o navegador, em que me esperava um post sobre o relato de intercâmbio de uma blogueira. Eu o tinha lido havia poucos minutos, mas meu estômago estava tão oco que as palavras se misturaram como em uma sopa de letrinhas. Quando percebi, estava checando quantos dias faltavam para terminar o ano, embora ainda estivéssemos em março...

Ansiosa, eu?

Não devia ter mentido para Serena, mas não estava a fim de perder mais tempo esperando alguém entregar meu almoço. Só queria que meu pai me contasse de uma vez por todas o que tinha a dizer. Aliás, ele não podia ter feito isso em casa?

Desde a noite passada, quando ele havia convocado a reunião familiar de emergência, eu não conseguia dedicar mais que cinco minutos de atenção ao que quer que fosse.

Depois da escola, desci do ônibus e caminhei, inquieta, pela Avenida Atlântida. Não demorei a chegar ao prédio de tijolinhos vermelhos que ocupava as últimas quadras da rua sem saída. Era ali que meu pai comandava o único jornal da cidade, o Tritão.

Argh! Tinha perdido o foco de novo.

Rolei a página até o final do post. Se as frases eram um desafio grande demais para mim, talvez as fotos incríveis de Cecília Fontes pudessem ser uma boa distração. A Quinta Avenida, o Central Park e a Ponte do Brooklyn foram cenários perfeitos para seus registros.

Não resisti! Compartilhei algumas delas no meu Tumblr. Mal podia esperar para poder postar ali minhas próprias fotos.

Meu estômago roncou, um lembrete da cratera que se abria em minha barriga. Não dava mais para esperar.

— Serena, pode avisar ao meu pai que fui para casa? — em um salto, me coloquei de pé. — A reunião está demorando demais... Se ele quiser, posso voltar mais tarde.

Mal tinha terminado de falar quando a porta da sala de reuniões se abriu. Um grupo de homens engravatados deixou o ambiente.

O primeiro deles era Sebastião, o editor-chefe do jornal. Um homem baixinho, que apesar de mal ter chegado aos 30, já dava sinais de calvície. Pelo ego e o ar de superioridade que exalava, parecia comandar um desses noticiários gigantescos, não um jornal pequeno de uma cidadezinha na Costa Verde do Rio de Janeiro.

— Olá, Mabel — ele me cumprimentou.

— Hoje não... — resmunguei baixinho. O editor conferiu as horas em seu relógio de pulso vermelho; não contive um revirar de olhos. — Ei, Sebastião. Tudo bem?

— Não podia estar melhor — ele sorriu e ajustou os óculos que já estavam perfeitamente encaixados entre seus olhos esbugalhados. — Veio assinar o contrato de estágio? Será um prazer mentorear a herdeira do Tritão.

Embora eu ainda não soubesse o que faria após o intercâmbio, tinha certeza de que o jornalismo não era minha praia. Se o jornal tivesse alguma coluna sobre música, quem sabe eu me sentisse um pouco mais atraída? Mas a seção de cultura e variedades era bem limitada.

— Ainda não — desconversei.

— Poxa! — ele levou as mãos ao coração. — Desse jeito, vai deixar Valadares sem ter a oportunidade de conhecer a redação de um dos melhores jornais de pequeno porte do país.

Exagerado...

— Meu amigo — papai atraiu sua atenção com seu vozerio imponente e o sotaque norte-americano carregado —, tenho certeza de que não faltarão oportunidades para Mabel conhecer a redação e acompanhar um pouco do seu trabalho — deu dois tapinhas no ombro do seu editor-chefe, tentando consolá-lo.

— Agora, se nos der licença, temos uma dessas reuniões de pai e filha, sabe?

— Ah, claro, chefe. Sem problemas! — Sebastião pigarreou, sem graça. Com medo de estar incomodando ou não sendo perfeito o bastante, completou: — É sempre um prazer vê-la, Mabel.

— O prazer foi meu — fui obrigada a mentir.

Confesso que prazeroso era vê-lo ir embora...

— Sinto muito, *sweetheart* — meu pai se desculpou. — Essa reunião foi totalmente inesperada... — ele me conduziu para seu escritório. — Não imaginei que fosse demorar tanto, por isso não pedi a Serena que desmarcasse.

— Sem problema, pai.

Joguei-me em uma das cadeiras acolchoadas diante da mesa de madeira de onde ele coordenava seus negócios. Entre o computador e algumas pastas, porta-retratos tinham sido perfeitamente posicionados — na maioria deles, minhas irmãs gêmeas fazendo caras e bocas.

— Já comeu alguma coisa? — papai perguntou, sentando-se em sua imponente cadeira de couro. — Falei com a Serena para providenciar o que quisesse.

— É, ela me disse, mas prefiro comer em casa.

— Mas já está tão tarde, Mabel! — papai meneou a cabeça, me repreendendo. — Sua mãe não ficará nem um pouco satisfeita.

Novidade. Quando eu a deixava?

— Ah, prefiro o almoço dela, pai... Agora que a gente pode conversar, finalmente — fiz questão de frisar —, não vai demorar muito, né?

— Certo — cruzando os braços, papai limpou a garganta. — Sabe por que está aqui?

Engoli em seco.

2

— Hum... Alguma coisa a ver com a escola? — chutei.

Minhas primeiras notas em matemática e física não tinham sido lá essas coisas. O 6,5 e o 7 poderiam arruinar meu boletim, aos olhos do meu pai. Eu já esperava a bronca desde que os professores subiram as notas no site do colégio.

— Não é sobre isso, mas sem dúvida esse é um ponto importante para conversarmos também — ele ponderou.

— São só as primeiras provas, pai. O ano mal começou.

— Dar o seu melhor não tem a ver com datas... — papai arqueou uma das sobrancelhas de um loiro areia. — Enfim, conversaremos sobre isso depois. *One thing at a time.*

— Ok — respondi a contragosto.

Meu humor parecia ter sentado em um carrinho de montanha-russa, e descia desgovernado.

— Sabe me dizer quando foi a última vez que fizemos algo divertido em família, filha? — indagou.

— Ah, sei lá — dei de ombros.

Ele coçou a barba que cobria boa parte do seu rosto.

— Não saber a resposta para essa pergunta não te incomoda?

— Não... — afirmei, sem saber aonde ele queria chegar com aquele papo.

— Bem, a mim e a sua mãe incomoda muito. Já notou que você tem passado a maior parte do tempo enfurnada no quarto, assistindo alguma coisa na tevê ou com os olhos presos nesse celular? — ele indicou o aparelho em meu colo.

Ah, de novo isso? Aff.

— Pai...

— Só sai daquele quarto para ir à escola ou dar uma volta com a Celina — prosseguiu, me impedindo de persuadi-lo. A voz se tornando mais séria a cada palavra.

— Lin — corrigi. — Ela detesta ser chamada assim, lembra?

Ele apenas me ignorou.

— Você não tem mais tempo para conviver com a gente, conversar com sua mãe ou brincar com as suas irmãs. Aliás, anda muito sem paciência com elas, não?

Blá-blá-blá.

— Fala sério, pai! As gêmeas estressam qualquer um — resmunguei.

— Elas são pequenas, Mabel. Precisam da nossa paciência e atenção para ensiná-las — disse ele, protegendo-as, como sempre. — Minha preocupação não é que você perca a calma com suas irmãs de vez em quando, isso é normal, mas sim que aconteça sempre. Você não demonstra interesse em conviver com as pessoas que mais te amam. Isso é muito preocupante.

Incrível!

Se nossa família fosse um sistema solar, Anna e Alice seriam o Sol, com certeza. Eu estava cansada de ter que orbitar em torno delas.

Senti meu estômago queimar, a raiva se alastrando por suas paredes vazias. Do outro lado da mesa, meu pai analisava minhas reações.

— E o que mais? — ousei perguntar, cansada do seu olhar crítico.

— O que tenho para te pedir hoje não é muito difícil. Quero que passe mais tempo com a família, só isso. Dê atenção a suas irmãs, ajude sua mãe, fique menos tempo naquele quarto. *Be present.*

Quê? Eu não podia acreditar.

O que ele queria? Uma dama de companhia?!

— Você vive nos lembrando que este é o seu último ano em casa, então por que não aproveitá-lo melhor? Escute... — ele fez um suspense. — Durante o intercâmbio, sentirá mais saudades do que imagina — seu tom dramático quase me fez acreditar.

Mas eu duvidava. Seria incrível sair a hora que eu quisesse, ter liberdade para decidir aonde ir e não ter de abrir mão de assistir a minha série favorita na maior tevê de casa para dar play em alguma animação pela trigésima vez no dia...

— A gente não podia ter conversado isso em casa, pai? — mudei a direção da conversa.

— Tem sido difícil falar com você ultimamente. Pensei que marcar uma hora na sua agenda seria mais fácil do que torcer para encontrá-la com disposição para me ouvir.

— Se o senhor passasse mais tempo em casa, talvez me encontrasse mais disponível — deixei escapar.

O sangue se espalhou por suas bochechas. Toquei em seu ponto fraco.

— Querida, isso não é verdade...

— Não, pai? — rebati em uma voz aguda. — O senhor tem passado mais tempo aqui do que em casa, e nas poucas horas em que está lá fica trancado no escritório ou dando atenção às gêmeas. Mamãe tá sempre ocupada também... Não é muito fácil encontrar tempo para conversar com vocês.

Assim que as palavras saíram dos meus lábios, senti a bola se formando em minha garganta. Uma velha conhecida. Toda vez que ousava mexer na caixinha de marimbondos que morava em meu peito, ela surgia, obstruindo minha garganta e me impedindo de falar como uma adolescente normal. Se insistisse, em breve choraria como um bebê.

— Filha, não seja injusta... Suas irmãs ainda são muito dependentes — ele lembrou, na defensiva. — Mas isso não quer dizer que preferimos elas a você. Amamos as três do mesmo jeito. Você sabe, não é?

— É — balbuciei.

Se Anna e Alice eram o Sol, eu era Plutão, distante e esquecida. Disposta a devolver aquela bola de sentimentos para seu devido lugar, voltei minha atenção para o oceano. Pela janela panorâmica atrás de papai, pude ver algumas aves mergulhando nas águas cristalinas à procura do almoço. Eram tão livres...

— Que tal um acordo? — meu pai propôs.

— Que tipo de acordo? — voltei minha atenção para ele.

— Bem, parece que todos nós temos pontos a melhorar. Estou disposto a diminuir minha carga de trabalho e passar mais tempo em casa, me dedicando a você — ressaltou — e a suas irmãs. Também conversarei com sua mãe, não se preocupe. Mas preciso que se comprometa. Aceita participar mais da rotina?

— Se alguém te ouvisse, pensaria que eu não faço nada, o que seria mentira — protestei. — Já participo da rotina da casa: lavo a louça todos os dias, arrumo meu quarto, fico com as meninas... — usei os dedos para contar meus exemplos. — Ainda por cima, não saio de casa sem pedir. Quase nem saio, na verdade. Não dou muito trabalho, pai. Vocês deveriam ficar felizes por isso.

— É claro que ficamos — papai se remexeu na cadeira. — Deus sabe quão gratos somos! Mas manter um equilíbrio é importante. Ficar só em casa não faz bem. Mabel, nossa família já passou...

— Por muita coisa! — completei. — Eu sei, pai.

Aquele era quase um lema lá em casa.

— Então, sei que a minha garota é compreensiva e madura o suficiente para entender — ele sorriu. — Só queremos que seja feliz, *honey*. Acordo fechado? — meu pai estendeu a mão sobre a mesa.

Ignorei seu cumprimento.

— Tudo bem, mas tenho uma condição.

Eu já o tinha visto fechar contratos o suficiente para aprender algumas coisinhas.

— Qual?

Havia uma coisa que eu não suportava mais: perder meus domingos, entediada, no sítio da família. No começo, foi divertido explorar a área de lazer e as trilhas, mas depois de um ano fazendo isso todo fim de semana, cansei de ver a mesma paisagem. Era triste ver minhas horas descerem pelo ralo naquele fim de mundo...

— Me comprometo a melhorar, mas quero passar os domingos em casa. A gente já explorou tudo o que tinha de bom naquele sítio, pai. Vou aproveitar para estudar e passar tempo com meus amigos.

— Com a Lin, você quer dizer — papai coçou o queixo.

— Eu não tenho culpa se o Pedro foi embora... — abri e fechei o zíper da mochila.

Desde que meu melhor amigo havia deixado Valadares para morar em São Paulo, perdi o direito de usar o plural.

— Talvez esteja na hora de fazer novos amigos, filha. Bons amigos, claro — ele acrescentou.

Ignorei sua alfinetada.

— Você já foi adolescente, pai. Sabe que não é tão fácil assim... — balancei o pé, entediada. — Aceita minha condição?

— Aceito, mas também tenho uma — papai deixou um sorriso sabichão escapar antes de prosseguir. — Faremos um rodízio:

você terá um domingo livre e um em família. Nos livres, poderá usar seu tempo para estudar e encontrar a Lin, não o dia todo, claro. E desde que não faça nada errado ou imprudente.

Aquela condição não era lá essas coisas, mas se fosse o único jeito de ter algum tempo só para mim, teria que aceitar.

— Ok, temos um acordo — estendi o braço e deixei meus dedos serem envolvidos pela mão enorme do meu pai.

No fundo, eu desconfiava que as coisas não melhorariam tanto assim, de nenhuma das partes.

3

— Pai, não importa quanto eu tente, nunca vou conseguir ser perfeita como deseja — sussurrei para a rua vazia.

Por que eu não era forte o suficiente para dizer a ele tudo o que pensava? Aquele nó idiota me mataria sufocada qualquer dia desses.

Caminhei cabisbaixa até o condomínio. Quase no último volume, os Titãs cantavam "Epitáfio". Um caminhão de mudanças buzinou ao passar por mim. Alguém devia ter alugado uma das casas de veraneio no fim da nossa rua. No entanto, para minha surpresa, o veículo estacionou bem em frente à minha casa.

Diminuí o passo.

Havia apenas uma propriedade à venda tão perto. Desde que Pedro e sua família se mudaram havia dois anos, uma placa de "vende-se" foi colocada em seu gramado. Apesar da boa localização e da qualidade do imóvel, ninguém a comprou.

Estranho! Meus pais não falaram nada...

Mesmo arrastando os pés não demorei a passar pelo caminhão. Abri o portão e caminhei até o balanço no canto direito do quintal, onde Pedro e eu passamos muitas tardes empurrando um ao outro forte o suficiente para que nossos pés ultrapassassem a cerca branca. Em respeito a nossa amizade, sentei-me ali para bisbilhotar os novatos. A cerca e as roseiras vermelhas que minha mãe não podara serviram de esconderijo. Que amiga eu seria se não aprovasse os novos moradores?

Enquanto Legião Urbana ganhava vida em meus fones, um carro estacionou do outro lado da rua. Dele, quatro pessoas desceram: um casal na faixa dos quarenta e poucos, e dois garotos.

Com mechas lisas de um tom castanho tão claro quanto mel, o mais baixo era dono de uma franja volumosa que caía toda desengonçada pela testa, o que lhe atribuía um ar infantil. Depois de guardar um livro pequeno no bolso do moletom branco, seus olhos percorreram a casa e o jardim.

Meu olhar foi atraído para o rapaz moreno de sorriso largo que andava pelo quintal alheio a tudo a sua volta. Seu caminhar era tranquilo e confiante. Sua jaqueta de couro preta era um contraste e tanto com o moletom de *Jurassic Park* do irmão. Ele coçou os cabelos curtos negros como a noite. Seus lábios cantarolavam alguma coisa.

Enquanto eu acompanhava os carregadores retirarem algumas caixas do caminhão, perdi o moreno de vista. Ele não estava em nenhum lugar do quintal. Segurando as cordas com mais força, me levantei um pouquinho.

— Procurando por mim, ruivinha? — uma voz misteriosa quase me matou de susto.

— C-claro que não — respondi assim que me descobri capaz de falar de novo. — Quer me matar do coração?! — levei a mão ao peito.

— Jamais faria mal a uma garota tão linda — o rapaz piscou, e um sorriso torto se desenhou em seu rosto.

Quem aquele garoto pensava que era?

— Pois quase fez — resmunguei.

Ele soltou uma risadinha.

— O que está ouvindo? — ele tirou a jaqueta de couro preta e me fitou. Seus olhos verdes eram tão intensos que pareciam ler a minha alma.

Apesar do charme e da beleza, eu não cairia tão fácil.

— Legião Urbana — revelei, por pura educação.

— Bom som! Aliás, sou o Fred. Você é a...? — Enquanto esperava pela resposta, ele jogou a jaqueta sobre o ombro.

Em algum lugar do meu estômago, um friozinho lutou por espaço.

— Mabel, p-prazer — busquei superar a gagueira que surgiu de repente. Não era que eu estivesse falando com um rapaz pela primeira vez. Sem dúvida, porém, a cena era inédita. Rapazes como Fred não costumavam olhar duas vezes em minha direção.

Seu sorriso aumentou, revelando dentes brancos alinhados com perfeição.

Eu ainda estava meio passada quando Fred saltou a cerca sem precisar fazer muito esforço, como se a madeira branca tivesse apenas alguns centímetros de altura. Aquela não foi sua única atitude inusitada. Com gentileza, pegou minha mão e arranhou uma caneta pela palma.

— Ei! — puxei o braço, não resistindo às cosquinhas provocadas pela caneta vermelha.

— Só um segundo, ruivinha — ele garantiu e afrouxou o toque. — Posso continuar?

— Tá — concordei, mesmo insegura.

— Pronto — Fred afagou minha mão antes de soltá-la. — Quando não estiver muito ocupada acompanhando as novidades — ele olhou por cima do ombro para a movimentação em frente a sua nova casa —, me mande uma mensagem.

Antes que eu tivesse tempo de revidar, reclamar ou reagir de qualquer outra forma, ele pulou a cerca de volta. Sem olhar para trás, foi até o caminhão, pegou uma caixa e caminhou em direção à casa.

Cruzei a porta da frente para que não fosse descoberta por mais alguém em meu esconderijo não-tão-secreto-assim. Ao lembrar daquela mão quente cingindo a minha, meu rosto esquentou.

— Por que demorou tanto, Mabel? — o tom aflito da minha mãe me fez voltar à terra. — Seu pai disse que te liberou há algum tempo — ela balançou a cabeleira ruiva. — Já estava preocupada.

— Só vim um pouco mais devagar... — escondi a mão atrás das costas e torci para que minhas bochechas não me entregassem.

— Hum... — com seus olhos azuis ágeis, ela me sondou. — Está brava com o que seu pai disse?

— Não, mãe. Tá tudo bem — menti, ávida para escapar do seu escrutínio.

— Ok — mamãe sorriu. — Vai lavar essas mãos para almoçar.

Subi as escadas lamentando que meu quarto não fosse de frente para a rua.

Depois de jogar a mochila na cama, corri até a escrivaninha e anotei o número de Fred em um bloco de post-it. Não sabia se teria coragem de salvar aquele número e algum dia mandar uma mensagem, mas era bom saber que mesmo sentada em um balanço, escondida entre as rosas, eu tinha, de alguma forma, chamado a atenção de um cara como aquele.

4

No sábado, sentei-me nos degraus da varanda com meu exemplar surrado de *A última música*. Preferia estar esparramada em minha cama macia, mas tinha que bancar a irmã mais velha e ficar de olho nas gêmeas.

Entre uma página e outra, parava a leitura e fechava os olhos sentindo a brisa fresca e salgada tocar meu rosto. Ainda estava assim, quando a paz da minha manhã foi estraçalhada pelo ruído estrondoso de uma moto subindo a rua.

Ao abrir os olhos, pronta para fuzilar o motociclista, deparei com aquele sorriso torto implicante. Aproximando-se do nosso jardim, Fred acelerou um pouco mais, triplicando o barulho. Depois do showzinho particular, ele entrou em seu quintal e estacionou a moto preta robusta ao lado do carro do pai.

— Bom dia, ruivinha! — Fred apoiou o capacete no retrovisor.

— Bom dia — respondi sem muita disposição.

Voltei minha atenção para o livro. Onde foi que parei? Não fazia ideia.

— El, pode empurrar a gente? — a voz vibrante e manhosa de Alice foi a distração perfeita.

Fechei o exemplar e caminhei até o balanço. Sentada no brinquedo, Alice me esperava balançando os pezinhos sujos no ar. Já Anna, encostada na árvore, cantarolava baixinho. Ambas estavam com as bochechas rosadas e a testa suada de tanto correr pelo quintal.

— Empurra bem forte, El? — Alice afastou uma mecha dos fios loiros que tinha grudado em sua bochecha fofa.

Enquanto mamãe e eu dividíamos tantas características físicas, que iam muito além dos nossos cabelos ruivos crespos e volumosos, as gêmeas eram uma cópia feminina mirim do meu pai.

— Quer voar além da cerca? — indaguei já sabendo a resposta.

— Quero! — ela apertou as cordas até os dedinhos ficarem rosados.

— Eu também quero! — interrompendo a canção, Anna se achegou ao balanço.

— Tá bom. Só chega um pouquinho para lá, Anna. Já, já chega a sua vez.

Quando queriam, elas obedeciam, direitinho. Alice gargalhou enquanto seus pés sobrevoavam a calçada. Sua alegria quase me contagiou, mas ao ver Fred cruzar a rua, contive o riso.

— Então, você é babá nos fins de semana? — ele se debruçou sobre a cerca.

— Ela é nossa irmã, não babá — Anna esclareceu e fechou o rosto em uma careta.

— Ah, bacana, mocinha! — Fred piscou para ela, mas minha irmã caçula não se deixou levar por seu charme. — Também tenho um irmão mais novo, sabia?

— Você brinca com ele? — com o rosto mais suave, Anna permitiu que sua curiosidade falasse mais alto.

— Não! — Fred riu. — Ele já é bem grandinho.

— Bastante grandinho, Anna — completei.

— Seria mais legal se fosse criança — lamentou.

Contraí os lábios. Não daria ao meu vizinho motivo para pensar que era bem-vindo.

— Como uma boa local, me diga: o que não posso deixar de conhecer no meu primeiro fim de semana? — ele perguntou, ignorando minha expressão de descaso-barra-poucos-amigos.

— Hum, não sei se reparou, mas a cidade é bem pequena e o verão já acabou, então não há tanto assim para ver ou fazer.

— Sempre há algo, ruivinha — ele revidou com um ar de sabe-tudo.

— Depende muito do que você gosta.

— Tem alguma praia boa para surfe por aqui?

— A Praia da Rosa é muito visitada pelos surfistas da região. Fica a pouco mais de um quilômetro da Praia das Conchas, no centro — expliquei.

— Não gostaria de me mostrar? — Fred sugeriu em um tom mais baixo.

Graças aos céus, Anna dedicava toda sua atenção a brincar de bem-me-quer-mal-me-quer com uma rosa.

— Não é muito difícil de achar. A prefeitura investiu na sinalização recentemente, basta seguir as placas — desconversei.

Nem morta eu sairia com ele.

— Seguir as placas?! — suas sobrancelhas se uniram, incrédulo. — Sério, ruivinha?

— Sério. Você pode, por favor, parar de me chamar assim?

— Impossível. A não ser que tenha um apelido melhor. — Ele meneou a cabeça e mordeu o lábio inferior. — Ei Anna, sua irmã tem um apelido?

— Tem, ué. É El.

— Não dá. Tem que ser ruivinha.

Bufei.

— Se mudar de ideia, *rui-vi-nha* — Fred pronunciou meu novo apelido devagar, como se estivesse saboreando a irritação que borbulhava em minhas veias —, já tem meu número.

— Não vou mudar de ideia — balancei Alice mais forte.
— Veremos — ele me desafiou. — A gente se vê!

Eu queimava alguns neurônios com questões de geometria, quando Lin saltitou pela porta da Sete Mares. Seu vestido azul claro dançou. Pelo jeitinho serelepe, algo muito bom tinha acontecido.

— Boa tarde, dona Vera! — ela cantarolou e abraçou a pilha de revistas que carregava. — Pode fazer dois milk-shakes de morango com leite Ninho, por favor?

— Claro, querida! — soltando uma risada, dona Vera se afastou para preparar as bebidas.

Lin e eu visitávamos tanto a cafeteria, que a dona já não estranhava a espontaneidade da minha melhor amiga.

— Por que essa animação toda? — perguntei, observando-a caminhar até mim. Seus olhos azuis reluziam.

Antes de se sentar, Lin colocou a pilha com todo cuidado sobre a mesa, como se portasse a própria Mona Lisa.

— Olha o que o Gabriel acabou de me dar! — ela estendeu a mão, revelando um colar dourado com um pingente de sol bem fofo.

— Que lindo, amiga! Combina com você.

— Né?! O Gab disse a mesma coisa... — ela olhou para a joia com carinho. — Sabe o que mais ele disse?

— O quê, Lin? — guardei a atividade avaliativa na apostila. Ela não me deixaria voltar para a geometria enquanto não me contasse todos os detalhes.

— Que sou o sol da vida dele... — ela pestanejou.

— Que coisa mais brega! — não consegui segurar o riso.

— Tudo é brega para esse seu coração de pedra — seu rosto rosado formou uma careta.

— Nem tudo. Sou só um pouco exigente.

— Você não vai encontrar na vida real nenhum desses príncipes encantados que tanto lê nesses romances do Nicholas Sparks, tá?

— Você faz tanta questão de me lembrar, que nunca vou ser capaz de esquecer — garanti.

— Ótimo, não quero que fique frustrada. Vem cá me ajudar a colocar esse negócio!

Ela juntou os fios loiros em um coque frouxo.

— Não seria muito mais romântico se o Gab fizesse isso? — indaguei.

— Seria, mas meu pai quase pegou a gente conversando no gazebo — Lin soltou o ar pela boca.

— Namorar escondido é mais difícil do que pensava, né? — alfinetei passando o colar com delicadeza por seu pescoço.

— Você nem imagina... Só que é muito mais divertido também!

— Só você, Lin!

Voltando ao meu lugar, observei como o colar dourado havia combinado com as mechas que escapavam do seu coque. Ela não só quis saber minha opinião sobre a joia como também me obrigou a tirar uma foto para que postasse no Instagram.

— Agora, me conta! — Lin espalmou as mãos na madeira. — O vizinho gato apareceu de novo?

Desde que lhe contei quem eram os novos moradores do Condomínio Enseada da Sereia, ela não parava de me fazer perguntas sobre os garotos.

— Hum... — fiz uma hora, não queria soar muito interessada. — Acho que o Fred fica em Valadares apenas nos fins de semana. Não o vi por aqui um dia útil sequer.

Após duas semanas de observação, eu tinha certeza disso, mas não podia parecer uma stalker.

— Pelo menos ele fica aqui nos dias mais interessantes. Já salvou o número dele?

— É claro que não — neguei com a cabeça. Ainda não tinha certeza se aquilo seria uma boa ideia.

Aproveitei para guardar minha lapiseira e canetas no estojo.

— Não faz mal algum ter alguns contatos salvos na agenda, amiga. Eles não mordem.

— Ele é muito irritante. Não vale a pena.

— Às vezes, os irritantes são os melhores.

— Sei...

Nossa conversa foi interrompida pela chegada de dona Vera, que nos serviu os milk-shakes com uma camada generosa de Ninho em taças de vidro charmosas e canudinhos biodegradáveis. A cafeteria, que expunha muitas fotos antigas de Valadares, era um lembrete da necessidade de protegermos a natureza que nos cercava.

Lin e eu passamos um minuto em silêncio saboreando nossa bebida favorita. Estava divina!

— No próximo domingo — Lin brincou com o canudinho — terá aquele encontro do grupo de jovens da igreja, lembra? Você vai? — ela levantou uma sobrancelha.

— Pela primeira vez em meses, vou com prazer para aquele fim de mundo com os meus pais.

— Ah, você tem uma ótima desculpa! Posso ir também? — minha amiga quase implorou.

— Tenho que confirmar com meu pai, mas acho que sim — mexi a bebida cremosa misturando o Ninho com o sorvete batido e a calda de morango. — Sua mãe está te forçando a ir?

— É claro que tá... Tô fora! — Lin se inclinou. — Imagina, passar o dia todo com aquele povo chato? Deus me livre!

— Você é a pior — impliquei.

— Ah, Mabel, não adianta bancar a santinha.

— Não estou bancando! É chato mesmo. Prefiro o sítio sem internet e as gêmeas no meu pé.

— Mil vezes! Convence seu pai, por favorzinho? — ela uniu as mãos e implorou um pouco mais. — Não me importo de passar a semana convencendo a minha mãe.

— Tá bom, tá bom — concordei e bebi um pouco mais do milk-shake.

— Aliás, semana que vem tem a festinha da Clara. — Notando minha expressão confusa, minha amiga explicou: — Aquela garota da minha sala. Por que você já não arrisca e pede a seu pai também? Vai que... — ela ergueu os ombros, esperançosa.

A sua proposta audaciosa quase me fez cuspir um pouco da bebida gelada.

— Sabe que ele nunca deixaria, né? Não adianta tentar.

— Gente! — Lin mordeu o canudinho. — Seu pai é tão chato, né?!

Apenas arqueei as sobrancelhas. Essa era uma das características do meu pai que mais me irritava. Ele levava esse negócio de me manter segura ao extremo, me impedindo de fazer praticamente tudo que fazia parte da vida de uma adolescente normal.

— Me empresta uma dessas revistas aí — apontei para o acervo precioso à procura de uma distração.

— Só digo uma coisa: vale a pena dar uma olhadinha no Colírio do Mês! — Lin recomendou e me estendeu a revista. Ela sempre ficava obcecada com os colírios da Capricho. Toda semana me fazia sentar horas diante do computador para conferir as fotos dos garotos que saíam no site.

Percorri os olhos por algumas das reportagens sobre moda. Minhas blusas de malha não estavam entre as tendências.

— Amiga, já sei! — ela interrompeu minha leitura um tempinho depois. — E se você só pedisse para dormir lá em casa? Podemos ir para a festa sem seu pai saber...

A proposta era sedutora. Lin vivia me convidando para as festas que aconteciam na cidade, mas ainda não tinha me aventurado em nenhuma. E não era por falta de curiosidade... sempre quis saber por que minha amiga se arriscava tanto por elas.

— E a sua mãe? — Como uma boa filha do senhor Richard Asher, comecei a pensar em todos os cenários possíveis. Mordi o lábio inferior. — De vez em quando nossas mães se esbarram pela cidade, amiga.

— A festa será no sábado à noite. Mamãe tem ido dormir muito cedo por causa dos calmantes. Ela não vai nem saber! — garantiu.

— Lin, é muito arriscado.

Suei só de pensar. Se meu pai descobrisse, eu estaria morta.

— Arriscado é não viver a vida, Mabel.

5

— Não acredito que a gente tá fazendo isso — rosnei.

— Fica quieta — Lin me repreendeu e me empurrou.

A calça jeans que ela me emprestou estava tão apertada que por muito pouco não consegui erguer a perna para pular a janela de seu quarto.

Não devia ter dado ouvido às críticas de Lin sobre minhas escolhas para a noite. O jeans folgado e a blusa branca com uma frase de "Here comes the sun", dos Beatles, eram muito mais confortáveis, assim como meu Vans. Mas ali estava eu: entalada em uma janela com um jeans dois números menor, uma blusa verde de alcinhas que subiu até meu umbigo por causa do esforço e um salto tão alto quanto o Everest, com tiras superfinas que massacravam meus dedinhos.

— Pensei que a gente ia sair pela porta da frente — resmunguei, me arrependendo daquele plano estúpido.

— Se meu pai não tivesse voltado cedo, teríamos saído com mais dignidade, mas...

O senhor Lúcio bebeu além do limite, de novo. Esparramado no sofá, assistia a uma partida do Flamengo. Mesmo com os olhos embaçados, faria um estardalhaço se passássemos por ele... e, ao ver as nossas roupas, notaria que estávamos arrumadas demais para uma volta na pracinha.

— Tem certeza de que sua mãe não vai acordar? — chequei.

Meus pés tocaram a grama úmida. Aproveitei para puxar a blusa apertada que Lin escolhera. Tinha a leve impressão de que travaria uma batalha contra ela a noite toda.

— Só amanhã. Relaxa!

— Queria que fosse mais fácil... — suspirei.

— Se ficar preocupada o tempo todo e com tanto medo, vai acabar atraindo coisa ruim — Lin me alertou com dificuldade.

— Sério, amiga? — perguntei. Lin acreditava em cada besteira!

— É sério! — garantiu tocando o chão. — E não vai aproveitar. Anda, vamos!

Foi só atravessar a primeira rua de paralelepípedos que me arrependi de ter calçado aquelas sandálias. Por mais cuidado que eu tivesse, os saltos sempre se prendiam em alguma abertura.

— Não devia ter calçado esse troço! — Com muito esforço, recuperei meu pé de mais uma vala.

— Como vai aprender se não treinar? — Lin rebateu. Diferente de mim, ela caminhava com graça por aquele campo minado em que pisávamos.

— E aqui é um lugar adequado para isso?

Sua risada se esparramou pela rua silenciosa.

— Para de reclamar e anda, El. Gab está esperando.

— Ai, o amor... — revirei os olhos.

Depois de atravessar a praça central, caminhamos por um dos bairros mais chiques da cidade. Não demoramos a encontrar uma mansão moderna, de frente para o mar, de onde saía uma música alta e luzes coloridas.

Gabriel nos encontrou no portão. O brinco prateado combinava com o moicano e as sobrancelhas castanhas bem definidas. Ele era do tipo de garoto que amava um espelho.

— Oi, princesa! — ele arrebatou Lin em um abraço. — E aí, Mabel?! Nossa, com todo respeito, mas você tá linda! — me elogiou ao soltar a namorada.

— Não falei, amiga? — Lin me lançou o olhar orgulhoso de quem sabia que os créditos pertenciam a ela. — Esse tom de verde ressalta seus cabelos!

— Obrigada — respondi, acanhada.

O abraço demorado dos dois me lembrou que eu seguraria vela a festa inteira. Talvez tivesse sido melhor ficar maratonando alguma série em casa.

Estiquei a blusa teimosa.

— Tá muito cedo para arrependimentos — Lin enlaçou seu braço ao meu e me conduziu para a festa.

Da porta de entrada à área de churrasco, a casa estava lotada. Algumas meninas dançavam na pista, enquanto outras pulavam na piscina. Pelos cantos, era possível ver alguns casais ficando. Outros bebiam aqui e ali.

Caminhamos pelo imenso quintal até Lin e o namorado encontrarem alguns amigos. Depois de me apresentarem, algumas fofocas da escola se tornaram o centro das atenções. Como eu estudava em um colégio particular em uma cidade vizinha e não tinha uma vida social muito agitada, conhecia poucas daquelas pessoas. Por fora da conversa, acabei me recostando em um canto.

A música, além de ser de um estilo de que eu não gostava, estava alta demais. As luzes piscantes também não demoraram a me incomodar. Todo mundo parecia estar curtindo, menos eu. Um peixe fora d'água. Será que eu tinha passado tempo demais no meu próprio aquário?

— Amiga, você não vai passar a noite toda segurando essa parede, vai? — Lin me repreendeu.

— Quem sabe? — sorri.

— Gab vai pegar algumas bebidas para gente. O que quer? Eles têm umas batidas de morango muito gostosas — sugeriu.

— Tem álcool? — sondei.

— Acho que sim — ela respondeu como se não fosse nada demais.

— Eu não bebo, lembra? Nem você deveria...

— A dose é tão pequenininha que nem faz diferença.

De dose em dose, fazia sim, eu tinha certeza disso, mas não queria bancar a chata.

— Prefiro o refrigerante mesmo.

Estar ali já era um risco grande demais.

— Você que sabe. Vem cá se enturmar.

Não levou muito tempo para eu me encontrar sozinha de novo. Lin e o namorado foram arrastados para a pista de dança e a rodinha se desfez.

Estava em dúvida entre ser apoio de parede ou encontrar algum lugar sossegado, quando um rapaz de dreads, alto e forte, veio dançando em minha direção. A grama embaixo dos meus pés pareceu se transformar em pinche, me mantendo refém.

— Fala, gatinha!

— O-oi.

— Curtindo a festa? — ele me cumprimentou com dois beijos na bochecha.

— Hum... — pigarreei, sem graça. — Uhum.

— Pô, nunca te vi nas festas da Clara. É da cidade mesmo?

— Sou. — Enfiei as mãos nos bolsos.

Por que ele estava me deixando monossilábica?

— Veio sozinha? — ele sorriu, os olhos escuros percorrendo meu rosto.

— Não, vim com uma amiga — mostrei Lin, que rebolava até o chão em meio àquela fumaça fedida da pista.

— Tinha a sensação de que já tinha te visto por aí... Que tal a gente invadir a pista? — O desconhecido saidinho, que ainda nem me revelara o nome, levou a mão à minha cintura e tentou me guiar até o tapete quadriculado. — Sua amiga parece estar se divertindo bastante por lá.

— Eu não sei dançar, acredita? Prefiro ficar por aqui — descartei a proposta. E nem estava mentindo. Se me colocassem do lado de um pedaço de madeira em uma pista, não notariam muita diferença.

— Isso não é problema! — um sorriso sedutor ergueu os cantinhos dos seus lábios. — Sou do grupo de dança da escola e, modéstia à parte, mando muito bem. Posso te conduzir, o que acha?

Desesperada, olhei na direção de Lin, mas ela estava ocupada demais para perceber que eu precisava de ajuda.

— Melhor deixar para a próxima, dançarino. Olha... — empurrei-o com delicadeza — preciso ir ao banheiro! — e afastei-me enquanto ele processava o que tinha acontecido.

Girei como uma tonta entre as rodinhas.

— Os banheiros são para lá! — ele gritou. Corrigindo minha rota, passei por ele. — Vou te esperar — completou, ainda simpático.

Céus! Será que ele não desistiria?

Torcendo para que ele fosse um desses que desistem fácil, entrei no banheiro feminino próximo à piscina. Fiz uma hora, fingindo limpar o suor da maquiagem.

Ficou mais fácil respirar quando saí e o vi beijando uma garota.

Com fome, caminhei até a mesa do buffet. Enchi um pratinho com alguns salgadinhos e um mini-hambúrguer. À procura de um lugar mais sossegado e seguro, fui para a frente da casa. Encontrei uma poltrona de bambu bem confortável.

— Até que enfim — bradei ao sentir o frescor do mármore branco se alastrar por meus pés. Mais alguns minutos e meus dedinhos precisariam ser amputados!

Apreciando a liberdade, devorei os salgadinhos. Até então, aquele havia sido o auge da noite. Será que festas não foram feitas para garotas viciadas em comédias românticas e blusas frouxas, que trocavam qualquer coisa por uma panela de brigadeiro?

Preferia estar em casa assistindo *De repente 30*.

Num pestanejar, meu mundo escureceu. Um par de mãos desconhecidas cobriu meu rosto. Quais as chances de o dançarino ter voltado?

— Não tem graça — avisei.

O engraçadinho permaneceu em silêncio enquanto, em vão, tentei me afastar do seu toque.

— Até procurei, mas não encontrei a dona graça. Mesmo — resmunguei, as mãos ainda mais firmes em meu rosto.

Um cheirinho de madeira me abraçou. Era fresco, suave e sedutor. Muito diferente do perfume forte do dançarino.

— Você é mesmo única, ruivinha — aquela voz petulante sussurrou em meu ouvido.

Era só o que faltava.

— O que você tá fazendo aqui? — puxei as mãos dele de novo. Dessa vez, Fred as deixou cair.

— Valadares é uma cidade muito acolhedora. Você devia se inspirar — contornando a poltrona, ele se sentou ao meu lado. A camisa branca que usava por baixo da jaqueta jeans ressaltava o tom esverdeado de seus olhos.

Expirei. Como ele podia ser tão irritante?

— Para já ter sido convidado para um aniversário, deve ser mesmo.

— Já entrei em festas mais difíceis — disse ele em um tom que mesclava mistério e orgulho.

— Hum, sei.

— Você não parece estar se divertindo muito... — ele me cutucou com o braço.

— Ah, tô me divertindo bastante — minha voz saiu mais irônica do que pretendia.

— É, tirou até as sandálias — e esbarrou seu All Star preto contra meu pé.

Eu deveria ter ficado com vergonha disso? É, mas não foi o que aconteceu. Meus pés estavam tão gratos por finalmente tocarem o chão que aproveitei para sentir o friozinho mais um pouco.

— Você também não parece muito animado — opinei.

— Não é tão fácil ser um novato.

— Quer? — estendi o prato descartável em sua direção.

— Não, obrigado. Viu? Você sabe ser gentil e acolhedora quando quer...

— Está gostando da cidade? — preferi ignorá-lo.

— Apesar de muito pequena, Valadares tem lá seu charme.

— Veio da cidade grande, então? — Mordi uma coxinha, ele não precisava saber o nível da minha curiosidade.

— Da capital.

— Poxa, assim não vale! Valadares é só um aglomerado de ruas perto do Rio.

— Mais ou menos isso.

O sorriso que dançou entre suas bochechas foi tão acolhedor que prossegui com o meu... interrogatório.

— E por que se mudaram para um lugar tão diferente?

— Meu avô faleceu há alguns meses... Ele deixou a direção da fábrica de papel para o meu pai. — Por um instante, seu sorriso desapareceu, me permitindo ter um vislumbre da saudade que sentia.

Disse a ele como a morte do senhor Jonas havia afetado a cidade. Valadares era grata pelo homem de sorriso gentil que havia escolhido nossa região para instalar sua fábrica. As oportunidades de emprego geradas trouxeram diversos moradores para a cidade e a colocaram no mapa.

— Enfim — ele continuou depois de soltar um suspiro —, como o sonho da minha mãe era deixar o Rio para morar em um lugar mais tranquilo e seguro, meu pai não pensou duas vezes.

— Mas você não fica aqui o tempo todo, né?

— Anda me observando? — com um olhar intrigado, Fred colocou uma mecha do meu cabelo atrás da orelha, o que permitiu que visse meu rosto se transformando em um tomate maduro.

— Nãããããão! — menti.

— Suas bochechas te entregam — com um ar de riso, ele afagou a lateral do meu rosto. Foi como se o próprio fogo me tocasse, irradiando faíscas em todas as direções.

Abaixei o olhar e dirigi minha atenção para a coxinha mordida pela metade.

O que estava acontecendo comigo?

— Mas você está certa, sabe? Passo as semanas no Rio, por causa do serviço militar obrigatório — explicou. — No início, minhas escalas eram bem tranquilas, mas agora fico a maior parte dos dias lá. Ainda bem que falta pouco para acabar.

— Termina no meio do ano?

Ele assentiu.

— Meus pais quiseram postergar a mudança até julho, para virmos todos juntos, mas a verdade é que não pretendo morar aqui depois.

— Ah, sim — minha resposta saiu tão baixa quanto um muxoxo.

Pigarreei para disfarçar.

— Não se preocupe, vou estar por aqui quase todos os fins de semana — disse ele, voltando a ser o Fred irritante que eu tinha conhecido. — Aliás, aquele convite ainda tá de pé.

— É melhor esquecer isso — levei o resto do salgado à boca.

— Não sou como uns e outros que desistem fácil, ruivinha.

— Você... — comecei a dizer mesmo com a boca cheia.

— Te vi fugindo para o banheiro? — ele acrescentou. — É claro que sim.

— Fala sério! — senti meu rosto ficar em brasa de novo.

— Fez bem, aquele garoto parece ser um mala — ele desdenhou.

— E você é uma opção melhor?

— Sempre — Fred colocou os braços atrás da cabeça e mordeu o lábio.

— Você é muito convencido!

— Quando aceitar meu convite, vai descobrir se estou dizendo a verdade ou não. Ou pode testar agora: que tal uma volta na praia?

6

— Agora?! — com as sobrancelhas quase tocando o couro cabeludo, questionei.

— Só aqui na frente da casa.

— Não acho que seja uma boa ideia.

— Ouvi dizer que o pessoal de cidade pequena é superfofoqueiro. Aposto que todos os olhos vão nos acompanhar.

Relutante, cravei o olhar em meus pés. Sem perceber, eu os balançava sem parar. Fred não estava errado, Valadares estava cheia de fofoqueiros. Qualquer um dos convidados daquela festa agora possuía um trunfo contra mim... Será que eles me protegeriam se meu vizinho fosse um louco?

— O que me diz? — ele insistiu. — Você parece estar bem cansada dessa música irritante.

Dar uma volta com um estranho não era a melhor ideia do mundo, mas sentir a areia fria, me afastar um pouquinho daquele som alto e do cheiro enjoativo da fumaça, que se espalhava por toda a casa, seria um sonho.

— Está bem, mas só aqui na frente da casa, ouviu?

— Você é quem manda — Fred se levantou e me estendeu a mão.

Com a boca se curvando em um sorriso zombeteiro, ignorei a gentileza e abaixei para pegar as sandálias, o que o fez soltar uma gargalhada.

— Tenho que avisar minha amiga primeiro — informei.

— Tudo bem — ele abriu espaço para que eu passasse. Encontramos Lin em um canto do jardim. Ela segurava os cabelos castanhos de uma garota que vomitava sem parar.

— Mabel, onde se enfiou? — ela gritou, o som era muito mais alto ali.

— Sentei lá na frente para comer uns salgadinhos. Desviando os olhos, ela notou o rapaz às minhas costas.

— Salgadinhos, sei... — Lin soltou uma risadinha irônica.

— Não é nada disso — esclareci. — Fred e eu vamos dar uma volta na praia, mas só aqui em frente.

— Sério? — sua boca se abriu em um "o" exagerado.

— Prazer, sou o Fred — ele não perdeu a oportunidade de se apresentar.

— Ei, novato. Espero te conhecer em uma situação melhor — e lançou um olhar de pena para a garota do vômito.

O fedor nos alcançou e meu estômago embrulhou.

— Também espero. Vamos, Mabel? — Fred tocou meu ombro.

— Qualquer coisa me chama, tá? — com os olhos arregalados, encarei Lin.

— Aham — ela mordeu o lábio inferior, contendo o sorriso.

— Vista isso.

— Ah, não precisa — neguei ao notar que Fred tirava a jaqueta.

— Claro que precisa. Vai congelar aqui fora com essa blusa fina.

Com delicadeza, ele me ajudou a vesti-la. O jeans quentinho recendia a seu perfume amadeirado.

Caminhamos pela areia fofa.

— Sabe de uma coisa que eu gosto daqui?

— O quê? — me aconcheguei na jaqueta.

— Dá para ver muito mais as estrelas.

Estava tão apavorada que nem tinha olhado para o céu. Acima de nós, as constelações se estendiam pela imensidão negra.

— É, e é muito mais bonito também.

— Só perde para uma coisa... — Fred parou de andar.

— Para o quê? — interrompi meus passos e o olhei.

— Para uma certa ruivinha que conheci esses dias.

— Aff! — dei um tapinha em seu braço, fingindo que aquele clichê não tinha provocado cosquinhas em meu estômago.

Aqueles olhos tão verdes quanto esmeralda não paravam de me sondar. Para fugir deles, propus que nos sentássemos em uma duna.

— Não costuma frequentar muitas festas, não é? — Fred abraçou os joelhos.

— Essa é a primeira — confessei.

— Sério? Uau!

— Ei, não é que eu nunca tenha feito nada! — o fuzilei com os olhos.

— Calma, esquentadinha. Não disse isso — ele cutucou a areia com o pé. — O que te fez vir?

— Só queria saber como era.

— E é tudo o que esperava?

— Teria ganhado mais se tivesse ficado em casa assistindo alguma série e comendo brigadeiro — admiti. — Pelo menos não teria calos nos dedos mindinhos.

— Por que nunca foi a uma festa antes? — ele perguntou após fitar meus pés com compaixão.

Como contar sem parecer uma esquisita?

— Bem... Cresci em um lar cristão, sabe? Meus pais nunca viram essas festas com bons olhos.

Assim como muitas outras coisas...

— E deixa eu adivinhar: eles não sabem que você está aqui.

Mordi o lábio inferior um pouco forte demais.

— Fica tranquila, seu segredo está guardado comigo — Fred levou a mão ao coração, solene.

— Hum... Obrigada.

— Também cresci num lar desses — revelou. — Sei muito bem como é. A lista do que você não pode fazer é sempre muito maior do que a lista do que pode, né?

— É — concordei cabisbaixa.

Por anos, eu tinha me contentado em seguir a tal lista que fazia os olhos dos meus pais reluzirem, mas, nos últimos meses, meu coração ansiava em explorar a outra...

7

Com os olhos inchados, Lin e eu deitamos nas espreguiçadeiras que ocupavam a maior parte do quintal. Ela não me deixou ler até que contei tudo o que tinha acontecido na noite anterior.

— Ainda não consigo acreditar que ele nem tentou te beijar — Lin fechou com força a revista que folheava.

— Ainda bem que não tentou, porque não me sinto pronta... E não faria isso, você sabe — fechei os olhos, apreciando o calor do sol.

Não podia negar, é claro que queria ser beijada. Já estava cansada de ser a única *bv* da minha sala.

Desejava saber se beijar era uma sensação tão incrível quanto meus romances favoritos descreviam, mas não queria que fosse com qualquer um. Eu não era boba, sabia que nunca seria como naqueles livros, ainda assim nutria o desejo de que fosse especial. Que tivesse pelo menos um significado.

Meu coração ficou leve ao ver que Fred não tinha intenções de me beijar. Ficamos sentados por mais de duas horas na praia, apenas conversando. À medida que me contava algumas de suas aventuras e me divertia com suas histórias, percebi que ele não era tão irritante quanto eu pensava.

— Sei que quer que seja especial e tudo mais, mas os primeiros beijos nunca são tão bons, amiga. Lembra de como foi o meu?

— É impossível esquecer, Lin — garanti.

Em seu aniversário de 14 anos, Lin beijou um garoto na escola. O beijo não durou mais do que alguns segundos, mas foi o suficiente para que ambos saíssem com o rosto cheio de purpurina — era como se o seu gloss rosa tivesse sido espalhado pelo rosto dos dois pelas mãos de uma criança de cinco anos. Foi o beijo mais babado de todos os tempos.

As lembranças me roubaram uma gargalhada.

— Quando a gente não sabe muito o que fazer e dá a má sorte de ficar com alguém que beija mal, nada mágico acontece, tá? — Lin colocou a revista sobre a mesinha entre as espreguiçadeiras.

— Desculpa, amiga, mas não quero ter esse tipo de lembrança do meu primeiro beijo — impliquei.

— Ninguém quer, eu sei. Mas se tiver em mente que nunca vai ser perfeito, pode pegar mais leve nos padrões e dar uma chance para algum reles mortal. Encare como um teste. E eu arrisco a dizer que o Fred seria um excelente professor.

— Você é mesmo terrível — atirei minha toalha em sua direção.

— Sou só uma boa amiga! — ela abraçou o pano felpudo e fechou os olhos.

Verdade seja dita, tinha a sensação de que eu estava sempre esperando o cenário perfeito para poder escrever meu próprio roteiro e fazer as coisas que tanto desejava. Vivia à espera do cara perfeitinho que faria borboletas voarem em meu estômago. Ansiava pelas ruas de Nova York e pela liberdade prometida por meu intercâmbio. Talvez lá eu tivesse coragem suficiente para ser a Mabel independente e aventureira que fazia meu coração quicar de ansiedade.

Não à toa *De repente 30* sempre foi meu filme favorito. Como Jenna Rink, eu desejava mais que tudo ser adulta e realizar meus sonhos.

Mas estava cansada de não ter minhas próprias histórias para contar!

Abri o exemplar de *A culpa é das estrelas*. Desde que nos deitamos para tomar sol, eu tinha começado a leitura do mesmo capítulo umas cinco vezes. A sexta também não tinha sido bem-sucedida. As imagens que se repetiam em minha mente como em um filme pararam em uma cena muito fofa do Fred.

Quando estávamos voltando para a festa, ele abaixou e passou algum tempo procurando algo no chão. Com a lua, o céu estrelado e a iluminação da mansão, era possível enxergar inúmeras conchas espalhadas pela orla. Perguntei-lhe o que tinha perdido para que pudesse ajudá-lo a procurar, mas ele pediu que eu esperasse um instante.

— Achei! — ele gritou como um pirata ao encontrar um precioso tesouro.

— Tinha perdido alguma coisa? — perguntei de novo, confusa.

— Na verdade, não. Só queria encontrar algo único como você para que não esqueça esta noite — e estendeu a mão. Entre suas linhas profundas repousava uma concha com um degradê perfeito em tons de laranja e rosa.

— É... perfeita! Obrigada — peguei a concha com delicadeza, temendo quebrá-la.

Com ainda mais cuidado, eu a tinha levado comigo até a casa da Lin, guardando-a com carinho em um bolsinho da mochila.

Assim que chegasse em casa, eu a guardaria em meu baú, onde repousaria, segura, debaixo da minha cama. O baú continha inúmeros tesouros: desde cartinhas, desenhos e fotos a pequenos objetos, que formavam meus bens mais preciosos. Ali estavam guardadas minhas melhores lembranças. Esperava poder enchê-lo com algumas memórias ainda mais emocionantes.

Sem pressa para chegar em casa, escolhi o caminho mais longo. Pedalava minha bicicleta azul pela orla tendo Taylor Swift e o barulho das ondas como trilha sonora.

"Enchanted" começou, tornando impossível controlar as imagens que meu cérebro parecia disposto a me fazer lembrar: Fred implicando com meus pés descalços, sua jaqueta quentinha e o perfume amadeirado, ele me resgatando daquela festa entediante...

Hey, it was enchanting to meet you
All I know is I was
*Enchanted to meet you**

— Chega, Mabel — repreendi a mim mesma, sabendo que trilhar aquele caminho me meteria em apuros. Dos grandes.

Em vez de perder tempo pensando nele, tentei bolar boas respostas para as perguntas que meus pais logo fariam. Mentir não era o meu forte. Se não tivesse cuidado, seria descoberta com facilidade.

Chegava à rua de casa quando uma moto preta veio lentamente em minha direção. Desse jeito não seria capaz de esquecê-lo com tanta facilidade.

— E aí, ruivinha — Fred parou a moto ao meu lado, mesmo sendo contramão.

— Oi, tá tudo bem? — e ele soltou o clichê que eu já tinha

---

*"Ei, fiquei encantada em te conhecer / Tudo que sei é que fiquei / Encantada em te conhecer."

escutado os garotos em minha escola dizerem às meninas inúmeras vezes: "Melhor agora!".

— Acho que você podia riscar mais um item da sua lista de coisas proibidas — ele sugeriu.

Mordi o lábio, sem acreditar.

— Qual? — ainda assim, questionei.

— Salvar meu número na sua lista de contatos — ele me lançou um dos seus sorrisos tortos. — Aposto que ele está perdido em algum lugar do seu quarto.

— Talvez seja melhor ele ficar lá.

— Será? — ele deu de ombros com um ar presunçoso. — Estou a um oi de distância — disse antes de acelerar e desaparecer.

Sentei-me ao lado da minha mãe em uma das cadeiras acolchoadas da igreja. Batucando o pé direito, me virei bem a tempo de ver Lin e Gab ocuparem seus lugares na última fileira. Ela acenou para mim, reluzindo como o sol em um dia de verão carioca com a sensação térmica de cinquenta graus.

Eu tinha certeza de que aquela mania de sentar ao lado do namorado revelaria seu maior segredo. Por enquanto, mesmo não gostando do brinquinho, tia Renata pensava que o garoto de sorriso simpático e olhos de jabuticaba era apenas um amigo da escola. Só que eles conversavam tanto durante os cultos, trocando inúmeros olhares apaixonados, que qualquer um que os observasse um pouquinho descobriria a verdade. Não precisava ser nenhum Sherlock Holmes.

— Mãe, vou sentar com a Lin, tá? — cochichei ao pé do seu ouvido.

O culto estava prestes a começar.

— Hoje não — ela decretou, com toda a determinação do mundo. Apesar de ser uma mulher pequena e delicada, minha mãe conseguia ser um general.

— Por que não? Sempre sento com a Lin.

— E poucas vezes presta atenção no culto — ela argumentou. — Vai ficar aqui esta noite.

— Que saco, mãe! — falei, um pouco alto demais.

Um casal de velhinhos à nossa frente olhou para trás. Que enxeridos! Forcei um sorriso inocente. A senhora meneou a cabeça de um jeito dramático ao voltar a fitar o altar.

— Você está bem grandinha para fazer bico — mamãe reclamou, a cara tão amarrada quanto a minha.

— Também estou muito grande para ter que sentar ao lado dos meus pais, não acha? — confrontei.

— Mabel, nem suas irmãs se comportam assim na igreja.

É claro que Anna e Alice não se comportavam assim. Elas estavam se divertindo na salinha das crianças, enquanto eu tinha que passar o culto todo sentada ao lado dos meus pais!

Cruzei os braços e recostei na cadeira. Faria pouca diferença me manter ali: eu não conseguia prestar atenção, por mais que tentasse. Bastava o pastor pegar o microfone que a minha mente voava para Nova York ou qualquer outro lugar do mundo. Quando o louvor começou, precisei me levantar, já que mamãe me lançou um de seus olhares ameaçadores. Mas, se ela pensava que eu ia cantar ou bater palmas, estava muito enganada. Permaneci de braços cruzados, esperando a ministração acabar.

Mesmo não estando a fim de cantar com a igreja, meu pé batia no ritmo da canção e eu não conseguia deixar de prestar atenção na harmonia dos instrumentos. Sem sequer fechar os olhos, identificava o som do baixo e do violão, a harmonia delicada do teclado e as batidas empolgadas do baterista.

— Mabel, dá para soltar esses braços? — minha mãe me arrancou do meu mundo da lua.

— Tá — concordei depois de receber também um olhar recriminador do meu pai. Sem ter o que fazer com as mãos, enfiei-as nos bolsos da calça.

Para o sermão da noite, o pastor escolheu o salmo 23. Enquanto descrevia as características do bom pastor, minha mente alçou voo e pousou nas memórias da noite da festa. Ela em si não tinha sido lá essas coisas, mas a sensação de estar longe dos olhos dos meus generais — opa, quer dizer, meus pais — e fazer o que eu queria, tinha sido tão boa quanto mergulhar no mar azul em janeiro.

Não seria nada ruim experimentar aquilo de novo...

Ao chegar em casa, peguei o post-it azul onde tinha anotado o número de Fred. Eu o havia escondido em uma caixinha na gaveta da escrivaninha, longe o bastante dos meus olhos. Rodei o papelzinho entre os dedos, esperando algum sinal. Nenhum alerta. Nada.

Desbloqueei o celular, salvei o número e enviei um "Oi" antes que pudesse me arrepender.

Instantes depois, uma resposta chegou:

Fred: *Fala, ruivinha! :) Sabia que você não resistiria.*

8

Nada de aparelhos durante as refeições.

Essa era uma das regras favoritas da minha mãe.

Quem ousasse repousar seu celular na mesa (erro que meu pai e eu cometemos algumas vezes) deveria estar preparado para ouvir um bom sermão.

Desta vez, porém, não resisti.

Cada vez que o celular vibrava no meu bolso, o estômago formigava e um sorriso bobo surgia ao lembrar que o nome piscando na tela poderia ser o de Fred — embora o tivesse salvado apenas como "F :)", caso meus pais bisbilhotassem.

Nos últimos dias, se tornou um hábito encontrar um "Oi" do Fred por volta das dez da noite. Em vez de seguir as regras do quartel, que proibia celular e exigia que dormisse cedo, ele se arriscava para conversar comigo.

Como ele estava de folga naquela noite, tínhamos combinado conversar mais cedo. Só queria terminar logo meu jantar e subir para o quarto.

— Mabel, não faz bem comer com tanta pressa — mamãe chamou minha atenção.

— Não tô com pressa.

Para provar, levei um pedaço de brócolis à boca bem devagar.

— Espero que não esteja pensando em voltar para o quarto para ficar conversando com a Lin. — Enquanto limpava a boca com o guardanapo, meu pai me sondou. Seus olhos azuis, um pouco escuros essa noite, me lembraram do nosso trato.

— Preciso subir para terminar uma redação, pai — menti. — A professora nos deu uns temas extras esta semana para treinamento, sabe? Quero levar para ela corrigir.

— Tenho certeza de que pode levar até sexta. Não é o prazo da escola? — Papai me sondou ainda mais.

Argh! Ele sempre lembrava dos prazos.

— Só queria me adiantar.

— Às vezes é bom desacelerar, filha — minha mãe aconselhou. — Depois do jantar, vamos nos sentar na sala e assistir a um filme em família.

Apertei o garfo.

— Aaaah não, mãe! — lamentei. — Hoje não tô a fim. Não pode ser amanhã?

— Não, querida — disse ela, fechada a negociações.

Tinha que ser logo hoje? Cortei um pedaço de bife com mais força do que deveria.

Enquanto uma fumacinha invisível saía do meu nariz, minhas irmãs abandonaram os garfos e começaram a brigar sobre quem escolheria a animação. Alice queria *Carros*, já Anna, *Enrolados*. Brócolis voaram em todas as direções até que papai apaziguou o campo de batalha, decretando que escolheríamos o filme juntos.

Brinquei com a comida, perdendo o apetite.

— Já contou para a Mabel, *honey*? — papai questionou minha mãe.

— Me contou o quê?

Temendo outras más notícias, deixei o garfo no prato.

— Sábado faremos um churrasco de boas-vindas para os novos vizinhos — mamãe contou.

Tive que me esforçar para não deixar o queixo cair.

— Por quê? — tentei não soar tão curiosa.

— *Well*, o novo morador é filho do senhor Jonas, o dono da fábrica de papel, lembra?

Confirmei com a cabeça.

— Depois de todo esse tempo, pensei que ninguém compraria a casa do Pedro — desviei o assunto para uma área tão neutra quanto a Suíça.

— Pois é! Finalmente eles conseguiram fazer um bom negócio — meu pai bebeu seu suco. — Não se preocupe, não será um encontro chato de negócios. Além do Marcelo, virão também a esposa e os filhos.

Opa! Ele tinha respondido à pergunta que meus lábios queriam tanto formar.

— Eles têm um filho da sua idade, que é bem focado na escola, não é, querido? — o tom que mamãe usou não deixou passar despercebidas suas segundas intenções. Ela e papai pareciam dispostos a me fazer ter novos amigos, com urgência.

— Sim, se me lembro bem, o garoto quer fazer medicina... — suas sobrancelhas se ergueram em um sinal de aprovação e orgulho. — Pelo que o Marcelo disse, é muito dedicado.

— E o outro? — ousei perguntar.

Era Fred quem me interessava.

Coçando a barba perfeitamente aparada, meu pai se esforçava para lembrar alguma coisa.

— Desse, o Marcelo não falou muito. Só disse que o rapaz não gosta da ideia de assumir os negócios da família nem é de fazer planos para o futuro. Está prestando o serviço militar.

— Isso deve ocupar muito o tempo dele, né? — Sem saber muito o porquê, me vi defendendo o Fred, protegendo-o do olhar crítico do meu pai.

— É um ano bem corrido — mamãe comentou. — Mas tem gente que consegue conciliar com os estudos. Pelo menos, dá para projetar o futuro.

— O Marcelo deu a entender que o filho não está muito disposto a fazer faculdade... É um dilema entre eles, pelo visto.

Para quem estava com dificuldade para lembrar de Fred, papai tinha recuperado a memória rapidinho.

— Que pena! Um rapaz com tantos recursos, poderia voar alto — mamãe lamentou.

— Talvez ele queira um estilo de vida diferente, ué — sorvi o suco de goiaba.

— Não tem problema escolher um estilo de vida diferente, desde que ele seja bom — meu pai explicou, categórico. — Mas esse não me parece ser o caso aqui.

Incrível. Ele nem tinha conhecido o garoto e já estava disposto a não gostar dele?

Só consegui conversar com Fred na noite seguinte.

Mabel: *E aí, vc vem pra cidade no fim de semana?*

Rolei na cama ao ver os três pontinhos piscando no celular.

Fred: *É claro, ruivinha.*

Queria perguntar se ele viria ao churrasco, mas depois de ter bancado a difícil todas as vezes em que nos vimos, não podia dar o braço a torcer.

Fred: *Quer perguntar mais alguma coisa?*

Mabel: *Não.*

Fred: *Já passamos dessa fase, viu? Pode ser sincera comigo. Sempre.*

Aquela resposta fez minhas mãos comicharem. Às vezes ele conseguia ser bem fofo.

Mabel: *Você vem ao churrasco? Aqui em casa...*

Fred: *Meu velho me obrigou a ir... Vc sabe, perco o prazer de qualquer coisa que me obriguem a fazer, mas como vc vai estar aí, tô pensando em abrir uma exceção.*

Soltei um gritinho e balancei as pernas. Ele obedeceria ao pai por minha causa? Um bom sinal, né?

Mabel: *Gostei da exceção =)*

Fred: *Eu tbm.*

— Espero que não tenha escolhido nenhum daqueles blusões — o desprezo de Lin pelo meu guarda-roupa era notório.

— Para ser bem sincera, não sei o que vestir...

Começando a ficar preocupada, encostei a testa na madeira branca.

— Amiga, não é porque *eu não vou* que você precisa estar malvestida — sua ênfase, por pouco, não fez meus ouvidos explodirem.

Abaixei um pouquinho o volume do celular, só por precaução.

— Ei! — foi a minha vez de gritar. — Sei que não sou uma especialista em moda, mas não me visto tão mal assim.

— Imagina! Você só tem essa mania de comprar blusas com frases de músicas e estampas de desenhos dos anos noventa.

— Podia imaginar seus olhos revirando nesse exato momento.

— Acho que já passou da hora de amadurecer seu estilo um pouquinho. Você é tão linda, miga. Só precisa explorar sua beleza.

— Não tenho muita paciência para isso.

— Ai, ai — Lin suspirou. — Enfim, a gente deixa isso para depois, tá? Agora, concentra... Sua mãe não comprou um vestido dia desses? Acho que ele serve. Ele é romântico demais para o meu gosto, mas é melhor do que uma blusa do Mickey.

— Eu não ia vestir uma blusa do Mickey.

Com os dentes cerrados, procurei pelo vestido.

Quando minha mãe apareceu com ele, não dei importância. Entre um vestido e uma calça jeans, a última sempre foi minha opção. Mas até que ele era bonitinho.

— Achei! — Tirei o vestido branco do cabide.

— Manda uma foto — Lin pediu. — Qualquer coisa, procuramos mais. Deve ter algo decente nesse guarda-roupa. Pelo amor.

Depois de enviar a foto, experimentei o vestido. Seu tom branco realçou meus fios ruivos acobreados, e, consequentemente, também deu mais evidência a minhas sardas, que pontilhavam meus braços, peito e rosto. Geralmente, ficava tentada a escondê-las. Não era à toa que eu preferia jeans, blusas de manga e muita maquiagem.

Tirei mais uma foto para Lin.

— Amiga, tem certeza de que ficou bom? — indaguei, levando a mão à boca e mordiscando uma unha descascada.

Por ter uma saia rodada, o vestido marcava a cintura, me deixando mais delicada.

— Se fosse eu, daria um jeito de diminuir o tamanho dessa saia, mas, no geral, tá bom.

A saia ficou um pouco acima dos joelhos. Para mim, não estava nem muito longa nem curta. É claro que minha mãe escolheu o vestido a dedo: ela nunca me deixaria usar algo curto demais.

Dei uma voltinha em frente ao espelho.

— Acho que gostei.

— É, dá para quebrar o galho — a voz de Lin soou desanimada.

— Sinto muito que não possa vir, amiga — lamentei, pela milésima vez.

Meu pai queria que aquele fosse um encontro familiar. Até tentei lembrá-lo de que Lin era da família, mas, quando vi que ele não mudaria de opinião, deixei a ideia de lado. Não estragaria aquele churrasco por nada. Minha amiga não tinha gostado, mas sobreviveria.

— Se eu pudesse ir, levaria uma roupa para te emprestar...

— Seria bem difícil meu pai me deixar usar um dos seus vestidos.

— Triste realidade.

— No próximo, você vem.

— Tudo bem, El. Divirta-se!

9

Ao som da campainha, saltei os últimos degraus. Conferi meu reflexo no espelho antes de adentrar o hall. Meus olhos de um tom de azul como um lago profundo foram realçados pelo rímel. O blush deu vida a minhas bochechas protuberantes, e as sardas quase não podiam ser vistas. Os cachos estavam perfeitamente alinhados (milagre!), e os brincos de concha combinavam com o vestido.

Entrei no hall sem conseguir conter um sorriso. Afinal, não era todo dia que eu me sentia bonita. Meus pais conversavam com os convidados. Enquanto as apresentações eram feitas, Fred e eu trocamos alguns olhares. Convencido, ele piscou e sorriu como se estivéssemos escondendo um grande tesouro.

Anna e Alice correram para brincar no playground de madeira debaixo do ipê rosa. Já nossos pais se sentaram à mesa na área de churrasco, dando início a uma conversa que faria qualquer adolescente bocejar. Os garotos e eu nos sentamos nas espreguiçadeiras em torno da piscina.

— Então, vocês dois já se conhecem — Mateus concluiu, a cabeça pendida.

C-como ele podia saber?

Mal tive tempo de abrir a boca para refutar.

— É claro, maninho — Fred atestou, risonho.

Um mau tempo repentino se instalou em minha barriga.

O que ele estava fazendo?! Não seria melhor fingir que não nos conhecíamos?! Eu estaria F.E.R.R.A.D.A se meus pais descobrissem.

— Você nunca está por aqui — Mateus se virou para o irmão, os olhos redondinhos se revezando entre Fred e eu. — Como a conheceu?

— Foi no dia em que vocês se mudaram — as palavras escorreram dos meus lábios.

— Você não perde tempo mesmo, cara — a voz pesarosa do garoto me deixou com uma pulga atrás da orelha.

O que ele queria dizer?

— Pô, Mateus — Fred o repreendeu. — Não trouxe nenhum daqueles seus livros idiotas, não? — E, se virando para mim, confidenciou: — Meu irmão ama tanto ver gente, que anda para cima e para baixo com um livro enfiado no bolso.

A descrição me fez lembrar Jess, um dos namorados de Rory, a protagonista de *Gilmore Girls*. Só que Mateus não tinha o ar misterioso e enigmático do personagem. Ia comentar que eu não era muito diferente, mas o garoto se levantou, apressado.

— Boa sorte — me desejou, agora com um ar misterioso. Esfregando a nuca, se afastou.

— Não ligue para ele — disse Fred. — Meu irmão tem prazer em ser chato e careta. Como foi a semana? — mudou de assunto.

— Nada além de exercícios e revisões — respondi, ainda sem entender por que eles tinham se desentendido tão rápido.

— Deve estar ansiosa para terminar o ensino médio.

— Você não faz ideia.

Fred contou como foi um verdadeiro teste de sobrevivência o último ano do colégio. Além das longas horas na escola, os pais o matricularam em um cursinho preparatório super-rígido. A competição ferrenha entre os alunos era sentida nos corredores.

Sentado entre colegas que programaram cada segundo dos próximos dez anos, foi impossível não se deixar levar pela comparação. Temeroso, Fred se questionou a respeito de seus sonhos, tão diferentes dos de seus pais. Ele queria se aventurar pelo mundo, surfar e encontrar um propósito, enquanto os pais ansiavam que ele tivesse um diploma de administração ou medicina na parede. Será que seguir seu coração era a melhor ideia? À medida que os meses passavam e as provas se aproximavam, mais as cobranças se intensificaram.

O serviço militar obrigatório surgiu como uma boa desculpa para retardar as cobranças. Os pais esperavam que colocasse a cabeça no lugar e escolhesse uma profissão decente, e segura. Ele, no entanto, estava reunindo coragem para escrever o futuro que desejava.

— E já sabe o que vai fazer? — perguntei, a curiosidade borbulhando em meu peito.

— Quero passar um ano fazendo mochilão.

— Sério? — inclinei-me, animada. — Como pretende fazer isso?

— Primeiro, tenho que sobreviver à fúria dos meus pais... — ele coçou a testa enquanto a boca se curvava num sorriso. — Mas não vou precisar da ajuda deles, sabe? Juntei uma grana, o suficiente para começar, e, se precisar, vendo minha moto. Assim que concluir meu período de alistamento, pego a estrada.

A ideia de tê-lo por perto por tão pouco tempo levou minha energia por alguns segundos. Com a cabeça oca, ouvi seu plano de explorar a América Latina. Se não tivesse que vender a moto, faria uma *roadtrip* até a América Central.

— Nossa, uma viagem pela América Latina seria um sonho... — sorri, algumas cenas se desenhando na mente.

Se eu pudesse visitar cada cantinho do mundo, com certeza o faria.

— Bem, não sou capaz de realizar esse sonho para você, mas... existem alguns lugares incríveis por aqui que tenho certeza de que ainda não explorou.

— Conheço tudo — rebati.

— Aposto que não... — ele implicou.

Não insisti porque ele podia ter razão.

— Conheci uma praia que fica a uns quinze minutinhos daqui — contou. — Começou a ser explorada há pouco tempo. O lugar é lindo, você tem que conhecer.

— Se fica aqui, na minha cidade, preciso mesmo.

— E se eu te levasse domingo que vem? — ele arqueou uma das sobrancelhas. — Seus pais vão para o sítio, né?

— Não sei... A gente mal se conhece... — minha voz soou tão baixa que fiquei surpresa por ele ter ouvido.

— Não se preocupe, ruivinha. Não vou te sequestrar nem nada do tipo. Só quero te levar para surfar.

— Não sei surfar.

— Posso te ensinar, ué. Se preferir, peço ao seu pai. Agora mesmo. É só falar — Fred ameaçou se levantar.

— Não, não precisa! — Olhei na direção do meu pai. Ele conversava com Marcelo em uma animação de dar gosto. Sabia que aquela alegria desapareceria se Fred fizesse o pedido. — Prometo que vou pensar e confirmo durante a semana, tá bem?

— Vou esperar ansioso — ele roçou as mãos.

Passamos mais algum tempo conversando sobre seus planos. Com os ombros relaxados e os olhos sorrindo, Fred descrevia o que desejava ver em cada país.

Meus lábios formaram um bico desanimado quando ele se levantou. Um plantão o esperava no quartel.

— Você está linda, ruivinha — sussurrou e beijou minha testa, causando um reboliço em meu estômago.

10

O inverno em minha barriga provocava uma coceirinha insistente. Ela conseguia ser adorável e assustadora ao mesmo tempo. "O sol", do Jota Quest, começou a tocar em minha cabeça.

Ei, medo! Eu não te escuto mais.
Você não me leva a nada.
E se quiser saber pra onde eu vou,
Pra onde tenha sol, é pra lá que eu vou.

Imaginei como seria passar um dia aprendendo a surfar com Fred. Será que eu teria coragem de dizer sim? Ir para a Praia Secreta com ele era algo muito maior do que ir a uma festa com a Lin.

— Querida, por que não vai chamar o Mateus?

— Ai, mãe! Que susto! — reclamei, o coração pulsando na garganta.

— Em que mundo você está, Mabel? — mamãe descansou as mãos na cintura.

Cerrei os lábios, escondendo o sorriso bobo que nem percebi que mantinha.

— Por que não vai conversar com o Mateus? — ela apontou para o garoto sentado no banco de madeira perto de seus amados canteiros de flores. — Ele parece tão solitário! Algo me diz que o Mateus pode ser um bom amigo.

— Mãe...

— Agora, Mabel — insistiu.

Com a franja, mais dourada pelos raios do pôr do sol, balançando ao vento, Mateus estava com os olhos pregados em seu Kindle. Como leitora, eu sabia quão horrível é ser interrompida, mas, sob a mira precisa da minha mãe, não tinha como não ser inconveniente.

— Mateus?

— Só um segundo — pediu sem tirar os olhos do e-reader. Seus olhos correram pelo último parágrafo. — Agora sim.

— Desculpe, não queria atrapalhar. Mas fui obrigada!

Em sincronia, olhamos para trás. À distância, minha mãe deu um tchauzinho envergonhado antes de voltar à mesa.

— Tranquilo — ele bloqueou o aparelho. O giz preto formou vários lápis na tela.

— Não quer ir para a área de churrasco? — sugeri.

O cheirinho da carne despertava minha fome.

— Daqui a pouco.

Pelo menos eu tinha tentado.

— O que está lendo? — sentei-me ao seu lado.

— *O Hobbit*. Já leu?

— Fantasia não é muito meu forte. Prefiro um bom romance, sabe? E os clássicos.

— Também curto alguns clássicos.

— Tipo Jane Austen? — chutei.

— Não — Mateus descartou. — Tive que ler *Orgulho e preconceito* por causa do colégio, mas histórias de amor não são pra mim. Prefiro Dickens, Lewis, Tolkien... Aliás, não sei o que vocês veem de tão incrível no Mr. Darcy!

— Tem ideia da fortuna que ele tinha? Hoje equivaleria a uns dezoito milhões de dólares! Ao ficar com a Elizabeth, ele foi na contramão da sua sociedade — defendi um dos meus mocinhos favoritos com unhas e dentes.

Mateus ergueu as mãos, se rendendo.

— Já entendi que você ama mesmo seus mocinhos.

— Aposto que ama seus heróis também — girei a pequena concha em minha orelha.

— Dizer que amo seria um exagero — ele fez questão de frisar. Garotos.

Debruçada na ilha da cozinha, mordisquei uma fatia de pão de alho. Ganhei companhia quando papai se sentou em uma das banquetas, cantarolando "Yesterday", dos Beatles.

— Gostou dos filhos do Marcelo? — Eu poderia reconhecer aquele timbre inocente forçado a quilômetros.

Os vizinhos tinham ido embora havia algum tempo. Além das sobras em nossa geladeira, não restou outros sinais do churrasco.

— Até que são legais — respondi de modo vago.

— Notei que conversou bastante com o Fred...

— Ele fala mais do que o Mateus — levei mais um pedaço do pão temperado aos lábios.

— E sobre o que conversaram? — ele pegou uma fatia na tigela.

Sério que meu pai queria detalhes? Ele não entendia mesmo que essa falta de espaço era sufocante?

— Nada demais — contei de boca cheia.

— Você estava muito animada para o assunto ser tão simples.

— Que saco, pai — girei os olhos.

— Olha como fala comigo, Mabel. Sou o seu pai — me repreendeu.

— Preciso mesmo contar o que conversei com um garoto? — apoiei as mãos sobre a superfície da bancada. — O senhor não confia em mim?

— É claro que sim. Não confio é naquele rapaz! — seu rosto se retorceu.

Meus ombros cederam.

— Não conversamos nada demais — diminuí o tom. — Ele falou sobre as viagens que deseja fazer. Só isso.

Papai soltou uma respiração pesada.

— Escute, filha, quero que tenha cuidado. O Fred não parece muito prudente. Ou confiável.

— Sério, pai? — meus olhos saltaram. — Vocês nem conversaram. É injusto julgar alguém assim, sabia?

— Às vezes, um pai vê além.

— Só por que ele não decidiu a faculdade? Ou por que não quer seguir os planos do pai? Nada disso faz dele uma pessoa ruim.

— Realmente, não faz... — papai brincou com a tigela. — Mas algumas atitudes dizem muito sobre uma pessoa.

— Como o quê?

— Bem, a maneira como um jovem trata os pais pode revelar mais do seu caráter que suas palavras... Só estou pedindo que tenha cuidado, como sempre.

Como sempre, minha mente repetiu. De repente, as paredes do aquário diminuíram, me deixando sem ar. Naquele momento tive certeza do que diria a Fred.

11

Quando o domingo chegou, nem precisei do despertador. Acordei tão cedo que ouvi a movimentação na casa enquanto meus pais se preparavam para sair com as meninas para o sítio. Até fingi estar dormindo quando mamãe entrou de mansinho. Ela ajustou meu edredom, alisou meus cabelos e me deu um beijo na testa.

— Queria tanto que você fosse, querida... — sussurrou, frustrada. — Tenha um bom dia. Fique com Deus.

Seu gesto quase me fez desistir. Quão decepcionada ela ficaria se descobrisse que eu passaria o dia com um garoto? Não podia pensar muito nisso.

Virei na cama.

Uma lista de "E se..." começou a ser escrita na minha cabeça.

E se o dia não fosse tão bom quanto eu imaginava que seria?

E se meu pai estivesse certo sobre o Fred?

E se eu não gostasse da experiência?

Cansada de tantas suposições, levantei. Caminhei até a porta da sacada e abri a cortina. O dia estava lindo! O sol brilhava acima do mar azul turquesa em um céu sem nuvens. Acompanhei o dançar suave das ondas. Meu celular vibrou. Fui até a cama e o peguei debaixo do travesseiro.

Fred: *Oi, ruivinha! O domingo tá perfeito pra surfar e passar o dia com você <3*

Minhas bochechas fervilharam antes de formar um sorriso involuntário. Num instante me senti tão sortuda quanto a personagem de Lindsay Lohan nos primeiros minutos de *Sorte no amor*. Tudo daria certo naquele domingo de sol. Seria o dia perfeito.

Abri o aplicativo de músicas do celular e "Here comes the sun" ecoou pelo quarto. Uma das minhas favoritas. Cantarolando e dançando, coloquei itens essenciais em minha bolsa de algodão cru.

O celular voltou a vibrar. Desta vez era Lin:

Lin: *Amg, tô aqui embaixo =)*

Só aceitei o convite de Fred depois que convenci Lin, minha parceira de crimes perfeita, a ir à Praia Secreta com a gente. Ela não só adorou a ideia, como correu para contar ao namorado. Gab, que amava surfe tanto quanto Fred, topou o passeio na hora. Quando contei a Fred que só sairia com uma condição, ele garantiu que faria qualquer coisa por mim. É, eu quase morri de amores na hora.

Viver em um aquário era como passar os dias presa em uma tela abstrata, feita em grafite. O preto e branco podia causar náusea a qualquer momento. Mas ter uma amiga como Lin, um solzinho particular que estava sempre disposto a brilhar e topar as ideias mais malucas do mundo, tornava a água do aquário mais pura e confortável.

Enquanto descia as escadas, cantarolei:

> *Little darling, it's been a long cold lonely winter*
> *Little darling, it feels like years since it's been here*
> *Here comes the sun, doo, doo, doo*
> *Here comes the sun, and I say it's all right**

---

*"Queridinha, tem sido um inverno longo, frio e solitário / Queridinha, parece que faz anos desde que ele esteve aqui / Lá vem o sol, doo, doo, doo / Lá vem o sol, e eu digo que está tudo bem."

Abri a porta.

— Tá animadinha, hein?!

— Só um pouquinho! — arrastei Lin para dentro.

— Só assim para você não desistir.

— Não ia desistir! — bati o pé.

— Tenho certeza de que pensou nisso várias vezes nos últimos dias, amiga — Lin afagou minhas costas.

— Só algumas.

— Quem nunca, né? O bom é que agora não tem mais volta. Anda, quero ver qual biquíni escolheu para usar hoje.

Ela me empurrou em direção à escada.

— Na verdade, escolhi um maiô — informei, cheia de insegurança. — Há anos não compro um biquíni.

— Não é um daqueles maiôs horrorosos que sua mãe comprava para suas aulas de natação, né? — ela me lançou um olhar de lado, preocupada.

— Me acostumei com aquele modelo... — mordi uma unha.

— Aff! — Lin revirou os olhos. — Sorte sua que sou uma boa amiga e trouxe um biquíni para você.

— Não acho que vou ficar muito confortável de biquíni, Lin. Ainda mais se eu tentar subir numa prancha.

— Vai ficar tão linda que vai se acostumar rapidinho — ela garantiu.

No quarto, minha amiga ficou remexendo em sua bolsa, checando se tinha pegado tudo que precisava, enquanto eu trocava o pijama pelo biquíni verde-oliva. Confesso que jamais o teria escolhido em uma loja! Ele não cobria muita coisa...

— E aí, já vestiu? — a impaciente gritou.

— Já — respondi e deixei o banheiro.

— Uau! Ficou perfeito em você! — ela me fitou de queixo caído.

— Sério? Não tá exagerando?
— Jamais.
— Vou ter que passar o dia todo vigiando para ele não sair do lugar — meus lábios se contorceram formando um bico torto assim que olhei para baixo de novo. — É pequeno.
— Não seja boba! Ele ficou bem justinho, não vai dar trabalho. Vamos escolher um short que combine.

— Não vai trancar a porta, amiga? — Lin me lembrou.
Eu já tinha terminado de descer as escadas da varanda.
— Ah, é! — Refiz o caminho ao som da sua risada. — O quê?!
— Nada, só é fofinho te ver tão animada por causa de um cara.
— Só não dormi direito.
— Aham — disse ela com um olhar malicioso.
Depois de trancar a porta, girei a maçaneta só para ter certeza.
— Sabe, ainda não acredito que estou fazendo isso — confidenciei. — Quando Fred me convidou para sair a primeira vez, eu disse a mim mesma que não aceitaria, nem morta.
— Mudar de ideia de vez em quando faz bem, amiga — o sorriso que contraía seus olhos e iluminava seu rosto me convenceu.
Encontramos Fred e Gab no fim da rua, perto das casas de veraneio. Longe dos olhos atentos de alguns vizinhos. Fred tinha pegado o Jeep da mãe emprestado. No suporte do automóvel, duas pranchas estavam presas. Quando ele desceu para me cumprimentar, suspirei. Mesmo com uma bermuda preta, camisa e havaianas brancas, estava lindo.

12

Levamos uns trinta minutos para chegar à Praia Secreta. Em meio aos sacolejos da estrada de terra batida que serpenteava a Mata Atlântica, quase questionei Fred sobre a distância, já que ele disse que não passava de quinze minutinhos, mas acabei deixando pra lá. Naquele trecho, a mata estava muito bem preservada, com árvores altas e uma densa vegetação. Podia-se ouvir uma diversidade de pássaros cantarolando.

Fomos recebidos pela brisa refrescante e um mar cristalino protegido pela mata, ainda mais viçosa e imponente. Como era cedo, a orla estava deserta, apenas alguns surfistas no mar.

— Não falei que o lugar era incrível? — Fred se gabou enquanto tirava as pranchas do suporte.

Movi a cabeça, permitindo que minha memória registrasse a beleza única daquele lugar.

— Cara, não acredito que nunca vim aqui! — Gabriel se juntou a Fred, desafivelando sua prancha.

— E o pior é que um novato descobriu o paraíso primeiro — Lin zombou.

— Deixa baixo — Gab relaxou os ombros.

Ao lado de Fred, na areia, ouvindo atentamente suas instruções, nem percebi como a manhã havia passado depressa. Não tinha certeza se me lembrava de todos os passos, ainda assim caminhei confiante até o mar para colocar tudo em prática.

As águas cristalinas tocaram meus dedos, me fazendo dar um pulinho.

— O que foi? — o surfista envolveu meus ombros com as mãos.

— Tá gelada demais! — dei um abraço em mim mesma, arrepiada.

— Pensei que sereias não se importassem com a temperatura da água — ele me provocou com um sorriso bobo.

— Sereias não gostam de água muito gelada — esclareci.

— Não pense muito. Só mergulhe. — Ele ergueu a prancha da areia e a posicionou debaixo do braço. — Uma vez na água, vai se acostumar mais rápido com a temperatura.

— Conheço esse truque desde bebê.

— Às vezes, esqueço que você cresceu tendo a praia de playground.

Sorri, antes de correr.

Apesar do tamanho, Fred era mais delicado e paciente do que imaginei. Ficou ao meu lado o tempo todo, ora segurando a prancha, ora me apoiando em minhas tentativas frustradas de ficar em pé. A cada novo caldo, me ajudava a levantar. Nossas risadas ecoavam além do barulho das ondas.

Uma vez acostumada com a temperatura da água, não senti mais frio. Apenas uma coisa me incomodava: o biquíni. O tempo todo ficava apreensiva, com medo de que mostrasse algo que não devia.

Sentada na prancha, tentei esquecer aquele pequeno problema. Observei a praia cantarolando "Felicidade":

Melhor viver, meu bem
Pois há um lugar

Em que o sol brilha pra você
Chorar, sorrir também, e depois dançar
Na chuva quando a chuva vem*

Sentada em minha canga, passei o protetor fator 70 pela terceira vez. Notei Fred sair da água, a pele dourada por causa do sol. Com um olhar travesso, ele correu até mim. Parecia um garotinho maquinando uma obra do mal.

— Se liga, você é a primeira sereia que conheço que prefere ficar sentada na areia — ele me provocou e balançou os braços molhados em cima de mim.

— Poxa vida, Fred — reclamei fingindo estar brava. — Já viu como sou branca?!

Levantei, disposta a dar um empurrão nele, mas mudei de ideia ao ver seu sorriso abusado. Aproveitei a proximidade para sujar suas bochechas de protetor solar.

— Na moral, Mabel! — ele passou as mãos pelo rosto sujo, se lambuzando um pouco mais.

— O mar é a minha casa! — gritei e joguei o protetor solar na canga. Corri, mas antes que pudesse mergulhar, o Senhor Petulância passou por mim. Gargalhando.

Que abusado!

Na hora do almoço, nos reunimos debaixo de algumas castanheiras. Nosso cardápio foi composto por milho verde, queijo coalho, empadinhas, biscoitos Globo, mate e garrafinhas de água — ou seja, tudo o que encontramos com os ambulantes, já que

*Marcelo Jeneci.

ninguém tinha pensado em trazer comida de casa. Nem havia quiosques na praia.

Fred e Gabriel passaram um bom tempo conversando sobre esportes, enquanto Lin me contava sobre os últimos acontecimentos em casa. O clima entre seus pais estava cada vez pior, o que diminuía suas esperanças de que um dia as coisas melhorassem. Fiquei feliz por ela e Gabriel estarem ali com a gente, pelo menos ela teria um dia leve e divertido.

Quando os dois foram dar uma volta, Fred se sentou ao meu lado, na canga, nossas mãos quase se tocando.

— Valeu a pena deixar as apostilas de lado para ter algumas lições de surfe? — seus olhos refletindo o oceano me sondaram.

— Até que valeu.

— Posso te dar outras aulas, se quiser. Aulas de verdade.

— Quem sabe?

A viagem de volta foi bem mais rápida. Ao som de uma playlist de MPB, me dividi entre admirar a paisagem que corria na janela e admirar Fred. Observei enquanto ele batucava o volante e cantarolava algumas canções, o que foi bem fofo.

Assim que estacionamos, Lin fez Gabriel pular do carro em segundos só para nos deixar sozinhos.

— Adorei passar o dia com você, ruivinha.

— Eu também — não encontrei resistência alguma para ser sincera.

Ele se aproximou e tocou minha bochecha com os lábios.

Deixei o carro com um calorzinho envolvendo meu coração.

13

— Como foi o domingo? — mamãe me deu uma olhadela ao cortar em tiras um bife para Alice. — Estudou bastante?

— Sim, as provas começam em breve — respondi enfiando a carne na boca.

A parte mais difícil de escapar do meu aquário era ter que estar sempre pronta para mentir. Para garantir o passeio com Fred, inventei que precisava revisar algumas matérias da escola e que depois passaria um tempo com Lin na Sete Mares.

— Espero que suas notas melhorem — disse papai. Me cobrando, como sempre. — Se tiver dificuldade em alguma matéria de exatas, me avise. Quem sabe eu não possa ajudar? — ofereceu.

Será que aquela proposta seria seu jeito de cumprir sua parte do acordo? Até que nas últimas semanas ele andava chegando mais cedo do trabalho.

— Okay, *thanks, dad*.

— Você e a Lin foram tomar milk-shake? — mamãe prosseguiu.

— Aham.

— Depois de ir à praia?

Quase engasguei com aquela pergunta.

Ah, meu Deus! Como ela sabia? Não era possível... Não era! Na primeira vez?! Eu não podia ser tão sem sorte assim.

Descansei o garfo no prato.

— Foi antes de passarmos na Sete Mares, sabe? — improvisei. — Ficamos uma horinha lá na Praia das Conchas.

— Hum... Não lembro de termos comprado aquele biquíni — desta vez sua voz não soou muito agradável.

Ops!

— Ah, ele é da Lin... — fitei o prato, pensando em como prosseguir. — É que nossos planos não envolviam a praia. Decidimos de última hora. Como passei na casa dela, peguei o biquíni emprestado.

Mamãe apontou o garfo para mim.

— Da próxima vez, venha em casa se trocar. Não quero que use um biquíni tão indecente quanto aquele, filha — ordenou.

— Indecente?! — papai parou o talher a caminho da boca. — Que história é essa?

— Não é indecente, pai. Mamãe está exagerando. Só não tampa tanto quanto aqueles maiôs que ela compra.

— Não começa, Mabel — ela beliscou o nariz, a testa enrugada. — Sabe muito bem por que os compro.

— Não sei, não — cruzei os braços. — Não faço natação há anos.

— Não é por causa da natação — disse ela, um pouco impaciente —, mas sim para preservar seu corpo e se vestir de um jeito que agrade a Deus. Modéstia, lembra?

— Nossa, às vezes fico cansada disso, viu? Não posso fazer nada — pressionei as bochechas com as mãos.

— Você não é um pedaço de carne para ficar se exibindo por aí, filha — papai declarou. — Precisa zelar por seu corpo, pois ele é a habitação do Espírito Santo, e ter respeito pelas pessoas a sua volta. Lembra do que o apóstolo Paulo disse sobre não sermos pedra de tropeço para outros irmãos?

Confirmei com um movimento sutil de cabeça, mas não disse nada. Afinal, eles não ficariam satisfeitos com nada que eu falasse mesmo.

Lembrava vagamente da tal fala do apóstolo, mas a achava muito difícil de praticar. Por que eu deveria me preocupar com a santidade dos outros, quando era tão difícil manter a minha? Cada um tinha que cuidar de si mesmo, não? Enfim, se ser filha do meu pai já era chato, ser filha de Deus parecia um negócio ainda mais complicado.

— Já lavei o biquíni... — minha mãe avisou. — Quero que entregue para a Lin na próxima vez que a vir, está bem?

— Tá bom, mãe — murmurei.

14

Revisava alguns conteúdos de química tão indecifráveis quanto hieróglifos, quando uma notificação no celular colocou meu foco em um saco e saiu correndo.

Fred: *Topa uma caminhada pela praia ao pôr do sol?*

Li de novo. Os fios acobreados em minha testa por pouco não formaram uma monocelha.

Mabel: *Como? Você não está aqui...*

Meu coração foi se aquecendo aos poucos.

Fred: *Aparece na sacada, ruivinha.*

Sem conseguir acreditar, deixei a escrivaninha. Depois de afastar a cortina, encontrei Fred atrás da cerca. Ele balançava os braços como um daqueles bonecos infláveis de posto de gasolina. Em uma das mãos segurava o celular, na outra, um potinho colorido. Apesar da cena fofa, que me roubou uma risada, fui inundada por uma sensação de pânico.

E se minha mãe o visse ali? Da janela da cozinha, ela tinha uma visão perfeita do jardim.

Mabel: *Tá, é mto fofo. Mas pode sair daí? Minha mãe pode te ver!*

Fred olhou para o celular, balançou a cabeça e digitou uma resposta.

Fred: *Não tem ninguém na cozinha.*

Convencido, ele ergueu as mãos.

Fred: *Vai vir ou não? O sorvete vai derreter.*

Suspirei.

Fred me meteria em uma cilada qualquer hora dessas ou me mataria do coração tentando.

Parte de mim apenas queria correr pelas escadas. A outra insistia em me lembrar dos perigos e das mentiras que um simples passeio ao pôr do sol exigiria.

O celular tocou, me arrebatando do meu mar de indecisão.

Fred: *Vai me deixar plantado aqui? Olha que fico até decidir, viu?*

Ele agitou os braços me encorajando a descer. Mesmo à distância, sua imagem era irresistível.

Mabel: *Tô indo, mas me espera mais pra frente, ok?*

Voei pelos degraus.

Minhas irmãs brincavam no tapete da sala. Estavam tão concentradas mantendo um diálogo entre as bonecas que não notaram meus passos apressados. Eu os diminuí ao encontrar mamãe no corredor.

— Tá com fome? — ela juntou os fios ondulados em um rabo de cavalo. — Vou preparar o café da tarde.

— Ainda não. Estudar química a tarde toda deu um nó na minha cabeça! — exagerei.

Entramos na cozinha.

— Eu detestava química na época da escola, sabia? — ao encostar na ilha, seu rosto formou uma expressão de nojo.

— Não somos tão diferentes, mãe — brinquei.

— Ué, trocou de roupa? — ela ergueu o queixo e indicou a blusa rosa de alcinhas que eu usava.

Da última vez que mamãe tinha me visto, eu usava meu pijama da Minnie. Também tinha dado um jeitinho nos cachos cheios de frizz e passado um pó. Nada muito exagerado, para não dar na cara. Ainda assim, seus olhos ágeis notaram a blusa.

Como escapar dela?

— Pensei em dar uma volta na praia. Para ver o pôr do sol, sabe? São mais bonitos no outono.

— Ah, ia te chamar para me ajudar a fazer pão de queijo... — ela curvou a cabeça. — Mas dar uma volta é uma boa ideia.

Mamãe nutria a esperança de que um dia eu cozinhasse como ela, mas eu não levava jeito para a coisa. A cozinha não era um dos lugares mais acolhedores do mundo para mim. Por mais que eu tentasse, o arroz sempre queimava e o macarrão grudava mais do que chiclete. Só meu brigadeiro prestava.

Ao me ver resmungando e lhe apresentando novas evidências do desastre que eu era, mamãe dizia que não era falta de habilidade da minha parte, mas culpa dos romances que eu insistia em trazer para a cozinha e deixar abertos na ilha. Suas linhas me atraíam e me impediam de perceber o cheiro de queimado que se encrustava nas paredes da cozinha.

— Outro dia fazemos, pode ser? — sugeri.

— Tudo bem. Não vá muito longe, viu?

— Pode deixar. Até depois!

Caminhei até a porta. Uma coceirinha irrompeu nas pontas dos meus dedos, alastrando-se por todo o corpo em segundos. Mamãe falou alguma coisa, mas sua voz foi abafada pelo barulho ensurdecedor da expectativa que fazia meu sangue correr mais rápido. Desci a varanda dos fundos e cruzei o quintal.

Meu celular não demorou a vibrar.

Fred: *Uns 20 metros à sua esquerda.*

Olhei adiante e o encontrei encostado em uma castanheira em frente a uma das casas de veraneio.

— Até que enfim! — seu sorriso torto me deu boas-vindas. — Vem cá me dar um abraço.

Precisei ficar na pontinha dos pés para apoiar meu rosto em seu ombro. Fechei os olhos e respirei seu perfume amadeirado, mais forte e gostoso do que na jaqueta. Aconchegando-me em seus braços, ele me apertou contra seu peito por um instante.

— Tudo bem? — perguntou ao relaxar o abraço.

— Uhum, e você? — disse ajeitando o cabelo, que sofria com o vento de fim de tarde.

— Melhor agora. Sério — acrescentou quando viu meu olhar duvidoso. — Adoro quando fica vermelhinha assim — e apertou meu queixo.

— Ficar como um tomate não é nada legal.

— É fofinho demais, velho — Fred garantiu, rindo. — Vamos? Esse sorvete é um guerreiro, mas não vai resistir por muito tempo.

— Claro.

— Não tá frio demais para um sorvete, tá?

— Nunca. Qual sabor?

— Menta com chocolate. É um dos seus favoritos, não é?

— É.

Sorri, encantada por ele ter lembrado de um detalhe tão pequeno que eu tinha contado em algumas das inúmeras mensagens que trocamos.

— Ótimo, só precisamos encontrar um bom lugar para ver o pôr do sol.

— Conheço o lugar perfeito.

Eu o guiei até a encosta coberta por um pequeno trecho de mata, onde um projeto de trilha nos esperava. Pedro e eu a encontramos havia uns sete anos. Amávamos passar horas explorando a vegetação, escalando árvores e observando as ondas se chocarem contra as pedras. Não colocava os pés ali desde que ele havia ido embora.

Notando meu olhar nostálgico, Fred quis saber das histórias que envolviam aquele lugar. Contei a ele como Pedro e eu o descobrimos, e as travessuras que aprontamos ali. Sentados na rocha, dividimos o sorvete.

— Pensei que só te veria no fim de semana.

— Tive uma folga. Gostou da surpresa? — Fred esbarrou o joelho contra o meu.

— Claro.

— Eu merecia um prêmio, sabia? Vivo te livrando daquelas apostilas. Sou seu herói — seus olhos me fitaram de um jeitinho travesso.

— Pode pegar mais uma colher — esnobei-o.

— Você é muito nerd, ruivinha.

— Só faço o suficiente para tirar boas notas — esclareci. Coloquei uma porção grande demais de sorvete na boca, o que fez meu cérebro congelar por alguns segundos. — Ai!

Levei a mão à têmpora, torcendo para que a temperatura lá dentro voltasse ao normal.

— Vai com calma aí! Não é uma boa ideia congelar esses neurônios para sempre — Fred me provocou. — Mas por que se dedica tanto? Quer cursar uma federal? Algum curso concorrido?

— Ainda não decidi, acredita? Mas preciso de boas notas para garantir um acordo que tenho com meu pai.

— Acordo? — ele franziu o rosto.

— É, ele me garantiu que, se eu for muito bem na escola, posso fazer um intercâmbio nos Estados Unidos.

— Então você também quer ir embora — concluiu, a expressão relaxando. — Pode ser que a gente esbarre por aí. — Mesmo fechados, seus lábios formaram um sorriso provocante.

— É, pode ser.

— E, depois, seu pai não tem planos para você?

— Ele quer que eu faça alguma faculdade, claro, mas não fica me pressionando pra nenhuma. Ainda não, pelo menos.

Peguei um pouco mais de sorvete.

— Tá melhor do que eu. Para o meu pai, só posso desistir de administração se for para optar por medicina ou direito, as únicas profissões dignas de um Medeiros! Esse blá-blá-blá é tedioso demais — Fred passou as mãos pelos cabelos curtos. Seus olhos estavam pequenos, dando-lhe um ar cansado.

Ergui o queixo e fitei o céu. Sabia por experiência própria como o fardo das altas expectativas era pesado. Havia dias em que ele feria minhas costas e me fazia desejar não ter levantado da cama.

— Meu pai está sempre me lembrando o tipo de mulher que deseja que eu me torne, sabe? — revelei.

Pensativo, Fred meneou a cabeça. Seu olhar se perdeu na imensidão do mar.

A animação, que tinha feito minhas mãos coçarem, foi extinguida pela ansiedade. O frio em minha barriga me fez comer mais sorvete do que eu deveria.

— O nascimento das suas irmãs — disse Fred — não diminuiu as expectativas do seu pai sobre você?

Pigarreei, sufocada pelas memórias. Aquele não era um assunto que eu gostava de compartilhar, nem mesmo com Lin.

— Mais ou menos — respondi, por fim. — Meus pais pensavam em mim o tempo todo, antes. Meu pai até queria que eu cursasse o ensino superior nos Estados Unidos...

— Mas?

— Quando minha mãe ficou grávida, descobrimos que a gravidez era de risco, o que foi... muito difícil. Isso fez meus pais olharem para as meninas como um milagre, entende? Uma bênção — Fred balançou a cabeça me encorajando a prosseguir. — E elas realmente são, só que... — brinquei com um cacho.

Houve um tempo em que eu também conseguia enxergar o nascimento delas desse jeito e ver a vida com mais fé, mas agora parecia uma tarefa muito complexa.

— Você acabou sendo deixada de lado — o rapaz completou, a voz solidária. — Sei como é.

Havia empatia em seus olhos.

— Meu pai criou um padrão diferente para mim: a-filha-mais-velha-que-não-dá-trabalho. — Escolhi uma pedrinha e desenhei uma garota de palitinhos no chão. — Eu o aceitei e eles se acostumaram — prossegui. — Acho que... enquanto seguir o modelo, eles não vão se preocupar.

— Eles acreditam que você vai alcançar as expectativas.

— Uhum — mordisquei o lábio.

Fred tinha mesmo me deixado comer quase todo o sorvete? Diante daqueles olhos gentis, eu tinha me sentido à vontade para falar sem parar. Com uma mão segurando o queixo e a outra balançando a colher vazia, ele tinha me ouvido por mais de uma hora.

Concentrada em dar replay em minhas cenas prediletas da tarde, o vento frio que percorria a praia e fazia a areia se chocar contra minhas pernas nem me incomodou. Parecia pisar em nuvens.

— A caminhada deve ter sido boa mesmo, *sweetheart*. Está com um sorriso radiante — meu pai comentou.

Ao ouvir sua voz, duas mãos me envolveram e me arrancaram do céu.

— Foi melhor do que tinha imaginado — brinquei com a sorte.

Foi uma luta diminuir o sorriso.

— Que bom! Sua mãe comentou que passou a tarde toda estudando química. — Encostado na pia, papai levou a xícara aos lábios.

— Tenho prova semana que vem.

— Sua dedicação trará bons resultados — garantiu.

Ouvimos os passos de mamãe pelo corredor.

— Os pães de queijo esfriaram, El — ela avisou ao entrar, a boca fechando em uma linha dura.

— Ah, pensei que fôssemos fazer outro dia — respondi.

— Eu disse que assaria alguns para você antes de sair, lembra?

— Não ouvi. Desculpa. Vou lavar as mãos — pendi a cabeça em direção ao corredor.

Deixei a cozinha para ir ao lavabo, mas, assim que cruzei a porta, a ouvi sussurrar:

— Não estou mesmo ficando maluca, não é? Mabel está diferente. Tem alguma coisa acontecendo — seu tom era apreensivo.

— É, ela tá um pouquinho aérea — meu pai sussurrou de volta. — Mas não deve ser nada, Clarice. Adolescentes passam por umas fases intensas, não?

— Esse é o problema. Algumas fases podem ser intensas demais. É melhor ficarmos de olho.

Mais?

— Talvez tenha razão — ele disse.

Fiquei parada no corredor, apavorada, mas a cozinha ficou em silêncio.

Eu era tão transparente assim? Se fosse continuar me aventurando, precisava melhorar.

15

Um sábado, no finzinho de maio, Lin e eu estávamos no salão de beleza da dona Marlene, uma senhora baixinha de coração enorme que amava ajudar todo mundo, mas que tinha uma língua tão grande quanto ele (e que não perdia a oportunidade de passar adiante as novidades que ouvia).

Lin fazia as unhas, enquanto a cabeleireira cortava meu cabelo. Dona Marlene pediu que eu levantasse o rosto para que pudesse conferir se o corte um pouco abaixo dos ombros estava na medida certa. Foi aí que o vi: Fred parado do outro lado da vitrine, acenando. Mesmo fechados, seus lábios formavam aquele sorriso torto metido a besta.

Com vergonha, e pavor de ser descoberta, apenas sorri e assenti suavemente com a cabeça, o que não foi suficiente para ele. Como naquela tarde na praia, Fred chacoalhou os braços como um boneco inflável.

A cena chamou atenção de todas as mulheres no salão, inclusive de Lin. Como um anjo, ela acenou e jogou um beijinho estalado. Fred estendeu as mãos, recebendo o beijo. Ele piscou para mim, sorriu e seguiu adiante, finalmente. Meu rosto ficou tão rubro quanto uma ameixa.

— Esse filho mais velho do Marcelo é um colírio para os olhos, não? — a cabeleireira sorriu para mim pelo espelho.

Disposta a não me comprometer, apenas soltei uma risadinha baixa.

— E como é, dona Marlene! — minha amiga concordou, a voz estridente de tanta animação.

— Será que alguma valadarense sortuda já o fisgou? — ela arqueou as sobrancelhas, louca para reabastecer seu estoque de fofocas. Seus cabelos vermelhos escovados e a maquiagem impecável me faziam lembrar Miss Patty, de *Gilmore Girls*. — É vizinha dele, não é, querida? Já viu alguma garota rondando a casa?

Ela me fitou com expectativa.

— Não — respondi, sem graça.

— Talvez ele tenha alguma namoradinha no Rio — sugeriu Rita, a manicure platinada que pintava as unhas de Lin com um esmalte rosa chamativo —, porque ele passa mais tempo lá do que aqui.

Pelo visto, eu não era a única que observava a rotina de Fred. Em quantas garotas da cidade ele já tinha despertado interesse? Não queria nem pensar...

— Acha mesmo que um rapaz que tem namorada passaria a semana na mesma cidade que ela e os fins de semana com os pais? — a cabeleireira soltou uma risada estrondosa, que fez seus seios avantajados subirem e descerem.

— Verdade... — pensativa, Rita voltou a se concentrar nas unhas. — Talvez ele tenha alguém aqui, então.

— Se tiver, vou descobrir — a versão carioca da Miss Patty garantiu. Pelo espelho, ela me dedicou uma piscadela.

Estalei os dedos e forcei o sorriso.

Se essa fofoca caísse em seus lábios, Valadares descobriria quem eu era de verdade.

Sabendo que seríamos um alvo fácil se circulássemos pelas ruas ou praias mais movimentadas da cidade, precisava escolher os lugares mais seguros para me encontrar com Fred. A Praia Secreta e o rochedo foram alguns dos lugares que mais visitamos quando conseguia escapar das garras dos meus pais.

Com o passar dos dias e a queda da temperatura, porém, a praia deixou de ser uma possibilidade. Ficou difícil pensar em outras opções em uma cidade tão pequena, onde a maioria das pessoas sabia quem eu era. Por isso, Lin e eu tivemos uma ideia: assistir a um filme em São Pedro com os rapazes.

São Pedro, a menos de duas horas de distância, era uma pequena metrópole quando comparada a Valadares. A ideia era passar a tarde de domingo no shopping e assistir a um filme da Marvel no cinema recém-inaugurado, que tinha poltronas reguláveis e várias opções de lanches, luxos que o nosso Cine Retrô levaria alguns séculos para ofertar.

A pior parte do plano era pedir autorização aos meus pais. Desde que os ouvi conversando na cozinha sobre o meu comportamento, fiquei atenta, evitando deixar que algum sinal escapasse.

Seguir o acordo ao pé da letra diminuiu o sinal de fumaça que subia da cabeça de mamãe. Mas não foi fácil manter essa vida dupla. Ser aventureira enquanto fingia seguir todas as regras era ainda mais cansativo do que apenas seguir as regras.

Fiquei à espera do melhor momento para pedir aos meus pais. Como esse momento nunca aparecia, pulei da cama em uma noite de quarta-feira, o prazo estourando. Meus pais desceram para ver tevê depois que colocaram minhas irmãs na cama.

Desci e os encontrei na sala. Papai se dividia entre assistir a um jogo de futebol americano e massagear os pés da minha mãe. Esparramada pelo sofá, ela relaxava e lia um livro, *O segredo da mulher que ora*.

Chegando de mansinho, sentei-me em uma das poltronas.

— Ué, pensei que estivesse dormindo — papai me encarou por um instante, seus cabelos ondulados estavam bagunçados por causa de suas reações ao jogo.

— Perdi o sono — expliquei, o que não deixava de ser verdade.

Aconchegando-me na poltrona, abracei as pernas.

— Quer que eu prepare um chá? Vai te ajudar a dormir — ofereceu.

Talvez fosse uma boa ideia. Qualquer que fosse a resposta que ouviria nos próximos minutos, eu sabia que teria dificuldades para pregar o olho.

— Tomar uma dose de mato por uma boa causa não me parece o fim do mundo.

Arranquei uma risada de mamãe, que fechou o livro.

Levantando com um pouco de dificuldade e preguiça, meu pai foi para a cozinha preparar o meu sonífero.

— Tá preocupada com alguma coisa? — minha mãe perguntou com jeitinho. — Ou aconteceu alguma coisa? — Ela se sentou no sofá e me lançou um dos seus olhares preocupados.

Neguei com a cabeça.

— Só perdi o sono.

— Pensei que fosse a escola. Tem se dedicado tanto... — Ela prendeu os cabelos sedosos com uma xuxinha infantil. — É comum perder o sono no fim do ensino médio. Lembro que fiquei muitas noites sem dormir.

— Ainda não estou preocupada — eu a tranquilizei. — Minha mente só não quis desligar.

Retornando com uma xícara verde do Mike Wazowski, do *Monstros S.A.*, uma das minhas animações favoritas, papai me entregou a bebida.

— Um sachê de camomila e uma pitadinha de açúcar.

— Obrigada, pai.

Esfriei o chá antes de dar o primeiro gole. Alguns lances do jogo prenderam a atenção do meu pai, que bagunçou ainda mais os fios cor de areia. Já mamãe voltou a folhear o livro, mas não parecia muito concentrada.

Depois de tomar alguns goles da bebida quente e docinha, me senti calma o suficiente para cumprir minha missão.

— Mãe? Pai? Queria pedir uma coisa...

— O que foi, querida? — ela fechou o livro mais uma vez, me dedicando sua atenção.

— Hum? — meu pai não tirou os olhos da tevê.

— Acabou de lançar um desses filmes de super-herói da Marvel, sabe? E a Lin está doida para assistir... Pensamos em ir naquele cinema novo no shopping de São Pedro. Posso? — pedi sem conseguir esconder minha empolgação.

Estava ficando um pouco melhor na arte de mentir.

— Podemos levá-las qualquer domingo desses — meu pai sugeriu, tirando os olhos da tela plana por alguns instantes.

— Claro, suas irmãs vão adorar. Vi que eles têm uma área de playground infantil enorme — mamãe explicou, ainda mais empolgada do que eu. — Já estava pensando em levá-las lá.

Poxa, mãe... Assim meu plano iria por água abaixo.

— Ah, bacana — falei com cuidado. — Mas não precisa. Lin e eu pensamos em ir de ônibus nesse domingo, porque algumas amigas da escola dela querem ir também. — Ficando nervosa, passei o dedão pela borda da xícara algumas vezes.

Em vez de continuar assistindo à partida, papai resolveu prestar atenção em mim.

— O filme foi lançado na semana passada — prossegui —, e a Lin está com medo de receber spoilers demais, entende? Tá todo mundo falando disso na internet. E na escola — acrescentei, fazendo drama.

— Uma tarde de garotas, então? — Um sorriso fraco deu lugar ao sorriso empolgado que minha mãe tinha expressado havia alguns segundos.

— Sabe, não teremos muito tempo para fazer isso. Queremos aproveitar os últimos meses juntas antes de tudo mudar.

Bebi um pouco mais do chá.

— Certo — papai assentiu. — Apenas garotas vão? — Ele alisou as sobrancelhas.

— Sim — menti. De novo.

Senti o coração apertar enquanto papai me estudava.

Retirei o que tinha pensado. Eu não estava me tornando especialista coisa nenhuma em contar mentiras. Mentir para eles, mesmo que fosse para fazer algo que eu queria tanto e que parecia tão inocente, não era fácil.

Por outro lado, se eles fossem mais flexíveis, eu não precisaria mentir.

— Qual o horário do ônibus? — ele perguntou, pronto para analisar os mínimos detalhes, como sempre.

O general me lembrou como não podíamos deixar a cidade muito tarde, já que a viagem de ônibus costumava levar mais que duas horas, e faltar ao culto estava fora de cogitação. É claro que eu já tinha levado tudo isso em conta. Sairíamos mais cedo, por volta das onze da manhã, para que pudéssemos assistir ao filme no comecinho da tarde e voltar às cinco da tarde.

— Vamos chegar em cima do horário, mas vai dar tempo — garanti.

— Mal vai dar tempo de se trocar, Mabel — mamãe mordiscou o lábio. Uma das manias que tínhamos em comum.

— São Pedro não é tranquila como Valadares — meu pai cruzou os braços. — Não fico seguro em deixar você sair assim.

Ah, de novo? Meu pai amava ativar a *skin* "Pai superprotetor".

— Sei que não é, *dad*. Vamos tomar cuidado. Prometo. Da rodoviária para o shopping, do shopping para a rodoviária. Não se preocupe — falei, disposta a convencê-los. — A Lin e algumas das outras garotas conhecem bem a cidade.

Meus pais ficaram em silêncio por alguns instantes, o que só aumentou as cócegas em meu estômago. Será que dariam para trás?

— Pai, não foi você mesmo quem disse que eu tinha que sair mais de casa? — apelei. — E você, mãe, está sempre me dizendo para descansar um pouco. Me deixem ir, por favor — entrelacei os dedos, implorando, como fazia na infância.

Eles se entreolharam.

— Querido, acho que a Mabel está merecendo um sim. Ela tem se dedicado muito nas últimas semanas — mamãe saiu a meu favor.

Papai suspirou.

Olha, ele não tinha o direito de me chamar de dramática, viu? O senhor Richard Asher era mil vezes pior.

— Ok, filha. *But be careful.*

— E se qualquer coisa estranha acontecer ou algo der errado, tem que ligar para nós, ouviu? — minha mãe arqueou as sobrancelhas. — Qualquer coisa — frisou.

— Tá bom — concordei. — Muito obrigada.

A parte mais difícil estava feita. Mal podia acreditar.

16

O ônibus estava vazio quando embarcamos na pequena rodoviária. Ocupados demais com as gêmeas, que amanheceram com febre, meus pais nem pensaram em me dar uma carona, o que os impediu de ver Fred sentado ao meu lado no coletivo.

Ao se jogar na poltrona, Gab roubou um beijo da Lin. Do meu lado, Fred conversava com os amigos no WhatsApp.

Alguns meses antes, eu teria revirado os olhos para tanta melação, mas agora, mesmo nunca me imaginando sendo tão exagerada, entendia um pouquinho. Aliás, vê-los se beijando me fez pensar se aquela hora finalmente chegaria para mim.

Eu tinha gostado da paciência de Fred, só que agora sua falta de ação me deixava preocupada.

Será que ele nunca me beijaria? Havia algo de errado comigo? Eu repelia os garotos?

Confusa, soltei o ar, os ombros cedendo.

— O que foi? — seu All Star preto cutucou o meu azul.

— Ah, não é nada.

— Pensei que já estivesse arrependida do passeio.

— Óbvio que não — olhei-o com uma expressão de *"Tá louco?!"*.

— Que tal deitar aqui? — ele indicou seu ombro.

Depois que me aconcheguei, compartilhamos um par de fones. Uma playlist com nossas canções favoritas de Nando Reis foi nossa trilha sonora na viagem.

Ainda tínhamos um tempo livre antes da sessão. Sem direito a voz, Gab foi arrastado pela namorada para explorar algumas lojas de roupas, enquanto Fred e eu circulamos pelo shopping à procura de algo interessante. Não perderia minutos da minha tarde em um provador. Nem pensar!

Puxei Fred pela mão ao avistar uma loja de discos muito fofa. Com paredes de tijolos desgastados à mostra, teto preto e luzes amarelas penduradas, a loja parecia um portal para algum lugar do passado. As estantes exibiam discos raros de cantores nacionais e internacionais que fizeram meus olhos brilharem.

— Você gosta mesmo de música, não é? — Fred enrolou o dedo em um dos meus cachos.

— É como o ar para mim.

— Uau. Conta mais — me encorajou.

Aquela maneira doce como me olhava e o interesse em saber mais sobre mim eram duas das coisas que eu mais gostava nele.

— Sei lá — quiquei os ombros. — Desde que me entendo por gente, a música faz parte da minha vida, sabe? — Passei a mão pela prateleira, tocando alguns discos de MPB. — Começou com um violãozinho de brinquedo lilás. Depois, descobri a coleção de discos do meu pai. Quando dei por mim, estava fazendo aula de violão e teclado. — Cruzei os braços, sem conseguir conter as lembranças que vieram.

— Você nunca disse que tocava...

— Não toco mais — admiti, sem muita vontade de mexer naquele assunto.

— Por que não? — algumas rugas de confusão se formaram em sua testa.

— Perdi o prazer.

Debrucei-me sobre uma mesa e procurei algum álbum raro entre as pilas.

— Muita cobrança? — Fred insistiu.

— Um pouco. É que... — pausei em busca das palavras certas. — Só ouvir música se tornou mais fácil com o tempo, entende?

Fred continuou brincando com meu cabelo.

— Uhum. Mas vai ter que tocar para mim qualquer dia desses, viu?

— Pode esperar sentado.

— Você sabe como sou convincente, ruivinha — piscou, provocando um turbilhão de sensações em mim.

No alto falante da loja, "You belong with me", da Taylor Swift, começou a tocar.

'Cause she wears short skirts, I wear t-shirts
She's cheer captain and I'm on the bleachers
Dreaming about the day when you wake up and find
That what you're looking for has been here the whole time*

O cara que poderia iluminar uma cidade inteira com seu sorriso estava bem ali na minha frente. Será que algum dia ele notaria que o seu lugar era comigo?

Revirei os olhos.

Quando eu tinha ficado tão idiota?

Foquei minha atenção nos discos. Entre uma pilha de vinis de pop, encontrei o álbum *Red*, da Taylor. Seria o presente perfeito para Lin, uma swiftie de carteirinha.

*"Porque ela usa minissaias, eu uso camisetas / Ela é líder de torcida e eu fico na arquibancada / Sonhando com o dia em que você vai acordar e perceber / Que o que você procura esteve aqui o tempo todo."

Pelo canto dos olhos, notei Fred se afastar com um vinil em mãos. Ele caminhou até uma vitrola. A loja tinha mergulhado em silêncio após a canção da Taylor. Mordi a gengiva ao vê-lo colocar o disco para tocar.

Com aquele sorriso torto, uma postura petulante e as duas esmeraldas cravadas em mim, ele voltou — a voz de Nando Reis em "All Star" preenchendo o silêncio.

Além de nós dois, só havia o dono organizando alguns discos e CDs ao fundo. Mesmo sozinhos em um dos poucos corredores da loja, me senti sufocada por um instante, como se estivéssemos cercados por dezenas de pontos de interrogação.

Com delicadeza, Fred segurou meu pulso e me virou, me deixando de frente para ele. O frio em minha barriga aumentou, como se centenas de borboletas tivessem decidido alçar voo de uma vez. Mesmo insegura, ergui o queixo e fitei seus olhos desafiadores.

— Deveria ter feito isso há muito tempo — ele anunciou em um tom rouco e baixo.

Segurando minha cintura, Fred me puxou. Seus lábios se encontraram com os meus, aumentando a velocidade das borboletas.

Sem saber muito bem o que fazer, passei a mão por seus cabelos curtos, explorando aquele território novo. Enquanto me beijava, ele afagou meu rosto, deixando um rastro quente em minha pele.

O beijo com gostinho de melancia me fez lembrar de uma cena em *O diário da princesa*. Seguindo a tradição de Mia Thermopolis, levantei o pé. A atitude boba, porém, me fez sorrir.

— O que foi? — ele perguntou, afastando-se, em um tom ofegante.

Apenas me acheguei para mais um beijo.

Ficamos assim por alguns minutos, até que ouvimos o dono da loja pigarrear.

Afastando-se, Fred olhou para o senhor com um sorriso sem graça e pediu desculpas. Com as bochechas queimando como brasas, escondi meu rosto em seu peito.

De mãos entrelaçadas, Fred me conduziu para fora da loja. Rindo feito idiotas, paramos em uma cabine fotográfica onde tiramos nossas primeiras fotos juntos.

Inverno

"É difícil imaginar que tudo pode mudar em um dia, mas às vezes é exatamente isso que acontece."

De repente 30

17

A imagem de Fred caminhando em minha direção à medida que Nando Reis cantava: "Estranho seria se eu não me apaixonasse por você. O sal viria doce para os novos lábios...", não saía da minha cabeça. Meu estômago não parava de formigar, como se algo incrível fosse acontecer a qualquer instante.

Dias se passaram desde aquela tarde de domingo, mas eu recordava cada detalhe como se meu primeiro beijo tivesse sido ontem!

Sorri ao lembrar como fiquei sem graça quando o dono da loja de discos pigarreou.

— Mabel? — a voz insatisfeita e crítica do meu professor de biologia afastou as imagens de Fred, como a neblina em uma manhã de outono. — Mabel?! — repetiu, ainda mais insatisfeito.

— Sim, senhor Sobr... professor? — mordi a língua, me corrigindo antes de fazer uma das maiores besteiras da minha vida. Envergonhada, levantei os olhos em sua direção.

O senhor Otávio, ou senhor Sobrancelhas, como o chamávamos pelas costas, estava parado ao meu lado, uma das mãos coçando suas moitas cabeludas na testa. Seus olhos críticos me analisavam.

— Estou esperando sua resposta... — ele exalou, cansado.

— Sobre?

— Onde está com a cabeça, garota? — sua voz soou áspera de um jeito que eu só o tinha visto usar com os garotos mais difíceis da turma. — Quero que compartilhe conosco os pensamentos divertidos que parecem entretê-la tanto esta manhã.

Um coro de "*Huuum*" pôde ser ouvido por toda a sala, assim como risadinhas nada discretas.

Encolhi os ombros.

— Não é nada demais, professor. Desculpe.

— Tá pensando em quem, Mabel? — Marcos, um dos caras mais atrevidos da turma, gritou do seu lugar nos fundos.

— Que isso?! Mabel tá apaixonadinha — um garoto emendou.

— Há quem goste de uma cabeça de fogo — outro zombou.

— Até as ferrugens encontram uma frigideira! — Marcos constatou, o veneno escorrendo em cada palavra.

— Silêncio, terceiro A! — o senhor Otávio ordenou. — Espero que o resultado da sua atividade te traga de volta para a terra. De vez. — Ele estendeu a avaliação.

Mordi os lábios, sem coragem de olhar para o canto superior direito da folha.

Ainda que tenha encontrado dificuldade em compreender alguns conceitos de genética, não pensei que o resultado seria ruim — pelo menos não nas questões objetivas. Tinha lido tudo com bastante atenção e eliminado as opções mais problemáticas.

Até evitei pegar cola com a Laura e o Eduardo. Não queria acrescentar mais um item à minha lista de transgressões. Jurava que tinha ido bem!

Só que meu bom comportamento não dera em nada.

O 5,5 escrito em tinta vermelha chegava a reluzir. Meu pai ia me matar!

— E aí, quanto tirou, El? — Edu se virou, apoiando o antebraço em minha mesa.

— Cinco e meio... — engoli em seco.

— Caramba! Se as provas do senhor Sobrancelhas já são ruins, não quero nem imaginar a recuperação...

— Não fala besteira, Eduardo! — Laura o repreendeu. — Você vai se sair bem — ela afagou meu ombro.

— Obrigada....

Eu não apostaria tanto assim em mim mesma.

— Podemos marcar de estudar, se quiser — ela sugeriu.

— Minha nota não foi lá essas coisas, mas posso dar uma moral também — Edu piscou.

— Valeu. Se eu não entender nada de novo, a gente marca.

Edu assentiu e virou para a frente.

— Mabel, o que tá acontecendo? — Laura perguntou em um tom baixo.

Eu me virei. Laura e Eduardo eram meus colegas mais próximos na escola, mas nunca chegaram a ser como Pedro e Lin. Nossa amizade se limitava às atividades escolares. Quando o sinal batia, cada um seguia seu caminho.

— Não lembro quando foi a última vez que você tirou uma nota abaixo da média... — Laura completou, pensativa.

— Ando um pouco distraída, só isso.

— Isso tem a ver com algum garoto? — inclinando a cabeça, ela me lançou um olhar questionador.

— Talvez...

— Sério? — sua boca caiu.

— O que foi? — meus lábios formaram um desses sorrisos amarelos.

Havia mesmo algo de errado comigo, não é?

— É que... — a garota com covinhas nas bochechas pensou por um instante. — Você sempre foi tão focada nas coisas da escola e preocupada com o tal intercâmbio, que não conseguia te imaginar namorando antes de o ensino médio acabar, sabe?

De fato, aquela descrição parecia bem comigo.

— É, eu sei... — puxei um pedaço de linha do meu uniforme.

— Fico feliz por você e quero saber detalhes, claro! — Laura colocou uma mecha dos cabelos pretos atrás da orelha antes de continuar: — Só não deixe que esse lance de se apaixonar te transforme em outra pessoa, tá? Não vale a pena. Confia em mim.

— Tá — concordei, sem entender por que ela havia me dado um conselho profundo depois de uma única nota ruim.

Eu estava preocupada com a nota? É claro. Mas não ir bem em uma atividade avaliativa não queria dizer que eu estava deixando de ser eu.

Tudo estava sob controle, como sempre.

— Ainda não consigo acreditar que estou de recuperação!

Joguei a lapiseira sobre o fichário. Quebrada, a pontinha do grafite rolou pela folha. Ali uma redação pela metade me encarava.

— Sem drama, El! Uma recuperação não é o fim do mundo — os olhos de Lin giraram nas órbitas.

Éramos as únicas clientes naquela tarde fria na Sete Mares. Do meu lado da mesa, o fichário, o notebook e as apostilas ocupavam um bom espaço. Do outro, pelo menos três revistas de adolescentes estavam abertas, sem falar nas canetas em gel e nos bloquinhos de post-it espalhados por todo o espaço.

Lin marcava algumas de suas matérias favoritas e rabiscava o rosto de algumas celebridades de que não gostava. Ao lado da Taylor Swift ela fez várias estrelinhas e coraçõezinhos com a caneta rosa.

— Para o meu pai, é — respondi.

Emburrada, recostei na cadeira.

— Tio Richard deveria pegar mais leve. É só uma recuperação de uma prova qualquer. Provavelmente, vou ficar de recuperação trimestral em umas três matérias — soltou, mais preocupada em fixar o post-it rosa de estrela em uma página da *Capricho*.

Fiquei ansiosa só de pensar na possibilidade de estar em sua pele.

— Amiga, podemos estudar juntas, se quiser — sugeri. — É melhor se preparar agora do que deixar para a semana de recuperação.

O que a Lin acabava fazendo. Ela sumia, tentando compensar o prejuízo.

E o final do segundo trimestre se aproximava como um trem descarrilhado.

Quando o ano começou, pensei que os meses se arrastariam, assim como em 2013. Só que agora, em junho, a velocidade com que as semanas corriam me deixava com a sensação de que não estava aproveitando o suficiente meu último ano em Valadares.

Além disso, a formatura de Fred estava cada vez mais próxima, o que significava que muito em breve ele viria cada vez menos à cidade, até começar seu mochilão pela América do Sul e sumir para sempre.

— Não precisa, El. Sempre dou um jeitinho de passar. Você sabe — Lin bebericou seu chocolate quente. — Como seu pai reagiu ao descobrir?

— Não muito diferente da reação do senhor Sobrancelhas: *"O que está acontecendo com você, Mabel? Anda muito distraída!"* — tentei imitar a voz grossa do meu pai, que ainda se embolava de um jeito engraçado em algumas palavras. — Preciso tomar mais cuidado ou eles vão acabar desconfiando.

— É, você não pode dar mole. Mas vai ser difícil.

— Por quê? — indaguei, começando a ficar grilada.

— Você fica com um sorriso bobo o tempo todo. E seus olhos brilham do nada!

— Ah, não exagera.

— Na-na-ni-na-não! — ela balançou o dedo expressivamente. — Não vou perder a oportunidade de pegar no seu pé. Nem vem. Só enquanto tentava escrever essa redação, te peguei olhando pela janela com cara de boba pelo menos umas cinco vezes! Eu contei, viu?

— Aff.

Apoiando a mão no queixo, Lin pestanejou, os cílios curvados pelo rímel quase tocando as sobrancelhas.

— Olhando para o nada e pensando em tudo... — ela soltou um suspiro profundo.

A rainha do drama.

— Você é ridícula! — Amassei uma folha de fichário e arremessei contra ela.

Sua risada encheu a Sete Mares de vida, um raio de sol em meio à tarde chuvosa.

— A paixão está te transformando em uma garota normal, até que enfim — ela ergueu as mãos, agradecendo. — Aquela Mabel focada, produtiva e concentrada era difícil de acompanhar, amiga.

— Não estou apaixonada — falei em um tom mais baixo.

E se dona Vera nos escutasse? A dona da cafeteria reabastecia uma das vitrines com fatias de bolos incríveis. Se terminasse aquela dissertação, me daria uma fatia de *red velvet* como recompensa.

— Não precisa mentir — Lin me repreendeu. — Te conheço como a palma da mão! Até que enfim um garoto conseguiu conquistar esse coração de pedra.

— De nós duas, você é a mais exagerada — dei de ombros.

Ignorando-a, tornei a olhar o fichário. A dissertação pela metade me esperava, só que eu não estava conseguindo me concentrar. Algo comum nos últimos dias.

Se antes eu já me pegava pensando em Fred em meio às aulas tediosas de filosofia ou ficava com sono nas aulas de matemática por ter ido dormir muito tarde trocando mensagens com ele, me descobri um pouco mais dispersa após aquela tarde de domingo. "Um pouco" é bondade.

Lin tinha razão. Eu não estava mais tão focada e concentrada quanto antes, e a prova disso era o resultado horroroso em biologia. Aquele fracasso estava escondido em algum lugar da minha escrivaninha.

Mas eu não podia me dar ao luxo de me apaixonar. Primeiro, porque meu pai nunca aceitaria. Segundo, porque Fred iria embora...

Desenhei um coraçãozinho partido no canto da folha.

— É bom ter alguém em quem pensar, não é? — Lin falou sério dessa vez.

Cobri o desenho com a mão.

— É... — As borboletas ameaçaram alçar voo. — Mas tem o lado ruim também.

— Qual?

— Ter que esconder... — suspirei. — Isso não te cansa?

— Às vezes.

— Sabe, é ruim não poder dar uma volta com Fred pela cidade — expliquei. — Ter que ficar planejando em que lugar e horário podemos nos encontrar sem que ninguém nos veja é cansativo. Até... frustrante — desembuchei. — No último fim de semana, não consegui escapar nenhuma vez, já que não parou de chover!

A nuvem de frustração que me encobriu naqueles dois dias voltou, me lembrando como era terrível não ter liberdade para ver a pessoa que eu mais queria.

— É, essa parte é chatinha mesmo — Lin enrugou o nariz. — Mas vale a pena, né?

— Sinceramente? Espero que sim — encolhi os ombros. — No começo, esse jogo era emocionante, mas agora estou sempre preocupada se meus pais já descobriram ou não.

— Amiga — Lin estendeu os braços e envolveu minhas mãos —, as coisas podem continuar emocionantes, mas você precisa aprender a não ficar tão preocupada. Já falei, sua preocupação só atrai coisa ruim.

— Você nunca se preocupa?

— É claro que sim, mas sempre que a preocupação aparece, tento mandá-la embora. Lembrar do quanto me divirto com o Gab e me sinto bem ao lado dele ajuda. — Ela soltou minhas mãos e bebeu um pouco mais da bebida que fumegava.

— Costumava funcionar para mim também, mas tem sido mais fácil ficar preocupada, entende? — brinquei com a lapiseira. — Além do medo de ser descoberta, estou sempre lembrando de que julho está quase aí...

— Em julho é a formatura do Fred, né?

— É — confirmei com um muxoxo.

— Ele já disse se vai mesmo viajar?

— Temos evitado o assunto, acredita? Por ter medo da resposta, não tenho coragem de perguntar. E ele não parece interessado em contar os planos.

— Talvez ele só esteja esperando você tocar no assunto... — Lin sorriu.

— Não sei... — esfreguei a têmpora, pensativa. — Fred e eu não temos nada sério para que eu interfira nos planos dele.

— Não é interferir, é ser informada — declarou. — E para quem não tem planos de um futuro com você, achei o Fred muito paciente, esperando o tempo certo pra te beijar e tal.

— É, ele foi um fofo, mas não quero criar muitas expectativas.

— Tá certa! Ainda assim, se fosse você, aproveitaria o momento e me divertiria, em vez de ficar tão bolada.

Olhei para fora e observei a chuva cair. Lin podia ter razão. Quando aceitei o convite de Fred, já sabia que ele não ficaria na cidade por muito tempo. Daria para trás agora?

— Ei, não mande a Mabel divertida e aventureira embora! Gosto mais dela! — Lin atirou a bolinha de papel em mim.

— Não é isso — falei, ainda fitando a chuva. — Tudo o que eu mais queria era ter liberdade para fazer as coisas do meu jeito, mas para manter esse lance com o Fred preciso seguir ainda mais regras do que as já impostas pelo meu pai. Às vezes, parece que eu escapei de uma prisão para cair em outra. E nem tenho garantias de que tudo isso valerá mesmo a pena... — meu tom de voz não escondia meu cansaço.

— Que bobagem, amiga! Você só está pensando assim porque se acostumou demais com as regras. Daqui a pouco fazer o que você quer não vai trazer tanta culpa assim.

— Será?

18

Afastei o rosto para conferir minha obra de arte. Passei os últimos cinco minutos ajustando uma das marias-chiquinhas de Alice. Apesar de todo meu esforço, parecia que quem tinha amarrado os fios ondulados tinha sido ela, não eu.

O sofá estremeceu com a notificação do meu celular.

— Fica quietinha, tá? — pedi à garotinha que se remexia entre minhas pernas.

Tateei o estofado bege à procura do aparelho.

— Acaba logo, El — Alice implorou. — Quero brincar!

— Só um minuto.

Abri a mensagem de Fred com um sorriso bobo. Mas ele não demorou a murchar.

Fred: *Bom dia, ruivinha! Tô saindo do Rio. Alguns amigos estão indo comigo para conhecer a cidade \o/*

Joguei-me entre as almofadas. A boca soltando um estalo desanimado. Pensei que teríamos algum momento juntos no fim de semana! Com amigos, não sobraria muito tempo.

Mabel: *Bom dia! Que legal :)*

Digitei, fingindo estar animada.

Fred: *A galera tá a fim de conhecer o Mirante. Alguma chance de vc conseguir ir com a gnt?*

O Mirante era um dos bares mais famosos da cidade. Localizado em uma colina na chegada de Valadares, seu deque tinha uma visão privilegiada de toda a costa.

É claro que meu pai não me deixaria ir.
Mabel: *Impossível :(Divirtam-se!*
Fred: *Poxa, marrentinha. Tô com saudade.*
Mabel: *Tbm.*
Fred: *Topa fazer uma trilha amanhã?*
Soltei um muxoxo.

Logo amanhã?! Meus pais não só tinham decidido passar o domingo em casa, como também determinado que iríamos à escola dominical! Expliquei isso a Fred, que não gostou muito da programação, mas compreendeu e garantiu que daria um jeito de me ver antes de retornar para o Rio.

Momentos assim me deixavam desapontada: por que tinha que ser tão complicado?

— El, quero brincar! — Alice colocou as duas mãozinhas em minhas bochechas, me obrigando a encará-la. Parecia um caso de vida ou morte.

Papai nos levou para uma noite de pizza no Donna Mamma.

O aroma inconfundível do lugar me envolveu assim que pisei no restaurante. Aquele cheirinho de pizza e forno à lenha era um dos meus favoritos. Inspirei fundo: toques de chocolate, baunilha e fritura se fundiam ao perfume inebriante das massas. A mistura apaixonante vinha de uma mesa nos fundos, onde um grupo de crianças devorava pizzas doces e churros.

Minha família e eu nos sentamos em uma das mesas de madeira rústica. As toalhas de xadrez vermelho e branco possuíam a mesma textura de quando eu era criança e passávamos ali aos domingos, após o culto. Como eu amava sentar naquelas cadeiras infantis enormes e, enquanto a pizza não chegava, colorir os papéis que ficavam estrategicamente nas mesas!

Embora o Donna Mamma fosse meu restaurante favorito em Valadares, nessa noite eu preferia estar em qualquer outro lugar. Qualquer lugar seria um exagero. De preferência, diante de Fred, não do meu pai, que tinha acabado de fazer um elogio ao pé do ouvido de mamãe.

Girei os olhos.

— Que careta é essa, *sweetheart*? — ele quis saber. — *You loved pizza!*

— Fome — menti.

— Melhor sair de perto, então! — mamãe brincou.

É, eu tinha a fama de ser assustadora quando estava esfomeada. Só que, hoje, algo me incomodava mais do que a fome.

— Engraçadinha.

Desbloqueei o celular e conferi se Fred tinha me mandado alguma mensagem. Nada. Ele estava silencioso desde a manhã. Devia estar ocupado apresentando nossa minúscula cidade a seus amigos.

Entediada, respondi uma mensagem da Lin.

— Mabel, já chega de olhar esse celular — mamãe decretou uns quinze minutos depois. — A música vai começar, por que não presta atenção no show? — Seus olhos apontaram para o pequeno palco, onde um casal de músicos checava os microfones.

Um chiado de microfonia me fez fechar os olhos por alguns instantes.

— Consigo fazer as duas coisas — balancei o celular, esnobando meu foco.

— Tudo o que precisamos, de vez em quando, é focar apenas uma coisa — ela me repreendeu. — E você tem focado demais seu celular.

— Obedeça a sua mãe — meu pai olhou para a mesa, onde supostamente eu deveria deixar o aparelho descansar.
— Só mais um pouquinho — insisti.
— *Now*, Mabel — ele disse, sem paciência dessa vez.
— Tá! — obedeci.

Com a jaqueta jeans suja de molho de tomate, não sabia para onde olhar. A mancha se alastrava, reivindicando um espaço eterno na jaqueta. Já a fatia de pizza de manjericão reluzia sobre a mesa, me fazendo esquecer que era a verdadeira culpada pela tragédia. O queijo e o tomate tostados na medida certa queriam roubar toda a minha atenção.
Uma imagem lá fora, entretanto, fez meus olhos esbugalharem.
Do outro lado da avenida, Fred passeava pelo calçadão com os amigos. Alguns deles de mãos dadas com a namorada. E, ao lado dele, para o meu pavor, havia uma garota também.
Uma moça branca, de cabelos pretos brilhantes, falava sem parar, pendurada em seu pescoço.
— O QUÊ? — gritei.
— Mabel, tudo bem? — mamãe perguntou.
— Hã? T-tudo sim — desviei o olhar da janela. — É só essa mancha idiota.
— Os modos, filha — papai me lembrou, indicando minhas irmãs com o queixo.
— Olha, mamãe, a Mabel falou aquela palavra feia — Anna cobriu a boca, segurando um riso.
— Vou ao banheiro me limpar. — Peguei o celular e deixei a mesa, com pressa.

No banheiro, abaixei a tampa do vaso e sentei. Minhas pernas tremiam, e meu coração batia mais forte. Me permiti um minuto de surto.

Fred estava com outra garota?!

Nunca tínhamos conversado sobre exclusividade, mas presumi que ele só estaria comigo...

Respirei fundo.

Eu nem tinha direito de ter ciúmes, tinha?

Mandei uma mensagem para Lin.

Lin: *É sério??? Vou matar esse garoto!*

Era possível que Fred estivesse me enganando esse tempo todo? Não... Não podia acreditar.

Voltei para a mesa com a jaqueta suja.

19

Na manhã seguinte, fui à igreja com olheiras.

Passei a maior parte da noite rolando na cama, sem encontrar uma posição confortável. Mesmo com os olhos pesados e cansados, não consegui dormir, porque meu problema não era o colchão, nem simples insônia. Era o coração.

Minha mente formava centenas de cenários possíveis para explicar AQUELA cena. Pela manhã, tinha uma lista de possibilidades:

A garota era apenas uma amiga.

Fred estava se vingando, porque não pude fazer nada do que ele sugerira (não achava essa opção muito viável, já que ele nunca tinha dado sinais de ser esse tipo de cara).

Ele estava cansado de sair com uma garota que nunca podia fazer nada.

Fred nunca havia me prometido ser exclusivo, por isso acabou ficando com outra garota, só aconteceu.

Ele não ficava apenas comigo.

Balancei a cabeça, me negando o bilhete 0800 para mais uma volta naquela montanha-russa. Pelo menos, agora eu tinha uma certeza: gostava dele. O bastante para ter ciúmes.

Cabisbaixa, arrastei os pés até a sala dos adolescentes.

Fui cercada por uma dupla de garotas barulhentas na porta. Ao me ver, elas soltaram alguns gritinhos que teriam feito Celina e eu trocar um olhar de: *"É sério isso?"*. Como podiam ser tão animadas às nove da manhã de um domingo? Um domingo!

— Que bom que você veio! — Bárbara me contornou com seus braços. Ela quase me sufocou em seus cachinhos crespos com cheirinho de limão.

— Quanto tempo, garota! — Luísa afagou meu ombro. — Sentimos sua falta! — Apostava que aquele seu sorriso luminoso podia aquecer a sala fria.

— Obrigada — comentei mal conseguindo olhá-las nos olhos.

Havia quanto tempo eu não conversava com elas? Alguns meses, no mínimo.

Mesmo frequentando a igreja uma vez por semana, eu fugia dos adolescentes — e dos líderes, com certeza —, para que ninguém ousasse me convidar para alguma coisa. O máximo que fazia era dar um tchauzinho à distância.

— Vem sentar com a gente! — Bárbara sugeriu.

Ela me guiou até o círculo de cadeiras no centro da sala, algumas delas já ocupadas. Entre os adolescentes estavam as irmãs JJ, que me deram uma olhadinha rápida, me examinando da cabeça aos pés. As duas compartilharam um olhar cúmplice e exibiram um sorrisinho de superioridade.

Jey e Jade eram as gêmeas mais complicadas que eu conhecia. Poderiam ter saído direto do set de *Meninas malvadas*, só faltava usar rosa às quartas-feiras. Compartilhavam o mesmo tom loiro nos cabelos lisos e cheios, e os olhos escuros críticos. Olhando bem, era possível perceber algumas diferenças entre elas, principalmente no sorriso. Os lábios de Jey eram mais cheios e estavam sempre destacados por um batom escuro. As californianas nos cabelos também as diferenciavam. Nas pontas, Jey exibia um tom rosado, enquanto Jade preferia o verde. Desde que nos entendíamos por gente, elas não iam com a minha cara.

Depois de me perguntarem sobre a escola e as novidades, Bárbara e Luísa foram envolvidas em uma conversa com outras garotas sobre o último ensaio do grupo de teatro. Estavam animadas com uma peça que apresentariam em breve.

Bocejei.

Assim que a lição começasse, a noite insone cobraria seu preço.

Um holofote se acendeu em minha cabeça apresentando a lista de possibilidades para a fatídica cena. Dar atenção a ela seria um erro, eu sabia. A entrada de Mateus caiu como uma luva. Segui-o com o olhar enquanto era cumprimentado por alguns garotos e se sentava na cadeira bem em frente à minha. Apesar de estar havia pouco tempo na cidade, parecia muito à vontade ali.

— Oi, Mabel — a mão se moveu em um tímido aceno.

— Oi — cumprimentei.

Como ele podia ser tão diferente do irmão? Ele também era bonito, é claro, mas parecia um pouco desajeitado e tímido, nada seguro como Fred.

— É bom te ver aqui — seus olhos sorriram.

Minutos depois, Fernanda, a líder do ministério de jovens e adolescentes, chegou. Ela era muito alvoroçada para alguém na casa dos trinta. Sempre tinha um sorriso gentil, e o rosto em formato de coração acentuava os olhos amorosos. Também não era do tipo que desistia facilmente.

Ano passado, quando diminuí ainda mais minha participação nas atividades dos adolescentes, com a desculpa de precisar me dedicar à escola, ela me mandou inúmeras mensagens carinhosas, me encorajando a dar um jeitinho de estar presente. No entanto, eu não tinha prazer nas atividades da igreja, nem via sentido em ficar forçando laços que seriam rompidos assim que eu fosse embora. Já bastava ter perdido o Pedro.

Ao me enxergar entre as meninas, Fernanda me juntou em seus braços. Aquele carinho todo estava me assustando. Sério.

— Você tem feito falta, viu? — ela alisou meu cabelo.

Apenas assenti, e, ainda sorrindo, ela se afastou.

Aquela recepção carinhosa não era o que eu esperava. Achei que eles ficariam me questionando sobre o meu sumiço e me julgando por não dar a mesma importância à igreja. Bem, estava errada.

Como não vinha à EBD fazia meses, eu não possuía um exemplar da revista de estudos. Um problema que Bárbara resolveu rapidinho, compartilhando a sua comigo. E as canetas coloridas. Pois é, Bárbara era do tipo que levava para a igreja uma bolsinha empanturrada de canetas e post-its.

À medida que a sala mergulhava em silêncio e Fernanda dava início a aula, minha mente ativou seu modo avião. Tentei pensar no intercâmbio e na listinha de lugares pelo mundo que eu desejava conhecer, mas minha cabeça não demorava a me passar a perna, trazendo à tona cenas da noite passada. As dúvidas causadas por meus dramas amorosos inundaram meu coração, como ondas quebrando em todas as direções.

A agitação ficou ainda pior quando meu pai guiou o carro por nossa rua. Fred estava parado em frente de casa, cercado pelos amigos. Alguns se despediam dele, enquanto outros esperavam sentados em suas motos, prontos para pegarem a estrada.

A garota dos cabelos sedosos estava sentada em uma moto robusta, o capacete roxo apoiado na coxa definida. Ela era ainda mais linda à luz do dia.

Ainda bem que os vidros do nosso carro eram pretos. Não queria que Fred visse como meu queixo por muito pouco não tocou minha clavícula.

— Uau! Quantas motos grandonas! — Alice exclamou, o dedinho tocando a janela.

— Grandonas e *perigosas*, querida — mamãe frisou a segunda característica.

— Esse garoto deve tirar a paz do Marcelo — meu pai lamentou.

— Imagina o que eles aprontam com essas motos na estrada! — mamãe cobriu a boca, provavelmente apavorada com as imagens terríveis formadas em sua mente de mãe superprotetora.

Papai estacionou em nosso quintal. Enrolei o máximo que pude ao ajudar minhas irmãs a saírem das cadeirinhas, torcendo para que Fred se despedisse dos amigos e entrasse em casa, mas eles não tiveram pressa.

Não havendo mais jeito, deixei que as meninas pulassem do carro e segui atrás delas. Sem conter a tentação, olhei de soslaio para o outro lado da rua. Aqueles olhos verdes estavam cravados em mim. Seus lábios formaram o sorriso que perturbava as borboletas em meu estômago. Apenas assenti, discreta.

Entediada, encarei um dos meus pôsteres de Nova York com um pôr do sol em Manhattan. Estava cada dia mais perto. Só precisava manter as aparências até lá.

A letra "F" piscou no visor do meu celular.

Fred: *Que tal me encontrar em nossa pedra daqui uma hora?*

20

Uma hora depois, enquanto minha família tirava uma soneca, saí de casa na ponta dos pés.

Enfiei as mãos no bolso do moletom. A tarde estava fria e cinzenta.

Caminhando devagar, observei as castanheiras. Durante o outono, as folhas caíram deixando os galhos solitários. Um tapete de folhas secas cobria boa parte do caminho. Diminuí ainda mais o passo e inspirei fundo, sentindo a fusão de cheiros criada entre a floresta e o mar.

Aquela era a primeira vez que um encontro com Fred não me animava. De verdade.

Quando finalizei a trilha, encontrei uma cena que não esperava: Fred diante de uma manta verde. Ele a tinha decorado com duas almofadas, e uma coberta de pelos repousava entre elas. Do lado, uma cesta de piquenique.

— Pensei que me daria um bolo. — Ele abriu os braços, mas eu não estava muito no clima.

— Oi — minha voz saiu tão baixa que quase foi abafada pelo barulho das ondas contra o rochedo.

— Que rostinho marrento é esse? — Fred deu fim à distância que havia entre nós. — É por isso que o dia está fechado assim. — Ele passou o dedo por meus lábios. — Cadê o sorriso mais bonito de Valadares?

Por um instante, meu coração ficou quentinho. Só que eu estava confusa e cansada demais para deixar que ele queimasse como em um dia de sol.

— Eu te vi ontem à noite — revelei.

— Onde? — ele questionou, os ombros relaxados.

— Andando pelo calçadão com seus amigos — cruzei os braços.

— Onde você estava? Pensei que tivesse ficado em casa — ele alisou meu queixo.

Não havia um pingo de preocupação em seu rosto.

— No Donna Mamma.

— Eles têm uma pizza muito boa.

— Tudo lá é muito bom, mas não muda de assunto, Fred — censurei.

— Você fica tão bonitinha com ciúme... — ele puxou um dos meus cachos.

O que só me irritou mais.

— Não tô com ciúmes. Só não imaginei que você andaria pela cidade com outra garota.

— É claro que tá com ciúmes.

— Não tô — rebati.

— Tá, sim — Fred soltou uma risada abafada. — Mas não precisa ficar. Pô, você entendeu tudo errado. Aquela garota é a Valentina, uma amiga.

— Amiga?! — perguntei com dificuldade para acreditar. — Amigas não se insinuam daquele jeito.

— Ela é pegajosa, nada além disso.

— Hum...

O jeito como a tal Valentina olhava para ele não era como eu olhava para Pedro. Ela queria algo além da amizade, com certeza.

— Você é a única garota na minha vida, ruivinha.

— Tem certeza? Nunca conversamos sobre isso, mas não me sinto à vontade em... — as palavras me faltaram.

— Me dividir com outra? — Ele passou a língua pelos lábios, os olhos sorrindo. Apenas assenti, morrendo de vergonha. — Ei — Fred segurou meu queixo e o ergueu. — Não precisa ficar preocupada, tá?

— É melhor não mentir para mim, Frederico — falei em meu tom de voz mais sério. Ainda não estava pronta para baixar a guarda.

— Uh! — ele cobriu o coração com uma das mãos. — É claro que não, ruivinha! Como não conseguimos fazer nada juntos neste fim de semana, quis te recompensar... — Ele olhou para o piquenique. — Vamos?

Baixando a guarda, me enrolei no cobertor. Fred colocou a cesta entre nós e a abriu, revelando seu conteúdo: em copos para viagem, chocolate-quente da Sete Mares, duas fatias de bolo (um *red velvet* e um de brigadeiro), pequenos sanduíches naturais, pães de queijo e duas garrafinhas de água.

— É ou não é um banquete?

— Teria ficado encantada só com o *red velvet*.

Às vezes, uma garota não precisa de muita coisa.

— Pela quantidade de vezes que passei pela cafeteria e te vi devorando uma fatia desse bolo, tive certeza de que era seu favorito.

— Você acertou — deixei um sorriso escapar.

Ele era sempre tão atento aos detalhes.

— Opa, olha aí o sol abrindo!

Aconchegada contra seu peito, ouvi enquanto ele narrava as aventuras do fim de semana. Apesar de pequena, e do clima mais ameno dos últimos dias, a cidade foi um prato cheio para seus amigos. Eles exploraram algumas trilhas e praias, e aproveitaram as ondas fortes daquela manhã para surfar. Dona Marlene até tinha "galanteado" um dos rapazes, como ela diria, enquanto eles davam uma volta pela praça central.

— Estava pensando em uma programação especial para o nosso próximo domingo juntos — Fred revelou.

— Qual?

Espetei o garfo na fatia de *red velvet* que dividíamos.

— É uma surpresa.

— Ah, não. Me conta, vai.

— Só posso adiantar que não vai ser aqui na cidade.

Aquela novidade me pegou desprevenida.

Afastei meus olhos de suas safiras verdes e dediquei atenção a um arbusto que balançava com o ar gelado. Ser filha do meu pai tinha me moldado para pensar mil vezes antes de fazer qualquer coisa. Sua mania de fazer listas, analisar prós e contras, e agir com responsabilidade, me forjou em uma garota que, apesar de ansiar explorar o mundo, viu a vida através do vidro do aquário por tempo demais.

Eu tinha me cansado de nadar apenas pelas águas tranquilas monitoradas por meu pai, e me envolver com Fred foi meu maior grito de liberdade. Contudo, eu não queria ser descoberta e capturada pelas redes da consequência.

— Não acho uma boa ideia. É arriscado, Fred... — deixei o meu medo falar mais alto dessa vez.

Fred repousou o garfo na tampinha do bolo e puxou minha mão. Ele desenhou pequenos sóis por ela.

— Aqui é muito mais arriscado, Mabel. Quero ir para um lugar onde possamos andar de mãos dadas despreocupados, sabe? Ter um dia tranquilo, sem ter que esconder nada de ninguém.

— É tudo o que eu mais quero, mas...

— Não pense muito — ele me interrompeu. Nossos dedos se entrelaçaram. — Só me diga sim. Vai ser seu presente para a minha formatura.

Por um momento, senti um incômodo no peito.

Será que eu não estaria forçando demais os limites? E se algo desse errado? Passar um dia longe dos olhos de todos poderia ser leve e divertido, mas aquela não era a solução para o nosso problema.

— E aí, ruivinha?

Fred beijou meu pescoço.

— Está bem — concordei, apesar da falta de confiança.

21

Segui Fred até que ele desapareceu na trilha. Ele foi na frente para deixar as coisas em casa. A estrada até o Rio era longa. Permaneci envolvida na coberta de pelos. Levei uma pontinha dela ao nariz. A fragrância de uma tarde na floresta após a chuva se misturava com meu perfume de maçã do amor.

Ao som das ondas, tentei digerir as emoções das últimas horas. Ver Valentina agarrada em Fred foi um choque para mim. Pensar que ele poderia estar brincando comigo me fez sentir como se alguém estivesse espetando uma agulha fina em meu coração.

Tinha me esforçado para não gostar daquele moreno de sorriso pretensioso, mas ali estava eu, cheia de ciúmes.

Soltei o ar.

Era um alívio descobrir que tudo não tinha passado de um mal-entendido.

Ainda assim, eu não estava aliviada. Sentia como se uma pedra tivesse surgido em meu coração, pesando-o. Puxando-o para baixo. Algo me incomodava, só não sabia dizer bem o que era.

Cansada, levantei e apertei um pouco mais a coberta, criando um casulo seguro, mesmo que temporário. Pelo menos uma das minhas hipóteses estava certa (ou meio certa): Fred estava cansado de sair comigo às escondidas. Eu também estava. Era péssimo pensar nos mínimos detalhes de cada encontro, e ainda pior voltar para casa sozinha.

Desci a trilha.

Desatenta, trombei em alguém. Meus cabelos grudaram no moletom suado.

— Mas gente?! — exclamei.

— Duas vezes no mesmo dia? Fala sério! — O falso desapontamento era claro em sua voz. As mãos de Mateus seguraram meus ombros, me impedindo de cair.

— O que está fazendo aqui? — perguntei em um tom impaciente.

— Estava correndo pelo condomínio — ele balançou o moletom suado. A franja, além de bagunçada, grudava na testa. — Descobri essa trilha um dia desses. Tenho vindo aqui sempre que preciso relaxar.

— Hum — soltei baixinho.

— Temos uma coberta igualzinha a essa lá em casa — Mateus encarou o cobertor com as sobrancelhas franzidas. Puxei-a ainda mais contra o corpo. — Aliás, ela tem uma manchinha exatamente igual a essa — chegando mais perto, ele mostrou um ponto marrom em meio aos pelos brancos. — Fred entornou brigadeiro nela uma vez.

— Nossa, que coincidência — cobri a manchinha com a mão.

— Essa é a nossa coberta, não é? — Mateus colocou a mão na cintura.

Mordisquei o lábio, pega no flagra.

— Você e o meu irmão estão saindo... — ele concluiu.

— Mateus...

— Cara! Sabia que ele estava saindo com alguém daqui, mas não tinha certeza de quem era — o garoto me interrompeu. — Seus pais não sabem, não é? — ele franziu ainda mais a testa.

— Não... E você tem que me prometer que não vai contar! — meu desespero era evidente.

— Aquele dia no churrasco eu deveria ter te avisado para tomar cuidado com meu irmão... — ele soltou um suspiro.

— Não é como se seu irmão tivesse me seduzido ou coisa do tipo. Eu *escolhi* sair com ele — apertei as mãos em punhos.

Eu não era uma mocinha indefesa. Sabia o que estava fazendo.

— Não me leve a mal, Mabel. É que... — ele pigarreou. — Meu irmão não costuma ter muito cuidado com o coração das garotas que convida para sair.

— Eu sei me cuidar, tá? — frisei.

— Não é o que tá parecendo...

— Você nem me conhece.

— Na boa, tenho certeza de que você é uma garota esperta. As pessoas sempre falam coisas boas sobre você, sabe?

Fiquei intrigada.

— Quais pessoas?

— O pessoal da igreja. E a dona Marlene também te encheu de elogios no dia em que passei no salão para encontrar minha mãe. Mas isso não vem ao caso agora. Quando o assunto é coração, é sempre bom tomar cuidado.

— Tô cuidando.

Mateus chutou uma pedrinha, os olhos vazios.

— Tem certeza de que vale arriscar tanto pelo meu irmão? — sua voz soou baixa e ainda mais angustiada.

Meu coração acelerou. O que Mateus queria dizer com aquilo? Era só perguntar, não é? Porém, toda aquela argumentação de garota-independente-que-sabia-o-que-estava-fazendo cairia por terra. Não podia ser vulnerável com um garoto que mal conhecia.

— Alguém já te disse que você é muito intrometido? — questionei, preferindo dar crédito a minha irritação.

O garoto riu, o que só aumentou meu mau humor.

— Prefiro me intrometer a te ver sofrer — acrescentou.

— Você nem me conhece, garoto! — balancei a cabeça, os cachos, já embolados pelo vento, emaranhando ainda mais.

— Você é muito marrenta, sabia?

— Ah, você e seu irmão têm algo em comum, então.

Pisando duro, passei por ele.

22

Ao descer do ônibus quinta-feira, deparei com Lin sentada no ponto. Com dois copos da Sete Mares e um saquinho de papel nas mãos, ela me esperava, as pernas cruzadas. Com certeza queria alguma coisa, e era importante a ponto de não me pedir pelo celular.

— Oi, amiga! — ela me cumprimentou, os olhos brilhando tanto quanto os do Gato em *Shrek 2*.

Levantando-se, me passou um dos copos.

— Em que posso ajudá-la hoje? — deixei que o calor do café esquentasse minhas mãos.

Apesar do sol e do céu sem nuvens, o dia estava frio.

— Qual é! — exclamou, em choque. — Sou tão interesseira assim? — seus lábios se uniram em um biquinho infantil.

— Só é transparente como água.

— Ok — Lin jogou os cabelos para trás. — Vou fingir que isso não foi uma crítica.

— Depois de quase dez anos de amizade? Já estou acostumada, Celina — empurrei-a com o ombro.

Não tinha segredo: se ela quisesse me convencer, bastava comprar algo gostoso na Sete Mares. Já se fosse eu, era só comprar alguma edição de suas revistas favoritas.

Andamos até o gazebo e nos sentamos em um dos banquinhos. Lin abriu o saquinho de papel e me entregou um croissant de frango, quentinho. Só pelo cheiro fiquei com água na boca.

— Desembucha.

Dei uma mordida no assado.

— Então... — Ela fez uma pausa. — Já tá sabendo que vai ter um culto jovem esta semana lá na igreja? — Em vez de olhar para mim, minha melhor amiga se ocupou em colocar o saquinho de papel e o copo ao seu lado no banco.

— É, me convidaram... — Minha boca estava tão cheia que mal consegui falar. — Na EBD.

— E você vai?

— Minha mãe esqueceu — respondi, feliz da vida. — Então, eu é que não vou ser a louca de lembrá-la.

— Sorte a sua... — Lin bufou. — Minha mãe estava tão chateada com meu pai no último fim de semana que resolveu dar as caras na igreja, acredita? Ela insiste nessa ideia de que Deus vai estalar os dedos e resolver todos os nossos problemas... — completou, em um lamento tão baixo que me assustou.

Sua luz foi se apagando aos poucos.

— Como eu queria que as coisas fossem diferentes! — inclinei-me e encostei a cabeça na dela.

— Eu sei.

Algumas amigas de Lin passaram pela praça. O sorriso delas fez minha amiga esquecer sua dor por alguns segundos.

— Minha mãe cismou que tenho que ir ao tal culto — Lin se afastou, endireitando o corpo.

— Você não consegue pensar em uma desculpa? Das boas? É especialista nisso.

— Já tentei de tudo, amiga! Mas ela não muda de ideia.

— Poxa.

— Que tal ir comigo? — sugeriu.

— Aaaah, isso não, Lin! — minha voz soou mais áspera do que pretendia. — Qualquer coisa, menos isso. Já fui à igreja demais esta semana.

— É sério? — ela fixou seus olhos em mim, a frustração franzindo os cantinhos. — Em quantos passeios Gab e eu fomos com você? Quantos domingos mudei meus planos para que você pudesse ter seu romancezinho de... outono-barra-inverno?

— Amiga, eu sei! — tratei de esclarecer. Não queria parecer a ingrata. — E agradeço muito por isso, mas você não pode pedir outra coisa?

— É disso que preciso, El.

— Não tô a fim... — choramingueí. — E tenho tanta coisa para fazer!

— Em plena sexta-feira? Não é possível que você vá passar a noite de sexta estudando... O Fred não vai folgar amanhã? — lembrou. — Aposto que já marcou algo com ele.

Lin não estava totalmente errada. Na noite anterior, Fred tinha me avisado que fora surpreendido com uma folga naquela sexta. Ele queria me ver à noite, nossa única oportunidade de nos encontrarmos antes do passeio misterioso, pois ele passaria o resto do fim de semana envolvido em um evento da fábrica do pai.

Eu queria muito vê-lo, mas estava com medo de sair à noite. Como escapar com meu pai em casa?

— Ele quer me encontrar, é verdade. Mas não vou. Preciso estudar — bebi um gole do cappuccino de chocolate.

Foi o que eu tinha dito a Fred, mas ele ainda não tinha compreendido.

— Aham.

— Juro, Lin!

— El, qual era o nosso combinado mesmo?

— De qual deles você tá falando? — cocei o nariz.

Quando tínhamos uns doze anos, fizemos um pacto de amizade com direito a um pequeno corte no dedo e tudo, mas eu não lembrava metade dos itens da lista.

— Quando se começa a namorar alguém, não devemos mudar, lembra? Nem deixar a amiga de lado. Essa é a regra extra do nosso pacto, que você fez questão de acrescentar assim que comecei a sair com o Gab.

— Ah, eu sei. Mas não quebrei a regra.

— Será?

Coloquei o copo de café no banco com tanta força que ele por pouco não tombou.

— Caramba! Que ideia besta é essa? Continuo a mesma.

Primeiro tinha sido a Laura com aquele conselho sem noção na escola. Agora, Celina. De onde elas estavam tirando essa baboseira?

— Se isso te deixa tão bolada, deveria parar um minuto e pensar...

Lin recostou na madeira.

— Não mudei, Lin. Não mudei — falei. Àquela altura, não sabia se era para convencê-la ou para me convencer.

— Tá — seus olhos giraram, deixando claro que para ela eu tinha acabado de protagonizar um momento de puro drama.

— Você não podia pedir alguma coisa mais fácil?

— Você sempre foi à igreja, El. Não é tão difícil ir até lá e colocar esse traseiro na poltrona acolchoada. Aliás, você fez isso domingo e não morreu, né?

— Não — confirmei a contragosto.

— Pois é. Depois de uma hora e meia, você vai estar livre.

Não era tão simples quanto ela pintava.

— Tá, mas você vai ficar me devendo uma. E das grandes.

— Não se preocupe. Vou te pagar, porque é isso que boas amigas fazem — assegurou, piscando com o olho direito. Assumindo uma postura mais ereta, voltou a ser a Lin radiante que eu amava. — Às sete e meia na frente da igreja, fechado?

— Fechado.

Enquanto terminava de comer meu croissant, emburrada, Lin sorria ao meu lado. Ela finalmente bebericou seu café.

Ao chegar em casa, encontrei Anna e Alice assistindo *Toy Story* na sala. Os olhos redondinhos seguiam Buzz Lightyear enquanto ele descobria que era apenas um brinquedo. Soltei a mochila no chão e me joguei no sofá. Não perderia a chance de assistir mais uma vez ao clássico que passei tantas tardes vendo na companhia de Pedro.

Vidradas na tevê, elas só acenaram para mim.

Com um sorriso bobo no rosto, assisti ao filme também. Algum tempo depois, minhas irmãs engatinharam até o sofá. Sentando-se ao meu lado, aconchegaram-se. Foi assim que mamãe nos encontrou.

— Você já chegou — ela constatou. — Ué, não está com fome?

— A Lin me tentou com um croissant — confessei.

— Agora não vai conseguir almoçar — erguendo as mãos, mamãe me advertiu.

— Garanto que ainda tem espaço para alguma coisa.

— Ótimo! Vem arrumar seu prato, então.

Concordei, sabendo que ela não sossegaria enquanto eu não comesse. Quando deixei a sala, mamãe me seguiu.

— Lave as mãos primeiro, Mabel — lembrou-me.

Como ela adivinhou que eu não tinha intenção de parar no lavabo? Lavar na pia seria muito mais prático, mas era um dos pesadelos da minha mãe.

Depois do momento de higiene, encontrei-a na cozinha, guardando a louça.

— Sexta tem culto jovem, né?

Deixei a concha cair na panela de feijão. Os cantos da minha boca curvaram. Jurava que ela havia esquecido!

— A Fernanda me ligou esta manhã, graças a Deus. Acredita que eu tinha esquecido? É tanta coisa na cabeça...

Sério, mãe?! Não podia estar ocupada demais para atender ao telefone?

— Acredito, eu também tinha — comentei.

— Ela ficou muito feliz com a sua presença na EBD, sabia? Até me deu um puxãozinho de orelha por ter te deixado faltar tanto este ano.

— Um puxão de orelha?

Que ousada!

— E ainda bem que deu... Só confirmou algo que Deus vem falando comigo nas últimas semanas. Temos faltado muito aos domingos, filha. Isso não está certo. Precisamos diminuir esses passeios ao sítio.

Por essa eu não esperava!

— Mas, mãe... — intervi. — As meninas gostam tanto! — Deixando o prato em cima da ilha, foquei toda minha atenção em convencê-la. — E os domingos são os únicos dias em que o papai consegue não se enfiar no escritório.

— É verdade, mas temos que ir à igreja com mais regularidade — ela encostou na pia. — Sabe, Mabel, o Senhor não nos chamou para viver uma fé solitária. Fomos chamados para viver em um corpo.

— Já fazemos isso uma vez por semana, ué.

— Não parece pouco para você? Veja quanto Deus nos deu... — ela fez um círculo com o dedo. Seus olhos brilharam contemplando o que nos cercava. — Será que a nossa oferta tem sido justa?

— Sei lá, mãe. Acho que sim.

— Você não parece muito animada com a ideia... O que está acontecendo? — ela andou até mim.

— Nada.

— Não me parece nada... — mamãe prendeu uma mecha de cabelo que caía sobre um dos meus olhos atrás da orelha. — Toda vez que falamos da igreja, suas sobrancelhas franzem e você fica desanimada, como se estivéssemos te obrigando a ir para a prisão.

— A igreja é chata, às vezes. Só isso.

Em um reflexo involuntário, dei um passo para trás, fugindo do seu toque.

— Entendo que nem sempre seja divertido, mas tem certeza de que é só isso? — voltando a encostar na pia, me analisou. Como não respondi, prosseguiu: — Você cresceu naquela comunidade, Mabel. Aprendeu desde pequenininha a importância de nutrir um relacionamento com Deus e as razões de ir à igreja. Sabe de uma coisa? Talvez não seja a igreja que seja chata. Pode ser que você só precise se abrir mais, participar das coisas, interagir com as pessoas. Dar uma chance — aconselhou.

Cerrei os dentes.

Cada uma daquelas palavras deixou um rastro de fogo em meu peito.

— Mãe, não começa, tá?! Estou muito ocupada com a escola e o vestibular. E o que adianta me enturmar agora, se vou embora ano que vem? — Peguei meu prato, disposta a deixar a cozinha.

Mamãe coçou a testa franzida.

— Você fica tão focada nesse intercâmbio que tenho medo de que se prive de viver o hoje da melhor maneira — ponderou.

— Pode estar perdendo a oportunidade de viver experiências incríveis, porque só pensa no que deseja viver no futuro.

— Que droga — exclamei. — Minha dedicação à escola e ao intercâmbio também são um problema, agora? Será que algum dia vou ser capaz de te agradar?

— Você sabe que não é disso que estou falando — ela me repreendeu com o olhar. — Só temo que esse sonho se torne um ídolo em seu coração, filha. E que nunca encontre contentamento com o que já tem.

— Perdi o apetite.

Deixei o prato na bancada e corri para o quarto.

23

Fred nunca escondeu que era teimoso. Com aqueles ombros largos e sorriso torto convencido, exalava presunção. Contudo, sempre foi gentil. Costumava respeitar minha opinião sobre as coisas. Até agora.

Com toda a paciência do mundo, contei que fui obrigada a ir à igreja na sexta e reforcei que meu pai estaria em casa. No entanto, Fred não aceitou minhas desculpas e ainda me lembrou como tinha sido péssimo não sair comigo no último fim de semana.

Ele estava tão disposto a me ver digitando "Sim!" que não me deixou dormir na quinta-feira até que concordei que daria um jeito de encontrá-lo.

Como faria isso? Não tinha ideia.

Sem paciência para lidar com a minha mãe, que não tinha gostado nada da nossa conversa na cozinha — e agora me acusava de ter subido o tom e batido a porta do quarto —, passei a tarde toda colada na cadeira. Ao deixar a escrivaninha, às 18 horas, o pescoço doía por ter ficado tanto tempo olhando para as apostilas e o fichário. Os olhos ardiam, pesados pelo sono perdido.

Para encontrar um pouquinho de energia para o culto, tomei um banho demorado, relaxando no contato com a água quente.

Abrindo o guarda-roupa, ignorei as blusas mais delicadas (ligeiramente apertadas) e chamativas que Lin tinha me ajudado a comprar — e que eu só usava longe dos olhos de águia da minha mãe. Optando pelo básico, peguei uma calça preta e uma blusa branca. Estava tão cansada-e-desanimada-e-louca para chegar em casa que nem me importei em passar maquiagem.

Voltei à escrivaninha para pegar a Bíblia na última gaveta. O livro de capa rosa e letras douradas me lembrou as tardes que passava lendo com minha mãe na varanda.

Algumas vezes, tínhamos sorte e papai chegava mais cedo do trabalho. Ele conhecia tão bem as histórias bíblicas que conseguia explicá-las para mim de um jeito fácil e divertido. Encenando algumas passagens, ele até inventava vozes para os personagens. Ouvi-lo era como entrar em uma máquina do tempo.

Suspirei. O peito, de repente, pesado. Eram boas lembranças, mas doía recordá-las. Doía porque havia anos essa não era mais nossa realidade — e eu parecia ser a única que sentia falta.

Devolvendo os negativos para um lugar seguro, silenciei as imagens em preto e branco (e a dor provocada por elas). Apaguei a luz e desci.

Um dos radialistas favoritos da minha mãe — um senhorzinho simpático que não levava muito jeito para comunicação, mas comandava o mesmo programa desde que eu me entendia por gente — anunciou que eram 18h40 quando me sentei em uma das banquetas da cozinha.

— Sem atrasos, que gracinha! — mamãe me parabenizou.

— Só para constar: *estou a-di-an-ta-da* — soletrei.

Ela me serviu um misto quente e um suco de laranja.

— Só se não fosse comer — mamãe piscou, talvez, esquecendo por um instante que havia um conflito entre nós. — Depois do culto vai ter cantina — avisou. — Pode comprar alguma coisa, se quiser.

— Tá, obrigada — respondi mordendo o misto. Não tinha percebido como estava faminta.

Com uma expressão emburrada, continuei comendo. Queria que mamãe notasse que eu não estava nem um tiquinho animada por ter que ir à igreja em uma sexta-feira à noite. Mas não aguentei e acabei quebrando o silêncio.

— Você não cansa desse senhor, né? — apontei para o rádio. Ele falava com um ouvinte tão velho quanto ele. — A esta altura, ele já deveria ter se aposentado.

— E você sempre implicou com ele, não? Coitado! — mamãe cerrou os olhos, mas deixou um sorriso de canto escapar.

— Ele não tem muito jeito pra coisa — argumentei. — Parece que está conversando com os amigos pelo telefone, e não apresentando um programa de rádio.

— É, ele é bem simples mesmo — ela teve que concordar. — Mas o programa é legal, vai — mamãe se debruçou na bancada.

Por alguns segundos, seus olhos sorriram e eu voltei no tempo. Tinha 11 anos de novo e éramos só nós duas. Depois de passar a tarde cuidando do jardim (e nos sujando de terra), fazíamos donuts juntas.

— Mamãe! Mamãe! — Alice gritou, quebrando o encantamento. — Quero um lanche igual ao da El — pediu, sem tirar os olhos do sanduíche que eu levava à boca.

— Também quero! — a voz de Anna ainda no corredor chegou até nós.

Cruzes, ela ainda nem tinha visto o que eu comia...

— Não está na hora de vocês jantarem? — perguntei, os olhos franzidos.

Seus cabelos, com cachinhos nas pontas, estavam desgrenhados de tanto brincar.

— A gente come um pedacinho e depois janta — Anna propôs, parando ao lado da sua cópia.

— A gente tá com muuuuuuita fome! — Alice passou a mão pela barriga gordinha, que vazava entre o short e a blusa.

— Então, deixa eu ver.... Vocês querem um lanche porque estão mesmo com fome, não porque a Mabel está comendo, né? — mamãe tentou soar séria.

Elas balançaram a cabeleira, convencendo mamãe.

— Tô até fraquinha — Anna acrescentou e afastou os cabelos do rosto. — Brincar dá muuuuita fome — nos informou, muito séria, como se brincar fosse um trabalho árduo, que consumisse horas do seu dia.

— Tudo bem. Mas, se não jantarem depois, não tem sobremesa, ouviram? — mamãe sentenciou.

— A gente vai comer tudinho, né, Anna? — Alice olhou com tanta seriedade para nossa irmã que mordi o lábio inferior, me impedindo de cair na risada.

No caminho para a igreja, fui torturada por três vozes extremamente desafinadas. Enquanto um CD infantil da Aline Barros tocava, mamãe e as gêmeas cantavam, animadas, todas, eu disse TODAS, as músicas.

Quando chegamos à igreja quinze minutos depois, me peguei desejando que o templo fosse um pouquinho mais longe, só para que pudesse ficar em meio àquele caos de vozes desafinadas, risadas incontroláveis e cheirinho de bala Fini por mais algum tempo.

Os números piscaram no painel do carro. 19h15. Um olhar para a entrada da igreja deixou claro que a loirinha mais serelepe de Valadares não havia chegado.

Ah, Lin! Você me paga.

Despedi-me do trio barulhento e desci do carro.

Como ainda não tinha desenvolvido o dom da invisibilidade nem possuía uma capa mágica, escolhi um cantinho perto dos canteiros de flores ao pé da escadaria da igreja. Dali, podia ver alguns jovens na porta. Com cartazes de boas-vindas, recepcionavam quem chegava.

Nem morta passaria por ali sozinha! Me encolhi ainda mais.

— Cadê você, Lin? — sussurrei, incerta se os minutos estavam se arrastando ou correndo.

Levei a mão ao bolso e tateei à procura do celular, mas ele não estava ali. Fissuras se alastraram por meu coração. Será que tinha caído quando saí de casa? Ou quando desci do carro?

Bufando, deixei meu refúgio e comecei a procurar pelo aparelho. Meus olhos varreram o chão, mas não havia sinal dele. Talvez o tivesse deixado em casa...

Cocei a testa.

Nem lembrava quando tinha utilizado o celular pela última vez.

Eu tinha apagado as mensagens do Fred, não tinha? Esperava que sim, porque minha senha não era muito difícil de descobrir.

Aff!

Uma mão tocou meu ombro.

Pulei de susto.

Céus!

Alguns dias não foram feitos para a gente sair da cama, né?

Regulando a respiração, me virei. Era Fernanda.

— Oi, querida! Não queria te assustar — ela abriu os braços.

— Ah, não tem problema — deixei que me envolvesse. — Estava procurando meu celular, sabe? Fiquei distraída.

— Ah, meu Deus! — ela olhou para o chão, uma linha aparecendo entre as sobrancelhas.

Abracei a Bíblia com força.

— Procurei por toda parte, mas não encontrei. Devo ter deixado em casa.

— Quer que eu chame as meninas para te ajudarem a procurar? — seus olhos correram as escadas e repousaram no grupo de jovens na recepção. — Ou que eu ligue para conferirmos se está em casa? — ela levou a mão ao bolso traseiro.

— Não, não precisa — respondi. Só o que me faltava era que mamãe o encontrasse e ficasse tentada a fuçar. — Já refiz todo o caminho. Deve estar mesmo em casa.

— Tem certeza? — ela insistiu. — Podemos dar mais uma olhadinha.

— Tenho sim. — Aquele era um risco que eu precisava correr. Era melhor ter perdido o celular do que chamar a atenção dos meus pais para ele. — Obrigada pela preocupação.

— Imagina. O culto já vai começar, vamos entrar? — as maçãs do seu rosto se sobressaíram com o sorriso gentil.

— Posso ficar aqui fora só mais um pouco? Estou esperando a Celina.

Fernanda deu uma espiadinha em seu relógio dourado.

— Já são sete e quarenta. É mais seguro entrar — ela estendeu a mão.

Aceitei-a, negando meu desejo de permanecer ali, protegida daqueles adolescentes bagunceiros e felizes. Não teve jeito. Mais uma vez me vi surpresa com a maneira carinhosa com que fui recebida. Os sorrisos afetuosos e as afirmações de boas-vindas me constrangeram. Ao mesmo tempo, não pude deixar de me perguntar como aqueles adolescentes encontravam tanta alegria na igreja...

Ocupando uma das últimas cadeiras do templo, me coloquei de pé quando um rapaz deu início ao culto com uma oração de gratidão.

Entrelacei as mãos e estalei os dedos.

Conversar com Deus tinha deixado de ser simples para mim havia muito tempo. Duvidava que ele fosse ouvir alguém tão inconstante como eu.

Diferentemente dos jovens que ocupavam outras cadeiras, não tive vontade alguma de gritar um "Amém!" quando a oração foi encerrada, nem mesmo pude confirmar que sentia a presença divina, pois não sentia nada, a não ser desconforto.

O ministério de louvor cantou "Arde outra vez". Cruzei os braços, as unhas marcando a pele. As coisas pioraram na ministração de "Primeiro amor". Era como se uma mão apertasse meu coração: a cada refrão, ela apertava um pouco mais, sufocando-o. Assim que acabou, suspirei, aliviada. Mas a tortura não tinha chegado ao fim. A música seguinte também mexeu comigo, mas dessa vez foi diferente. "Creio que tu és a cura" abriu mais uma porta para o passado.

Eu me vi andando, cabisbaixa, por nossa casa, de novo. Mamãe dormindo no sofá, a mão — pintada com tantas manchinhas alaranjadas quanto as minhas — acariciando a barriga imensa. Papai sentado em algum canto do escritório, orando. O medo pairando no ar.

No auge dos meus 11 anos, não conseguia entender como as coisas ficaram tão difíceis da noite para o dia. Num mês, após ver mamãe enjoada no banheiro, descobri que tinha sido promovida a irmã mais velha — a notícia quase fez meu peito explodir de alegria! Por anos pedi uma irmãzinha... Mas, no mês seguinte, mamãe ficou doente.

Ao vê-la tonta, pálida e cansada, me questionava como o Criador podia permitir que um sonho se transformasse em pesadelo. Tentaram esconder de mim, mas ouvindo conversas atrás da porta soube que existia a possibilidade de minha mãe ou minhas irmãs não sobreviverem...

Não foi fácil entender como um Deus tão bom permitiria que minha família passasse por dias tão maus. A incerteza e o medo me encobriram como uma nuvem cinza e pesada, roubando minha vontade de brincar. Mamãe costumava dizer que Deus não nos priva de passar por estações difíceis, mas que ele anda conosco e nos permite provar do seu cuidado, todo o tempo. Mesmo com tanto medo, aquela versão de mim conseguiu confiar que o Senhor cuidaria de nós. E cuidou!

De pé, na igreja, meu peito quase explodiu.

Experimentei a mesma alegria de que fui tomada no dia em que descobri que o céu tinha respondido às minhas orações e não só enviado *uma* irmãzinha, mas *duas*.

À medida que o tempo passou, tinha ficado fácil esquecer o milagre que vivemos. De olhos fechados, aproveitei para fazer algo que havia muito tempo não fazia: agradecer. As palavras saíram acanhadas, e eu não tinha certeza alguma se seria ouvida. Ainda assim, expus minha gratidão.

Abri os olhos nas notas finais da canção. De cabeça baixa, a primeira coisa que vi foi um par de All Star preto. Levantei o rosto rapidamente e preparei meu melhor sorriso. Fred tinha vindo à igreja me encontrar? Sério?!

Meu rosto murchou ao encontrar seu irmão.

Mateus não tinha vergonha na cara? Com tanto lugar para ficar, tinha que parar logo ali? Aliás, onde estava Celina? A cadeira ao meu lado, reservada com minha Bíblia, permanecia vazia.

— Oi — ele me cumprimentou.

Ignorei, os olhos fixos no altar.

— Eu disse "oi" — ele insistiu.

— Não sou surda — respondi, ainda sem olhar em sua direção.

— Cara, o que é isso? Estamos na igreja! — Mateus me repreendeu, sem esconder o tom de implicância. — É assim que você ama o próximo?

— Era mais fácil te tratar com amor quando não tinha se metido na minha vida.

— A Fernanda pediu que eu te chamasse para sentar lá na frente. Só isso.

Virei o rosto a tempo de vê-lo dar de ombros.

— Estou bem aqui — segurei com firmeza a cadeira à minha frente. — Além disso, estou esperando minha amiga.

Mateus olhou o relógio antigo em seu pulso.

— Acho que ela não vem mais... Já passam das oito — ele me informou com um olhar triste.

— Hum — foi tudo o que consegui dizer, me enfurecendo por um momento com Lin. — Ainda assim, prefiro ficar.

— Tem certeza de que quer que eu diga isso à Fernanda? Aposto que ela virá aqui te buscar.

Bufei. Era a cara dela.

Sem dizer nada a Mateus, peguei minha Bíblia e o encorajei a ir na frente.

Fernanda fez festa ao me ver. Em seguida, pediu que todos na fileira pulassem um lugar, para que eu pudesse me sentar entre ela e Mateus.

Os instrumentos puxaram um novo louvor.

Não dava para ficar de braços cruzados e cara amarrada ao lado de nossa líder. O que ela poderia dizer para a minha mãe?

Por isso, tentei acompanhar o ministério. Pouco a pouco, minha irritação foi diminuindo.

Pouco tempo depois, me vi de mãos dadas com Fernanda, pulando e dançando enquanto a igreja cantava "Vitória no deserto". Não sei bem o que deu em mim. Aliás, pisei no pé do Mateus pelo menos umas duas vezes. Pode ser que a segunda tenha sido um pouco mais intencional...

24

Dois holofotes se acenderam no altar. Um rapaz simpático ocupou um deles. Seus olhos percorreram toda a igreja.

— Ei, você já ficou cansado da sua vida? — ele indagou, iniciando a peça. — Eu já. Não suportava a minha rotina. Meus dias eram chatos demais. Por isso, decidi que precisava fazer algo a respeito. Sabe, eu tinha direito a uma bolada, uma herança que meu pai me daria só quando ficasse bem coroa... Para que ficar esperando, se eu poderia aproveitá-la de uma vez? Então, cheguei para o meu pai e disse...

Um homem barbudo e mais velho usando uma boina preta surgiu no outro holofote.

— *"Pai, pai! Quero a minha herança de uma vez!"* Foi isso que meu filho mais novo me falou há algum tempo. Tudo o que fui capaz de pensar naquele momento foi: *"Garoto, você não tem maturidade para receber tanto dinheiro!"*. Só que ele é meu filho e eu o amo demais. Eu o via triste pelos cantos, então dei a ele a herança, esperando que a usasse com sabedoria e construísse uma vida ainda melhor...

— Na primeira oportunidade, eu meti o pé — o rapaz esfregou as mãos, os olhos pulsando de expectativa. — O lugar era tão chato que nem me dei o trabalho de dar tchau. Havia muitos lugares para ir, pessoas para conhecer, coisas para fazer... Finalmente, eu estava livre!

Aquela fala fez meus olhos saltarem um pouco, não só por reconhecer a história que inspirava a peça, mas por carregar alguns sentimentos parecidos no peito.

— Com o tempo, meu filho se perdeu... — o personagem do pai completou, com pesar.

Embora eu soubesse de cor aquela história e já não gostasse muito dela, a peça me envolveu.

Nos minutos seguintes, o pai explicou como o filho aproveitara sua herança. Assim como na parábola do filho pródigo,* o rapaz fez vários amigos e torrou suas economias satisfazendo todos os seus desejos. Ele não demorou a se ver pobre, sozinho e trabalhando como alimentador de porcos, o único emprego que conseguiu durante um período de fome e crise. Faminto, o rapaz desejou a comida dos animais...

Sempre achei essa história exagerada. Através dela os adultos nos alertavam sobre como era perigoso explorar além dos limites que a religião e nossos pais traçaram com tanto cuidado. Aos meus olhos, porém, o perigo não estava em ultrapassar os limites, mas em abusar deles. Se aquele garoto não tivesse sido um idiota e usado sua herança com mais cuidado, teria enfrentado as dificuldades e pronto.

— Todos os dias, eu torcia para que meu amado filho voltasse para casa — o pai confessou em um tom que mesclava amor e esperança. — Eu nunca desisti dele, viu? Sabia que voltaria.

Lidando com as consequências, o filho entendeu que havia errado e decidiu voltar, disposto a ser apenas um servo na casa de seu pai. Ele só não esperava que o pai fosse correr em sua direção, os braços abertos, prontos para recebê-lo como um filho.

*Lucas 15.11-32.

— Ele correu! Nunca o vi fazer algo assim... Meu pai estava animado como uma criança! — o rapaz soltou uma risada. — Foi um choque perceber como ele estava feliz por minha causa.

— Há muito tempo eu não corria, mas ao olhar meu filho eu só pensava: *"Corra! Corra! O meu filho voltou!"* — e, dando um passo em direção ao jovem, o pai deixou um sorriso gigante escapar.

— Ele estava chorando.

— Lágrimas de alegria — o senhor justificou.

— E foi aí que... — os dois disseram juntos. — Eu o abracei! Tá, apesar de clichê, foi fofo.

A imagem de pai e filho se abraçando, selando o perdão, ficou gravada em minha mente. Ela se repetiu vez após vez enquanto a jovem que traria a mensagem subia ao altar e se apresentava. Por um triz, a garota não deixou cair o tablet e a Bíblia que carregava. A cena engraçada e a sua desenvoltura em seguir adiante com uma dose de simpatia e bom humor fisgaram minha atenção, mantendo meu modo avião desativado.

Moradora de São Pedro, Lavínia era apenas um pouco mais velha que eu. Assim que começou a pregar, mostrou quanto conhecia as Escrituras e tinha prazer em compartilhá-la. Era difícil ver alguém tão jovem falar da Bíblia com tanta autoridade e leveza ao mesmo tempo. Seu jeito doce e desastrado me prendeu. E o que compartilhou foi novo para mim. Ambos os filhos tinham um problema em comum: *a falta de intimidade com o pai*. Viviam um relacionamento superficial e inconstante.

Por isso, não conseguiam se abrir com o pai revelando o que sentiam e pensavam. O filho pródigo nunca falou sobre seu desejo de sair de casa — desejo que não deve ter surgido da noite para o dia. Já o mais velho, não vivia como o herdeiro. Vivendo como servo, pensava que tinha de se esforçar para agradar o pai. Não obedecia por amor e respeito, mas por necessidade.

Sem intimidade, ambos os filhos não se permitiam receber o que o pai tinha a oferecer: lar, amor e uma herança.

Foi impossível não pensar no meu relacionamento com meus pais. Apesar de tê-los tão perto, não me sentia à vontade para dividir com eles meus anseios mais profundos. Tudo o que eles sabiam eram fragmentos do que eu realmente desejava. Eu sabia que, se abrisse o coração e expusesse quanto eu desejava ir além dos limites que traçaram para mim, eles jamais me entenderiam...

Acreditando que estavam fazendo o melhor, haviam me criado dentro de uma bolha. Só que ela se tornou pequena e sufocante. Precisava estourá-la e explorar um pouco além das fronteiras. Seria assim tão perigoso? Tão mau?

Eu me achava muito jovem para levar a fé tão a sério! Será que não podia viver com mais leveza e liberdade antes de me aprisionar nos muros da religião? Não podia ser como as outras garotas? Precisava mesmo me perguntar toda vez que um desejo ardia em meu coração se era pecado ou não?

Parecia tão... injusto.

Cutuquei uma manchinha no chão com a ponta do tênis.

— Não é muito difícil encontrarmos pontos em comum com esses filhos — Lavínia ressaltou. — Assim como eles, pode ser que a maioria de nós não possua intimidade com Deus. Para alguns, a vida ao lado do Senhor não parece tão emocionante quanto ter a liberdade de escrever sua própria história, enquanto outros, apesar de terem escolhido as asas do Pai, ainda não o conhecem de fato, caminhando como servos, obrigados a obedecer, em vez de fazê-lo por amor e confiança.

Depois de uma pausa, ela olhou firme para a frente e concluiu:

— Não sei com qual dos filhos você se identifica, mas quero te lembrar que viver sem intimidade é perigoso. Você está caminhando em direção contrária a um dos propósitos de Deus para você. Sabe, ele te criou para um relacionamento íntimo. Ele quer andar com você, como seu Pai. E ele te dá o direito de escolher. Só quero te lembrar que essa falta de intimidade impede o desenvolvimento da sua fé, mina sua confiança em Deus, afasta você dos propósitos dele e pode acabar motivando você a encontrar sentido e prazer fora da presença do Senhor, o que é um grande engano... Sempre.

Quando o culto terminou, Mateus se virou para mim. Com a mão estendida, ele sorria. Apesar de ter experimentado tantas emoções diferentes, eu já não estava tão irritada com ele. Retribuindo o sorriso, apertei sua mão. Depois de ter sido abraçada por algumas garotas e pegar minha Bíblia, me dirigi ao corredor central.

— Mabel? — a voz animada de Fernanda interrompeu meus passos. Me virei. — Posso falar com você um instante?

— S-sim.

Enquanto a maioria dos jovens deixava o templo e alguns outros circulavam organizando os equipamentos, Fernanda me levou para um cantinho.

— Podemos nos encontrar na semana que vem para um café? Ou sorvete? — sugeriu.

Por quê?

A pergunta quase escapou dos meus lábios, mas consegui segurá-la a tempo. Minha expressão deve ter revelado meu desespero, porque antes que eu conseguisse pensar em uma resposta a líder interveio:

— Não precisa ficar preocupada, viu? É só que faz tanto tempo que a gente não conversa, né? Quero te apresentar um projeto que estamos implementando aqui na igreja e saber como andam as coisas. Sei como o último ano da escola pode ser puxado... Prometo que vai ser bem rapidinho.

— Ah... tudo bem — concordei, sabendo que minha mãe nunca aceitaria nenhuma das desculpas que eu desse para Fernanda. E mesmo que alguma passasse, eu teria que lidar com o mesmo convite na outra semana.

Após garantir que entraria em contato, ela me envolveu em mais um dos seus abraços carinhosos.

Meu peito formigou e minhas mãos umedeceram com a ideia de passar um tempo a sós com aquele par de olhos amorosos que pareciam aptos a ler minha alma.

O que ela queria perguntar? O que tinha a dizer? Esse café só complicaria ainda mais minha vida.

Com saudade de casa, me esgueirei entre os grupos reunidos na escadaria da igreja tentando passar despercebida. Encontrei minha mãe conversando com outros pais na calçada. Ela não demorou a se despedir e se aproximar.

— Não vai querer um lanche? Não me importo de esperar um pouco mais. Seu pai está colocando as meninas na cama — ela não escondeu a satisfação em sua voz.

— Essa é só uma desculpa para curtir sua breve liberdade? — fingi estar ofendida.

— De vez em quando é necessário — mamãe ergueu as mãos, como se estivesse dizendo o óbvio.

— Sabe que nem lembrei da cantina?

— Sinal de que o culto foi bom — ela piscou, engraçadinha. Com as sobrancelhas erguidas, mostrou-se ansiosa por ouvir o que eu tinha a dizer.

— Acho que prefiro comer algo em casa mesmo — eu disse. Mamãe assentiu.

— Não há escapatória. Você tem que subir de novo — ela deu uma espiadela na escadaria a nossas costas.

— Por quê?

— A Paula pediu que déssemos uma carona para o Mateus.

— Ah, não! — murmurei.

— O que foi? — suas sobrancelhas se amarraram formando linhas de expressão pela testa.

— O Mateus anda surgindo muito no meu caminho.

Mamãe cruzou os braços.

— Sabe quem ele me lembra? — os desenhos em seu rosto foram sumindo conforme um sorriso empurrava suas bochechas.

— Quem? — eu a encarei, abraçando a curiosidade em vez de dar palco para o nó que desejava se formar em minha garganta pelas inquietações que o culto tinha provocado em mim.

— O Pedro.

Imagens daquele garoto de sorriso maroto piscaram em minha mente. Como eu sentia saudade dele! Prometemos que a distância não cortaria nossos laços, mas após alguns meses da sua mudança os telefonemas diminuíram, as conversas pelos chats pararam e tudo o que nos restou foram algumas curtidas no Facebook.

— Ainda é muito cedo para comparações.

— Talvez. Vá chamá-lo, por favor — mamãe pediu.

Girei que nem barata tonta entre os grupos depois de subir as escadas. Encontrei Mateus em um canto, conversando com uma garota. Dei duas palmadinhas em seu ombro.

— Misericórdia! — ele gritou e virou com os olhos arregalados.

— Oi! — sorri, satisfeita por incomodá-lo.

— Mabel — ele disse meu nome com um desânimo tão grande que até fez meu sorriso aumentar. — O. Que. Foi?

Ah, que gracinha! Ele gostava de se intrometer, mas não curtia ser interrompido...

— Sua mãe pediu que te levássemos para casa — minha voz soou inocente.

Ele empurrou os cabelos para trás e soltou um muxoxo.

— Essa é a Ester — mostrou com o ombro a garota morena de cabelos chocolate que me fitava com curiosidade. — Ester, essa é a Mabel.

— Prazer! — deixando um sorriso doce e simpático ganhar vida, a garota estendeu a mão para mim.

— O prazer é meu — apertei sua mão.

— Poxa, tenho que ir — esquecendo-se de mim, Mateus se voltou para a garota baixinha. — Nos vemos no domingo, né?

— Claro — ela acenou um tchau fofo para ele.

Na escada, uma risada baixinha escapou dos meus lábios.

— O que foi, hein?

— Não sou a única que precisa tomar cuidado com o coração... — alfinetei.

Mateus fez um barulhinho exasperado com a boca.

— Tá maluca? A Ester é só uma amiga.

— Não é isso que os seus olhos dizem.

— Quem é você? Uma especialista em relacionamentos, é? — Mateus estancou no meio da escada, tentando esconder o embaraço com um falso nervosismo.

— Qual é?! Não precisa ser especialista para notar.

Balançando a cabeça, ele terminou de descer os degraus correndo.

25

Encontramos papai esparramado na poltrona rosa do quarto das minhas irmãs, roncando. O livro de contos de fadas aberto no colo era a prova de que ele havia pegado no sono com elas.

— Você está livre mesmo — cochichei.

— Não é? — mamãe fez uma dancinha, celebrando. — Podíamos ver um filme. O que acha? — ela propôs com tanto ânimo que fiquei com dó de recusar.

Enquanto ela colocava papai na cama, vesti um pijama quentinho e desci para estourar um pacote de pipoca no micro-ondas. O cheirinho de manteiga fez meu estômago resmungar. Derramei um saquinho de M&Ms no balde. Meu segredo.

Na sala, encontrei mamãe envolvida em uma manta, no sofá.

— Com esse cheirinho até parece que estamos no cinema... — ela fechou os olhos e inspirou.

— Pior que tenho a leve impressão de que um balde desses não será suficiente para acalmar meu estômago resmungão — avisei.

— Uma pizza ajudaria? — ela me lançou um olhar traquina, me surpreendendo. Jurava que ia reclamar por eu ter rejeitado o lanche da cantina.

— Você ainda pergunta?!

Como falar ao telefone sempre me desestabilizava, me fazendo confundir as frases e gaguejar, mamãe se encarregou de ligar para o Donna Mamma e encomendar duas pizzas pequenas

— manjericão e morango com Nutella —, enquanto eu escolhia o filme.

Embora a lista de filmes inéditos fosse extensa, eram os antigos — que eu já tinha visto pelo menos umas cinco vezes — que acabavam fazendo meus olhos brilhar (de novo). Assim, o escolhido da vez foi *A proposta*, uma comédia romântica da qual mamãe gostava tanto quanto eu.

De olho na tevê, dei uma mordida generosa na pizza doce. Os olhos travessos de Ryan Reynolds me fizeram lembrar dele.

FRED.

Um pedacinho de morango desceu pelo lugar errado.

Tinha me esquecido completamente do nosso encontro. Como isso era possível?!

— Ei, tudo bem? — mamãe pausou o filme e se inclinou no sofá.

Meu celular deveria estar cheio de mensagens/reclamações.

Eita! Meu celular?!

— T-tudo — garanti, entre as tosses.

Cheguei em casa com a cabeça tão cheia, preocupada com minha futura conversa com Fernanda e digerindo tudo o que tinha ouvido no culto, que me esqueci por completo do aparelho (e do garoto do outro lado da rua).

Coloquei a fatia de pizza pela metade na caixa.

— Tem certeza?

— Aham — tossi um pouco mais.

— Vou pegar um copo de água — ela anunciou, levantando.

Onde eu estava com a cabeça? Como podia ter esquecido? *Como?*

Mamãe retornou e me entregou o copo. Bebi tudo em um único gole.

— Acredita que só lembrei agora que não sei onde meu celular está? — expliquei. — Pensei que o tivesse pegado quando fui para a igreja, mas ao chegar lá não o encontrei. Preciso ver se ele está lá em cima. Não acredito que esqueci! — me repreendi em voz alta dessa vez.

— Ah, não se preocupe! — mamãe balançou uma das mãos. — Suas irmãs o encontraram mais cedo.

Oh, não!

Meu intestino revirou.

— Sério? — sondei torcendo para não parecer alguém com muita culpa no cartório.

Minha mãe não parecia brava. Não havia uma linha sequer de preocupação em sua testa. Na verdade, seus olhos azuis sorriam para mim. Aliás, mamãe não me convidaria para uma noite de filme e pizza se tivesse descoberto meu lance com Fred, não é? Ela estaria me dando o maior sermão, no mínimo.

— Uhum. Elas queriam jogar aquele joguinho dos passarinhos... — estalou os dedos, tentando lembrar. — Como é mesmo o nome?

— Angry Birds.

— Isso! Ainda bem que seu celular estava descarregado, porque elas perderiam o sono se começassem a jogar.

Aquela informação me fez soltar o ar. A bateria acabou! Ufa!

— Até teria colocado para carregar, se tivesse encontrado seu carregador... — seu tom de voz mudou um pouco, soando levemente crítico. — Mas não encontro *nada* naquele quarto.

— Me entendo muito bem na minha bagunça, mãe.

— Sei.

— É uma bagunça organizada — esclareci, mas ela não entendeu, como sempre. — Amanhã eu arrumo... — me remexi no sofá, a preguiça se instalando só por ter me comprometido.

— Ótimo. Estava pensando em darmos uma volta no shopping amanhã à tarde. Uma tarde das garotas — ela mordeu sua fatia de pizza.

Passar aquele tempo a sós com ela tinha sido nostálgico e... gostoso. Um programa só nós quatro até que poderia ter algum futuro.

— Pode ser — aceitei.

— Perfeito. Podemos voltar a ver o filme agora? Minha cena favorita vai passar... — ela piscou algumas vezes, os olhos caídos como um cachorrinho pidão.

— Sabia que essa é a minha favorita também? A Sandra Bullock cantando no meio do mato é hilário — sorri só de lembrar.

Mamãe deu play e eu tentei concentrar toda a minha atenção no filme, me forçando a esquecer que na casa em frente o vizinho me esperava.

26

Uma enxurrada de notificações fez meu celular apitar sem parar. Aninhada no travesseiro, passei o olho pelas mensagens de Fred. As primeiras haviam sido pacientes, me encorajando a encontrá-lo na praia. Mas o tom mudou quando me viu chegar em casa e não respondê-lo.

Fred: *Cadê vc, ruivinha?*

Fred: *Pô, vai msm me dar um bolo dnv?!*

Fred: *Tá de sacanagem comigo?! Deixei de aproveitar a noite com meus amigos no Rio para passar um tempo com vc, cara. E agora me ignora desse jeito?*

Ele entenderia se eu explicasse o que aconteceu? Ainda assim, não ficaria feliz em saber que o esqueci com tanta facilidade.

Sem saber o que fazer, abri as mensagens de Lin. Às 18h30, ela enviou:

Lin: *Amg, sorry! Não vou mais à igreja (eeeeh!). Minha avó passou mal :(Estou indo para Esperança com minha mãe.*

Lin: *Amg! Cade vc????*

Lin: *Não precisa ir à igreja! Tá?!*

Lin: *Pelo amor de Deus, Mabel!!! Me responde, sua loka!*

Ter visto aquelas mensagens não teria mudado nada. Depois de checar com Lin como estavam as coisas, encontrei coragem para explicar a Fred a razão do meu sumiço.

Roí as unhas esperando uma resposta, mas ela não veio.

27

Enrolada em uma coberta no sofá, aproveitei a tarde de domingo para maratonar *Gilmore Girls*. No meio de um diálogo supercorrido entre Lorelai e Rory, a campainha tocou — e não parou mais. Soquei o sofá. Seria alguma das crianças do condomínio? Estava tão frio lá fora, que eu duvidava que elas perderiam tempo com uma brincadeira tão boba.

Corri até o hall e abri a porta num supetão.

— O que *você* está fazendo aqui?

— Se a montanha não vai até Maomé, Maomé vai até a montanha — Fred deu um sorrisinho de lado.

— Tenho certeza de que é ao contrário — sussurrei.

Me movi em sua direção e fechei um pouco a porta.

— Se Maomé não vai até a montanha, a montanha vai até Maomé?! — ele levou a mão à nuca, coçando o cabelo curto. — Sério?

— É. Mas isso não importa agora... O que tá fazendo aqui? *Ficou maluco?!*

— Não está sendo muito fácil te encontrar, ruivinha. Só queria trocar uma ideia.

— Não podia falar comigo pelo celular?! — mesmo baixa, o tom áspero de minha voz era claro. — Meus pais estão em casa, Frederico!

— Você não anda muito disposta a responder minhas mensagens... — seu bom humor diminuiu.

— Já te expliquei o que aconteceu... Esqueci o celular em casa quando fui para a igreja, ele descarregou e minha mãe acabou me chamando para assistir um filme. Não podia dizer não a ela — relembrei-o, ansiosa para que ele fosse embora.

Eu o tinha avisado, mas ele não me respondia desde sexta.

— Ainda não acredito que me trocou para ver filme com sua mãe. Quantos anos você tem, Mabel? — ele me lançou um olhar tão crítico que senti uma pontada em algum lugar da minha barriga.

— Não é fácil ficar mentindo e encontrando desculpas...

— Você é quem quis fazer desse jeito — ele deu de ombros.

Eu não tive opção, tive?

Mordendo um pedacinho da parte interna da bochecha, fitei o céu nublado por cima do ombro dele.

— Vim aqui garantir que não vai me dar mais um bolo — Fred segurou meu queixo, me obrigando a olhá-lo.

— Não acho que seja uma boa ideia... — dei um passo para trás, me afastando do seu toque. Já seria péssimo se alguém nos visse conversar. — Meus pais andam bem desconfiados.

— Nem vem, Mabel! — Fred falou alto demais.

— Dá pra falar baixo?

— Desculpe — ele guardou as mãos nos bolsos do jeans. — Poxa, esse passeio é especial para mim. É a nossa oportunidade de estar em um lugar sem esse medo todo que sempre te acompanha. Fora que também quero te apresentar aos meus amigos — explicou com uma voz baixinha e melosa.

Tentadora, mas minha consciência falou mais alto.

— Eu sei. — Deixei os braços caírem. — Mas tenho medo de ir mais longe e meus pais descobrirem, entende? Você não faz ideia de como a minha vida vai virar de cabeça pra baixo se isso acontecer...

— Eles não vão descobrir. Vamos tomar cuidado, como sempre — tirou uma mão do bolso e afagou minha bochecha. Seu toque quente e suave me fez fechar os olhos por alguns segundos.

Como eu estava com saudade dele!

— Fred... — abrindo os olhos, tentei convencê-lo mais uma vez, mas fui interrompida.

— Shhh! — ele colocou um dedo sobre meus lábios. — Não confia em mim?

— Confio, mas...

— Sem "mas", então. Te pego às oito.

28

O tal encontro com a Fernanda roubou meu sono no decorrer da semana. Se eu soubesse que seria tão tranquilo, não teria me permitido esse desgaste todo. Depois de contar como eu estava e ouvir algumas de suas experiências sobre a escola e um intercâmbio que ela havia feito durante o ensino médio, Fernanda me apresentou ao discipulado. O novo projeto encorajava a prática de encontros semanais entre um cristão maduro e alguém mais jovem na fé.

Minha mãe dera saltinhos de alegria ao saber que eu tinha sido convidada pela Bárbara e pela Luísa a compor o grupo delas. Eu mesma não conseguia acreditar. O que elas queriam comigo? Havia outras garotas mais divertidas e interessantes na igreja...

É claro que mamãe me fez aceitar o convite. A partir de agora, todas as quintas-feiras nos reuniríamos na casa da Amanda, braço direito da Fernanda. Por ser mais madura, ela nos discipularia nos próximos meses.

Eu daria um jeito de pular desse barco logo, logo.

Só precisava resolver mais um probleminha para ter minhas noites de volta.

Quando voltávamos do shopping no último sábado, mamãe anunciou que eu iria ao sítio nesse domingo. Meus pais receberiam um casal de amigos e queriam a família completa.

Posterguei ao máximo aquela conversa, mas tinha chegado a hora.

Sem pensar muito, caminhei até o escritório. Sentado diante da escrivaninha, meu pai fitava a tela do computador com a testa franzida.

— Pai? — minha voz aguda e desengonçada não escondia minha ansiedade.

— Hum? — disse ele, sem tirar os olhos da tela. Pelos óculos, pude ver que trabalhava em uma planilha do Excel.

— Posso te pedir uma coisa?

— *What is it, dear?* — meu pai tirou os olhos do computador e me deu uma olhadela. — Parece preocupada.

— Eu sei que... — a voz falhou. Pigarreei. — A mamãe quer muito que eu vá ao sítio no domingo, mas será que posso ficar em casa só desta vez? A Lin tá passando por alguns problemas em casa e eu queria passar o dia com ela.

— Sua mãe e suas irmãs estão tão animadas, querida — ele me lembrou.

— É, eu sei. É que a Lin está mesmo precisando de mim. Sabe, as coisas não estão fáceis entre os pais dela — apertei os lábios, não queria mentir mais.

— E se ela fosse com a gente? — sugeriu.

Tentei pensar em uma desculpa rápida para isso.

— Seria uma boa ideia, mas ela não pode. Depois do almoço, ela e a tia Renata vão a Esperança visitar a avó que não está muito bem — inventei.

Se eu fosse o Pinóquio, meu nariz já estaria enorme.

— Não sei, não — ele esfregou a têmpora.

— É só desta vez, pai — prometi. — Não vou pedir de novo.

— Filhos sempre dizem isso! — meu pai soltou uma risada. — Desta vez, é muito importante para nós que você vá.

Pelo visto, estava na hora de usar minha carta na manga.

— Mas pai, e o nosso acordo? Tenho feito tudo direitinho, não tenho?

— O acordo — meu pai repetiu, dobrando as mangas da camisa. — Parece que você me pegou. — Ele cruzou os braços antes de continuar, aborrecido: — Está bem, Mabel. Pode passar a manhã com sua amiga, mas é sua responsabilidade contar para sua mãe e suas irmãs.

— Obrigada, pai. — Corri com o pingente de cavalo marinho pela correntinha prata do cordão. — Vou deixar você voltar ao trabalho.

Me virei.

— Filha?

— Hum? — girei, voltando a ficar de frente para ele.

— Só estou te deixando em casa sozinha porque confio muito em você. Não faça nada que possa me levar a perder essa confiança, ok?

Engoli em seco.

— Ok.

Aquela mentira desceu como uma labareda de fogo.

Fechei a porta do escritório com cuidado, pensando em como contaria a novidade para minha mãe. Com certeza ela me lançaria um olhar desapontado. Um daqueles em que seus olhos ficavam caídos nas pontas, as sobrancelhas se juntavam e os pés de galinha, ainda sutis, ficavam mais evidentes.

Na cozinha, mamãe estava abaixada encarando o forno aberto. Uma fumaça preta saía de lá.

— Será que podemos conversar rapidinho, mãe?

— Pode esperar um pouco, querida? Esqueci o empadão — ela anunciou e me mostrou o tabuleiro com um conteúdo duvidoso para lá de torrado.

Só então prestei atenção ao cheiro de comida queimada impregnado no ambiente.

Debrucei-me sobre a bancada e observei enquanto ela colocava o tabuleiro em cima de um pano de prato na pia. Com os ombros e olhos caídos, ela contou como havia passado o dia todo salivando pelo empadão. Deu até pena. Mamãe virou com cuidado o conteúdo na lixeira e lamentou por termos perdido o jantar.

Minha mãe nunca foi muito fã de comidas processadas. Ela preferia descongelar o peito de frango, limpar e preparar seus próprios empanados a abrir um dos pacotes que papai costumava comprar como quem não quer nada de vez em quando. Um norte-americano ex-viciado em fast-food, esse era o meu pai. Sempre custava muito para a minha mãe deixar seus ideais de lado e optar por algo mais rápido para o jantar. Naquela noite, porém, ela baixou a guarda e entregou a batalha.

Fiquei em silêncio enquanto ela tirava o pacote de nuggets do congelador e distribuía os empanados em um tabuleiro. A voz envelhecida e bondosa do radialista ecoava pela cozinha, compartilhando uma reflexão sobre esperança.

— Sobre o que você queria conversar? — mamãe me perguntou, depois de fechar o forno e se apoiar na pia.

Brinquei com alguns potinhos.

— Queria avisar que domingo não vou ao sítio. Pedi ao meu pai para ficar em casa, porque a Lin tá passando por alguns dias difíceis e eu queria muito ficar um pouquinho com ela — soltei de uma vez só.

Abaixando os olhos, minha mãe fitou o chão.

— Esses dias encontrei a Renata no mercado. Ela comentou que as coisas não andam muito boas em casa mesmo... — disse ela com compaixão. — Mas você precisa faltar justamente a um compromisso de família para encontrar sua amiga? — elevando o rosto, mamãe me fitou com aquela expressão que eu conhecia tão bem. — Não podem se ver no sábado?

Neguei e, assim como meu pai, ela propôs que Lin fosse com a gente. Eles queriam mesmo que eu fosse, não? Repeti a desculpa. Ouvindo isso, mamãe me deu as costas. Ela encarou a louça na pia antes de abrir a torneira.

— Sei que essa amizade é muito importante para você, mas não pode custar o tempo com sua família, filha.

O clima leve que havia sido construído entre nós nos últimos dias foi encoberto por algumas nuvens carregadas.

29

Sentei na cama.

Meu peito subia e descia, sem controle algum.

Na mesinha de cabeceira, o celular vibrava. A música do alarme ecoava ricocheteando nas paredes azul-bebê do meu quarto. Como acontecia com qualquer som que eu escolhia para me acordar toda manhã, eu já odiava aquele, mas hoje ele foi o colete salva-vidas que me resgatou de uma série de pesadelos tenebrosos.

Esfreguei os olhos, pesados pela noite em claro, e desativei o alarme.

Precisava esquecer aquelas imagens que perturbaram meu coração nas últimas horas.

Com o coração pequeno, me arrastei pela cama.

Por que eu tinha dito sim ao Fred?

Com um biquinho desanimado, mirei meu reflexo no espelho. Nem a maquiagem disfarçou as olheiras. A íris não fazia questão de brilhar.

Até que o suéter rosa combinou com a calça jeans de lavagem clara e o coturno preto. Fred, ainda misterioso, sugeriu que eu vestisse algo mais quente. Sem saber o destino, ficava difícil acertar a escolha, por isso peguei um suéter mais fino, que não me incomodasse tanto se eu precisasse tirar e carregar.

Eu o encontrei sentado na moto debaixo da velha castanheira. Seus galhos secos e solitários já não nos forneciam um esconderijo tão bom. Com uma calça jeans preta e uma jaqueta de couro da mesma cor, eu apostava que ele conseguia tirar o fôlego de qualquer garota — não só o meu.

— Preparada para a nossa melhor aventura, ruivinha? — mesmo fechados, seus lábios penderam para a direita, formando seu famoso sorriso. — Até agora, claro.

— Você está muito confiante — impliquei, tentando relaxar.

— Só porque tenho certeza que você vai curtir demais esse passeio — suas mãos envolveram minha cintura.

— Aqui não — e o empurrei.

— O que foi? Não me fala que ainda está morrendo de medo, Mabel... — recuando, ele descansou os braços nos bolsos da calça.

— Podemos ir?

— Claro, marrentinha.

Fred me passou um dos capacetes. Não demorei a me ver embaraçada com a fivela de segurança. Notando minha dificuldade, ele sorriu e, afastando minhas mãos, resolveu o problema em um piscar de olhos.

Abaixei a viseira e torci para que os vizinhos estivessem aproveitando aquela manhã fria para dormir.

Pelo retrovisor, vi Valadares ficar para trás.

— Não vai mesmo me contar para onde estamos indo? — perguntei o mais alto que pude, já que o vento dificultava nossa comunicação.

— Que graça teria? — Fred virou o pescoço o suficiente para que eu notasse seu sorriso maroto. — Vai ter que confiar em mim.

Agarrada à sua cintura, vi, temerosa, que Fred pegava a rodovia estadual. A moto cortou o asfalto em direção ao interior. De vez em quando, ele acelerava mais do que devia. O meu aperto em sua cintura era um lembrete de que precisava ter mais cuidado. Nem sempre isso funcionava...

Diminuindo a velocidade, entramos em um posto de gasolina. Fred parou no estacionamento da loja de conveniência.

— Vamos encontrar a galera aqui — ele disse, tirando o capacete e correndo os dedos pelos cabelos curtos. — Eles já devem estar chegando.

— Estamos perto do destino? — sondei.

Havíamos ultrapassado todos os limites.

— Falta um pouquinho ainda — revelou e se aproximou para me ajudar com aquela fivela confusa.

— Um pouquinho quanto? — soprei os fios ruivos desgrenhados que cobriam meu rosto.

— Estou cansando de falar a mesma coisa, cara — ele suspirou antes de beliscar minha bochecha enrijecida por causa do frio. Seu tom passeava entre a impaciência e a brincadeira.

O que só me irritou.

— Sabe, você não pode me garantir que *tudo* vai dar certo — falei, sem conseguir conter o medo. — Nem sabemos a que horas meus pais vão chegar em casa. Poxa, Fred, falei que hoje não era um bom dia. É ousado demais.

— Fala sério. O que aconteceu com você?

Ele me olhou com... desprezo?

— Não consigo não ficar preocupada, tá?

Passei os últimos dias tentando.

— Se eu soubesse que ficaria tão bolada, não teria insistido.

Soltei um urro baixo quando ele me deu as costas me impedindo de responder à altura.

— Vou comprar um Mentos. Quer alguma coisa? — Fred me fitou de soslaio por cima do ombro.

— Não — quase rosnei.

Assobiando, ele entrou na loja.

Chutei algumas pedrinhas.

Ótimo dia para ter uma DR, Mabel.

Um grupo de motos surgiu no horizonte. Elas ziguezaguearam pela pista e buzinaram antes de adentrar o posto e estacionar a poucos metros. Embora os tenha visto apenas duas vezes, reconheci os motoristas de imediato.

Em passadas largas, Fred deixou a loja e, enquanto recepecionava os amigos com soquinhos e abraços, algumas das garotas me notaram. Elas acenaram, me convocando a conhecer a turma. Fiquei tentada a cortar a distância entre nós com passos nada indelicados, mas não queria parecer a — eu ia dizer *namorada*, mas não tinha direito a esse título, não? —, enfim, só não queria parecer a garota-neurótica. Me esforcei, mas ao notar que Valentina era quem pilotava a última moto, meus passos se tornaram um pouco mais duros.

Todos foram gentis e educados comigo, exceto ela. Com o capacete debaixo do braço, a garota de cílios longos e brincos de polvo me cumprimentou com um biquinho e uma enrugada de nariz.

Logo voltamos à estrada.

Quanto mais nos afastávamos do litoral, mais íngreme a pista se tornava. Em alguns trechos, encontramos curvas perigosas e desfiladeiros que fizeram meu estômago revirar. Os garotos, no entanto, não se cansavam de brincar com o acelerador. E desde que deixamos o posto, meus beliscões não surtiam efeito algum em Fred.

Não queria bancar a chata de novo, por isso não disse que a tremedeira que não deixava minhas pernas se firmarem não tinha nada a ver com adrenalina ou empolgação. A cada curva que fazíamos, imagens de acidentes se projetavam em minha mente, aumentando a pressão em meu peito e me fazendo lembrar algumas das cenas que me atormentaram a noite toda.

— Pronto? — Caio gritou depois de aproximar sua moto da nossa.

Pronto para quê?!

Apertei as mãos em torno de Fred. Eu me segurava tanto, que passei, pelo menos, uns vinte minutos com a viseira do capacete aberta. Os ventos fortes castigaram meus olhos, me fazendo lacrimejar.

Com medo de que Fred aceitasse a proposta de Caio, criei coragem para abaixar a viseira. Ainda bem, porque nos quilômetros que se seguiram as seis motos competiram para ver quem ficava na frente por mais tempo. Algumas vezes, Valentina ocupava o primeiro lugar, instigando Fred a acelerar ainda mais.

Quando cruzamos a placa de boas-vindas de uma cidadezinha turística que eu já tinha visto na tevê, não sentia as pernas nem as bochechas havia algum tempo.

— Curtiu a estrada? — o bom humor de Fred tinha voltado.

— Se você tivesse acelerado um pouco menos, eu teria tido tempo para isso.

O meu, por outro lado, congelou em algum lugar.

— Na moral, não sei o que te deu hoje — os cantos da boca dele desceram.

— Esquece. Será que a gente pode comprar um chocolate quente?

— Só se você prometer que vai tentar se divertir.

Fred contornou meu pescoço com seus braços e me deu um beijo delicado.

— Tudo bem... — concordei com seus lábios ainda colados aos meus.

Entrelaçando nossos dedos, ele me conduziu pelo centro à procura de uma cafeteria. Cantarolava "All Star", todo animadinho. Mas nem a canção de Nando Reis me acalmou quando li em uma placa imensa no começo da avenida principal que éramos bem-vindos ao 48º Festival da Cerveja Artesanal.

As coisas não poderiam ficar piores, não é mesmo?

Um pouco antes da praça, onde uma banda de rock testava o som em um palco, encontramos uma cafeteria.

Fizemos nossos pedidos e sentamos em uma mesinha para dois mais ao fundo.

— Quais são os planos? — aproveitei o calor da xícara para aquecer minhas mãos.

— A cidade tem uma fábrica de cerveja irada, sabe? — Fred mordeu seu pão de queijo. — Pensei em darmos uma volta por lá, para conhecer a história e tudo mais. Um passeio educativo, ruivinha — com os cantinhos da boca sujos, ele pestanejou. — Depois podemos ver os food-trucks e o centro da cidade. Além de curtir o som das bandas — complementou ainda de boca cheia.

— Você não pretende beber, né? — um pouco mais calma por causa do chocolate quente, indaguei com jeitinho.

— Já disse que você não tem com que se preocupar.

Sua resposta não era o que eu queria ouvir, mas não estava a fim de brigar enquanto tomava meu café da manhã.

Deixamos a cafeteria e caminhamos devagar entre a multidão, parando aqui e ali para conferir algumas barracas. Em uma delas, Fred me comprou uma pulseirinha de couro com um pingente de girassol. Depois que experimentamos alguns quitutes da região, fiz Fred parar em uma barraquinha de livros antigos.

— Meu Deus, uma edição rara de *Jane Eyre*! — soltei um gritinho.

Alisei as flores delicadas da capa dura.

— É bom? — parado às minhas costas, Fred brincava com meu cabelo.

— É perfeito.

Folheei as páginas gastas pelo tempo.

— Qual é, casal! — a voz estridente de Caio fez meus ouvidos doerem. — Vocês não vieram até aqui para perder tempo com livros. São livros, mano — repetiu folheando um exemplar antigo com desprezo.

— Acredite se quiser, a Mabel ama eles — Fred apertou meus ombros.

— Pô, deve ser maneiro ser inteligente o suficiente para ler um trem desse tamanho. E ainda por cima gostar — com os lábios curvados e a cabeça balançando, o rapaz loiro observou o calhamaço que eu segurava.

— Infelizmente, você nunca vai saber como é — Fred debochou.

— Ih, tá me tirando? — Caio deu um soco no ombro do amigo. — Bora conferir aquela parada? A galera tá te chamando.

— Já é. Vamos, ruivinha?

— Onde? — perguntei sem vontade alguma de me mover. Queria fuçar um pouco mais a barraquinha.

— Dar uma volta pelas barracas e os food-trucks. Depois a gente volta, prometo.

Deixei que Fred me conduzisse. Fazendo uma algazarra, Caio abriu caminho até as barracas de cervejas artesanais, onde os amigos nos esperavam.

A cidade era uma gracinha. Com seus casarões antigos, o clima interiorano, as comidas típicas e os cafés cheirosos, era impossível não se apaixonar pelo lugar. Mas vi muito pouco, já que Fred e os amigos estavam mais interessados em conhecer a tal fábrica de cerveja, além de passar pelo maior número possível de barracas que expusesse a bebida.

30

Minha cabeça entrou em ebulição no finzinho do *tour* pela fábrica.

Ainda trocando algumas ideias com o nosso grupo, o guia nos levou até a saída.

— Galera, se quiserem conhecer nossas cervejas, temos uma sessão de degustação — o rapaz de camisa quadriculada, com o logo da fábrica, indicou uma mesa de madeira com alguns barris. Ao seu lado, em um ponto bem estratégico, havia um bar.

Uma faixa com letras garrafais convidava os visitantes a experimentarem a melhor cerveja da região.

— É 0800? — Caio inclinou o corpo, eufórico. Ele andou pela fábrica todo serelepe, encantado pelo maquinário antigo e grandioso.

— Claro, mané — um dos rapazes lhe deu um peteleco.

Fred soltou minha mão. Ele foi o primeiro a se achegar à mesa, sendo seguido pelos amigos.

Não é possível.

Com a respiração ofegante, caminhei até lá.

Esgueirei-me entre Caio e Valentina. Foi uma tarefa árdua abrir espaço entre eles. Acotovelando-se, eles implicavam uns com os outros enquanto escolhiam qual barril atacar primeiro.

Cutuquei Fred.

Com as sobrancelhas arqueadas, ele se virou.

— Você não tá pensando em beber isso aí, tá? — sussurrei.

— Pô, Mabel — ele revirou os olhos. — É só uma degustação.

— Se você beber, não vou subir naquela moto — falei entredentes.

— E vai embora como? Vai ligar para o papai? — ele zombou. Voltando-se para a mesa, pegou um dos copinhos oferecidos por um dos amigos e levou aos lábios.

Ao meu lado, Valentina cobriu a boca, disfarçando uma risadinha.

— Qual é, Mabelzinha! — Caio envolveu minha cintura e me puxou contra a lateral do seu corpo. — É só uma desgustaçãozinha. Não dá nada, não. Quer que eu pegue um copinho pra você?

— Não, obrigada — respondi, me afastando do seu hálito forte.

Com o rosto pegando fogo e os olhos ardendo, me afastei. Fred tinha razão. Como eu voltaria para casa?

Jamais ligaria para o meu pai.

Ele nunca entenderia.

Nunca.

No extremo oposto do salão, me encolhi contra a parede.

Em meio a risadas e conversas sem pé nem cabeça, Fred provava vários copinhos. Eram bem pequenos, mas quantos deles poderiam deixá-lo bêbado? Estremeci só de imaginar.

Um dos amigos parabenizou Fred por não deixar "sua mulher" impedi-lo de fazer o que queria.

A expressão me deu nojo.

Meus olhos ficaram rasos d'água.

Escorreguei na parede e sentei no chão, a ficha caindo aos poucos, como a areia em uma ampulheta.

Eu tinha arriscado tudo, não só por Fred, mas por aquela vontade de estourar-minha-bolha-e-explorar-o-mundo-fora-do-aquário. O gosto amargo que se alastrava por minha boca me fazia duvidar se realmente tinha valido a pena.

Meneei a cabeça. Não podia pensar nisso.

Vasculhei o bolso fundo da calça até encontrar os fones de ouvido que eu sempre carregava comigo. Conectei ao celular e abri o Spotify, dando play em uma playlist aleatória.

"Vienna" começou a tocar.

— Droga — murmurei baixinho.

Pulei a canção.

A última coisa que eu precisava era do Billy Joel me lembrando que não havia necessidade de ter tanta pressa.

Tarde demais, Billy.

O ardor em meu coração tinha me feito correr mais nos últimos meses do que em toda a minha vida.

Funguei me esforçando para não deixar o mar em meus olhos jorrar.

— Você não vem, ruivinha? — próximo à porta de saída, Fred gesticulou me convidando a juntar-me ao grupo.

Eu só queria ir para casa, mas como ele mesmo tinha me lembrado, aquela versão sem filtros do Fred era a minha única carona. Mordendo o lábio inferior, guardei o fone e levantei.

Ao deixarmos a fábrica, Fred enlaçou meus ombros e me puxou contra seu torso. Uma amnésia seletiva parecia impedi-lo de lembrar do que tinha acontecido entre nós havia pouco. Ele discutia algo sobre motos com Caio e Valentina.

Retornamos para o centro da cidade e perambulamos um tempão até que o grupo escolheu um food-truck para o almoço.

— Não quer uma cervejinha, Mabel? — Leila sugeriu.

Um garçom simpático anotava nossos pedidos.

— Você pode beber à vontade, só o Fred que não — Maira emendou, chacolhando os ombros. — Aproveita, garota!

— Parece que você está precisando... — Valentina fez questão de pontuar.

— Não, obrigada. Não bebo — sem graça, esbocei um meio sorriso só por educação.

Nem idade eu tinha para isso.

— Sério? Essa é boa! — do outro lado da mesa, a garota com delineado de gatinho revirou os olhos.

— Deixa a menina em paz, Vá! — Leila saiu em minha defesa.

— Bem que o Fred tinha comentado que você era da igreja... — ela continuou. Não parecia a fim de seguir o conselho da amiga.

— Sou. Algum problema? — uni as mãos sobre a mesa.

Era minha vez de analisá-la. As cervejas já deviam estar fazendo efeito, pois Valentina estava mais soltinha do que pela manhã.

— Nenhum — ela bebeu um gole de uma garrafa que comprara em uma das barraquinhas. — Mas você não é uma dessas cristãs caretas, né? Não consigo imaginar o Fred saindo com uma...

Engoli em seco.

— Que tal cuidar da sua vida, Valentina? — Fred me puxou para perto. Um pouco mais gentil, repousou os lábios em minha testa. — Tá tudo bem? — sussurrou no meu ouvido.

Diferentemente das outras vezes, aquele gesto não fez minhas bochechas corarem.

Me vi diante de uma encruzilhada.

Não sabia se me sentia aliviada por aquele dia estar acabando ou preocupada.

Fred não tinha bebido apenas os copinhos da degustação, mas também algumas canecas de cerveja. O álcool o deixou ao mesmo tempo mais animado, mais implicante e mais relaxado. Seu humor subia e descia quando eu menos esperava. Ele não apresentava, ainda, nenhum outro sinal de embriaguez. Seus passos eram firmes, e sua conversa não estava embolada.

Porém, eu sabia como o álcool era perigoso. Fred teria reflexo e agilidade suficiente para pilotar até em casa?

— Fred?

Ele afivelava o capacete.

— Hum? — ergueu aquelas esmeraldas para mim.

— Podemos ir mais devagar? — pedi.

— Quer apreciar mais a vista ou só está preocupada? — Ele tentou me beijar, mas ao sentir o cheiro forte e enjoativo da cerveja virei o rosto.

— Você tá fedendo! — levando as mãos ao seu peito, o afastei. — Pode pilotar com mais cuidado? Deus sabe o que essa quantidade toda de cerveja pode fazer com você.

— Ruivinha, já bebi muito mais do que isso e cheguei inteiro em casa — implicante, ele enrolou um dedo por um dos meus cachos, fazendo-o de molinha. — Aliás, acho que sou um piloto melhor depois de uma cervejinha ou duas.

Ignorei o absurdo e abotoei minha jaqueta. Com as mãos trêmulas, encaixar os botões em algumas casas se mostrou uma provação.

Onde foi que me enfiei?

— Já que estamos indo mais cedo, para não correr o risco dos seus pais estarem em casa e tal... — ele não conteve um revirar de olhos. — Vamos devagar. Aprecie a paisagem.

Durante boa parte do trajeto, Fred manteve a moto em uma velocidade normal e aceitou ser deixado para trás pelos amigos, que desapareceram. Até que não suportou mais. Não só voltou a acelerar, como cortou alguns carros.

— Fred, diminui um pouco, por favor? — gritei contra o vento, mas ele me ignorou. — Fred?!

— Pô, dá pra parar de encher o saco?

— Você disse que iria mais devagar!

Apesar do vento, pude ouvir o xingamento que escapou de seus lábios. Senti seu braço direito retesar e a moto ganhar ainda mais velocidade.

Aquela mudança de humor tão repentina gelou meu estômago.

— Antes você não tivesse vindo — ele cuspiu.

— Teria sido muito melhor mesmo — rebati.

Fred ziguezagueou pela pista aumentando ainda mais a tempestade em minha barriga. Apertei meus dedos em torno de seus ombros.

O que foi que eu fiz?

Ele voltou a reduzir a velocidade e perguntou com voz manhosa:

— É assim que você se comporta em um dia tão especial para mim?

Sério?

— Como um dia regado a tanta cerveja pode ser especial? — bufei, as emoções se misturando. — Amanhã você não vai lembrar de nada.

— Como se você fosse alguma especialista, né?

Mabel, agora não!, meu coração gritou.

Brigar enquanto Fred pilotava com tanto álcool no organismo não me pareceu mesmo uma boa ideia.

Respirando fundo, olhei por cima de seu ombro, focando a estrada. Apesar de corrermos menos agora, deixávamos o interior acima da velocidade recomendada. Passamos por algumas placas indicando a redução, mas Fred não deu atenção a nenhuma delas.

Mais à frente, a moto deitou em uma curva.

— Da próxima vez — gritou — levo você para tomar um milk-shake naquela cafeteria brega.

— Podemos deixar isso pra depois? Presta atenção na estrada. Por favor — implorei.

— Já não mandei relaxar, marrentinha? — inclinando o pescoço, Fred olhou para trás. Um brilho estranho iluminou seu olho direito.

— Cuidado! — gritei, a garganta arranhando de tão seca.

À frente, a luz vermelha de um semáfaro piscava. Um carro esperava pacientemente pelo sinal verde.

Percebendo o desespero em minha voz, Fred voltou sua atenção para a estrada, mas já estavámos perto demais para alguma manobra de desvio. O semáforo da outra via, aberto, permitia que carros voassem na contramão, impedindo que a usássemos como rota de escape.

Frear era a única opção disponível.

Fechei os olhos e clamei, mesmo sabendo que não merecia ser ouvida: *"Deus, por favor, não!"*.

Senti o impacto.

31

Comprimindo as pálpebras, sem forças para encarar o cenário à minha volta, senti um calor insuportável na lateral da panturilha. Meu Deus.

O. Cano. De. Descarga!

Mordi os lábios com força e tentei afastar a perna esquerda, mas o peso da moto impedia o menor movimento.

— Mabel? — em um fiapo de voz, Fred me chamou. — Você tá bem?

— Não consigo afastar a perna desse troço! — A dor e o esforço me fizeram ofegar.

Empurrei a moto com a mão que estava livre, só que mais uma vez falhei.

Olhando para o lado, percebi que parte do meu tronco estava por cima de Fred, prendendo-o ao chão. Minha mão esquerda ainda agarrava sua cintura, sendo esmagada pelo peso.

— Se você se afastar um pouco, posso levantar a moto. Mas seja rápida, para não se queimar.

— Acho que é tarde demais para isso...

Assim que o soltei, Fred conseguiu levantar o suficiente para que eu afastasse a perna. Livre, me desvencilhei dele e sentei. À procura da fonte daquela dor terrível que aumentava a cada segundo, encontrei parte da minha calça queimada. A abertura no jeans revelava uma ferida de uns seis centímetros — a pele extremamente branca latejava, irradiando dor por toda a perna.

Isso não está acontecendo.

Não pode estar acontecendo!

— Meu Deus! — o tom preocupado de um senhor me resgatou do poço de desespero em que eu estava para me afogar mais uma vez. — Vocês estão bem?

Eu estava apavorada e zonza demais para responder. Sentada no asfalto quente, o peito doía cada vez que eu respirava e a perna latejava como se estivesse pegando fogo.

— Comigo, sim — Fred respondeu. — Ruivinha, você tá bem? — segurando meu queixo, me inspecionou.

— Minha perna — foi tudo o que consegui dizer.

Apoiando-se nas mãos, Fred conferiu o estrago. Vi seu rosto cruzar a linha do pânico.

— Querida, chama o SAMU! — o senhor gritou.

Meus pais.

— Não! — berrei. — Não precisa.

Eles não podiam descobrir desse jeito. Precisava contar com calma. Ou melhor, descobrir um jeito de contar.

Seria meu fim. Simples assim.

— Precisa, sim, moça — o homem grisalho interveio em tom decidido, como se eu fosse incapaz de compreender. — Você tá machucada.

— Eu aguento chegar em casa... — Teimosa, me ergui, mas minha perna tremeu me condenando a permanecer sentada. Cravei os olhos em um Fred de poucas palavras. — Você consegue pilotar, né?

Meu desespero era tão grande que eu preferia subir naquela moto de novo a parar em um hospital.

— Até consigo, mas não posso — ele observou o pequeno sol em minha panturrilha. — Você tem que tratar isso aí.

Inclinei o pescoço e suspirei.
— Sinto muito — sussurrou.

Sentada no acostamento, minhas pernas tremiam. As batidas aceleradas do meu coração eram tão altas que silenciavam o mundo à minha volta. Do meu lado, o capacete jazia, arranhado. Voltei a ouvir o estalo gerado pelo contato dele com o de Fred quando colidimos contra o Corolla preto. A agonia que se alastrou por meu corpo naquele momento crescia em meu peito, como um monstro ao se alimentar do meu sangue.

Fred não sabia para onde olhar: a moto no chão ou a traseira amassada do carro.

Apesar de tudo, tínhamos dado sorte: o motorista e sua esposa foram muito gentis. Estavam tão assustados quanto a gente, mas não pensaram duas vezes em nos ajudar.

— Pronta, querida? — a voz doce da senhora de cabelos ondulados me fez despertar.

— Uhum — falei com dificuldade.

Mais uma onda de dor se alastrou por minha perna.

— Isso pode doer um pouco, mas vai interromper o processo da queimadura — explicou derramando água mineral sobre o lugar em que meu jeans derreteu. Depois de virar três garrafinhas, ela me fez respirar fundo e beber um pouco do líquido morno.
— O ideal seria molhar um pouco mais...

Colocando um dos fios cinzas no lugar, ela lançou um olhar penoso para as garrafinhas vazias.

— T-tudo bem — tentei tranquilizá-la. — A senhora já gastou toda a sua água comigo.

Dona Helena afagou minhas costas.

— Que livramento hein, minha filha? Podia ter sido muito pior.

— E-eu sei — minha voz sumiu.

Não queria imaginar o que teria acontecido se Fred estivesse pilotando na mesma velocidade daquela manhã.

Bom, talvez Deus tenha ouvido minha oração.

Bobagem.

Ele não ouviria alguém como eu.

— O socorro deve chegar logo — Helena me encorajou.

De fato, o socorro chegou. E a polícia.

Os socorristas não gostaram de me ver sentada no calçamento, nem de encontrar Fred em pé próximo à moto. Levamos uma bronca daquelas.

Mesmo tendo garantido que estava bem, já que minha perna parecia ser o único problema, uma das socorristas me obrigou a deitar em uma maca, me lembrando que eu podia ter alguma lesão na coluna.

Fui levada para a ambulância depois dos primeiros socorros. Ficar quieta enquanto meu mundo desmoronava era difícil demais. Queria levantar e correr para casa. Me contorcendo na maca, vi Fred conversar com os policiais. Seus dedos corriam pelos cabelos curtos repetidas vezes e os pés não paravam quietos. Ele parecia um menino assustado diante daqueles homens fardados.

Seu rosto moreno estava pálido quando subiu na ambulância. Ele sentou do lado da socorrista, uma mulher alta e forte que não devia ter mais do que 25 anos.

— E aí? — perguntei.

— Eles me multaram. E apreenderam a moto, acredita? — Fred estalou a língua.

— Não te vi fazendo o teste do bafômetro...

— É, eu não fiz — recostou no estofado azul. Seus olhos estavam pequenos e cansados.

— Sabe que isso não faz muita diferença, né? — a socorrista se intrometeu.

— Com um bom advogado, eu posso recorrer.

— Só se for um muito bom — disse ela.

— Até parece que vou ficar um ano com a carteira suspensa! — Fred empinou o nariz. — Vou dar um jeito. Garanto.

— Vocês, riquinhos, acham que podem tudo — o desprezo escorreu dos lábios da moça.

Constrangida, cerrei os olhos.

No hospital, fui encaminhada para o setor de queimados, onde um enfermeiro gentil e atencioso limpou a ferida e fez um curativo. Enquanto trabalhava, ele tentou puxar conversa algumas vezes, mas eu mal conseguia ouvir, quanto mais formular uma resposta.

Meu peito voltou a ficar apertado.

Era difícil respirar. Toda vez que sorvia o ar, minhas narinas ardiam. Era como se eu tivesse entrado no mar em um dia de ressaca. As ondas quebravam em mim antes que eu tivesse qualquer chance de furá-las. Nadava contra cada uma delas, mas toda vez que eu me enchia de esperança pensando que veria o céu azul de novo, outra onda me cobria, me lançando em direção à areia e me fazendo girar como se eu fosse um plástico qualquer.

Deus, por favor, me ajuda.

A oração silenciosa saiu acompanhada por lágrimas quentes que escorreram por minhas bochechas e molharam o tecido azul da maca.

— Ei, tá tudo bem? — o enfermeiro quis saber se voltando para mim.

— Só... — pigarrei. — Só preciso ir ao banheiro. Posso?

— Claro. Tem um no fim do corredor. Quer que eu te leve até lá?

Com um movimento de cabeça, descartei sua ajuda.

32

Encarei a garota ruiva no espelho.

Os olhos sujos por causa do rímel borrado e as bochechas tão vermelhas quanto os ramos que cercavam a íris azul. O suéter torto, cheio de poeira. Os cachos amontoados, sem vida.

Eu estava um trapo, mas não foi isso que me assustou.

Foi a ausência de vida no meu olhar que fez os pelinhos dos meus braços se arrepiarem e um ar frio penetrar minha coluna.

Quem era aquela Mabel?

Nos últimos meses, pensei que, finalmente, estivesse me tornando a garota que sempre desejei ser. Corajosa, impetuosa e divertida. Diante dela, contudo, eu tinha vergonha do que me tornei.

Meu peito voltou a ficar pesado, como se um elefante tivesse escolhido sentar ali.

Sentindo os olhos se encherem de lágrimas mais uma vez, me abracei.

Me senti suja.

Não era a poeira do asfalto ou o sangue seco na calça que me incomodava. Era o aglomerado de lixo produzido pelas escolhas que fiz. As mentiras, as escapadelas, a imprudência, o atrevimento, o desrepeito...

Ainda assim, eu tinha sido ouvida por ele.

Mesmo suja.

Mesmo cheirando mal.

Mesmo tendo corrido para tão longe de suas mãos.

Ele se deu ao trabalho de me ouvir.

Ele se importou.

As lágrimas lavaram meu rosto.

Eu poderia estar muito mais machucada ou mesmo... morta, se ele não tivesse me escutado.

Quando eu mais precisei, corri para ele. O Criador do universo poderia ter fechado a porta e me dado as costas, mas ele a abriu e me socorreu.

Por quê?

Os soluços richochetearam contra os ajulejos brancos desbotados.

Fraca, me arrastei até uma das paredes. Me recostei no piso, sua temperatura fria alcançando minha pele pelas frestas do suéter enquanto eu escorregava até o chão. Puxei a perna boa contra o peito e apoiei minha cabeça ali.

— Por quê? — projetei a pergunta em meio aos sussurros.

Eu não merecia...

Minha filha.

Uma voz, mais forte do que os trovões, mas ao mesmo tempo mansa como as primeiras ondas da manhã, ecoou pelo banheiro.

Abri os olhos, à procura de algo ou alguém.

Mas não havia ninguém. Só eu.

Eu sou o Deus que sonda seu coração, Mabel. Sei quando você se senta, quando se levanta. Conheço cada um dos seus pensamentos.

A voz insistiu.

Ele... Ele estava falando comigo? Nunca o havia escutado antes... Como ele poderia se dar o trabalho depois de tudo o que eu havia feito?

Eu sou o Deus que cerca você. Minhas mãos estão sobre sua vida.

Senti um calor acima da cabeça. Ele tocou os fios desgrenhados com gentileza e foi se alastrando até alcançar meu coração.

Nunca deixarei de estar por perto, porque você é minha filha amada.

Amada, eu? A afirmação se chocou contra as paredes endurecidas do meu coração à procura de alguma brecha.

Amada.

As lágrimas continuaram a lavar o meu rosto, enquanto aquela afirmação lutava contra as mentiras que por anos deixei criar raízes em meu peito.

Não há escuridão que eu não alcance. Não há trevas que impeçam minha luz.

De olhos cravados, senti o coração arder. Uma mão parecia arrancar raízes rudes e grossas de lá.

Imperfeita.

Rejeitada.

Insuficiente.

Esquecida.

Incapaz.

As lágrimas foram diminuindo, e a ardência deu lugar a uma paz que eu nunca havia experimentado.

Eu tinha encontrado o caminho para casa e o Pai, bem, o Pai me esperava de braços abertos.

Liberada pelo enfermeiro, arrastei a perna com cuidado e segui as setas até a recepção. Ao me notar, Fred, que estava encostado em uma pilastra, correu até mim. Enquanto me questionava sobre meu estado, passou a mão por minha cintura e me ajudou a sentar. Disse a ele que precisava do seu celular emprestado para ligar para os meus pais — o meu tinha se espatifado no acidente. Não havia por que adiar. Eles precisavam saber.

Mesmo que eu ainda não soubesse como contar e tremesse só de imaginar a reação do meu pai.

— Eles já sabem.

— Você ligou? — inclinei-me em sua direção, surpresa.

— Melhor eu do que a assistente social do hospital, né? — ele ergueu uma das sobrancelhas.

— Talvez eles preferissem ela... — mordi a bochecha. — Devem estar furiosos.

— É, estão. Mas vai passar — Fred apertou minha mão. — Tenho experiência, confie em mim.

Duvidava. Ele não conhecia o alto escalão do exército que eu tinha em casa.

— Fred... o que há entre nós... — falei, ansiosa para compartilhar a decisão que havia tomado no banheiro.

— Não vamos falar disso agora, ruivinha — me interrompeu. — Vamos lidar com uma coisa de cada vez, ok?

— Nem sei se vou sobreviver a esta noite — dramática, mas não sem razão, suspirei pela décima vez. — É sério, Fred, a gente preci...

— Agora não é a hora, Mabel — ele se recusou a me ouvir e se esforçou para me animar com nossa playlist do Nando Reis. Mas eu estava cansada e com a cabeça longe demais para ouvir qualquer coisa. Além disso, toda vez que ele se virava para mim com a voz apreensiva e os olhos gentis, eu me lembrava de quanto seu humor havia flutuado o dia todo e de que era ele o responsável por nos colocar naquela situação. Se tivesse me ouvido e não bebido, estaríamos em casa a essa hora.

Com o tempo, meu baixo astral acabou trazendo o dele de volta, e ele passou a trocar mensagens com os amigos no WhatsApp.

Um canal de tevê reprisava *Perdidos no espaço*, uma série dos anos 1960 que meu pai amava. Acompanhei o episódio familiar, esquecendo o conteúdo dos diálogos assim que eram ditos.

33

Quase furando o chão, papai passou apressado pela porta automática. Seus olhos avermelhados deixavam clara sua fúria. Ele abria e fechava o punho. Atrás dele, mamãe corria, empenhada em acompanhá-lo com suas pernas curtas.

Os olhos de papai alcançaram os meus. Ele estancou e deixou os ombros relaxarem. Já mamãe não parou até me envolver em um abraço capaz de estraçalhar ossos.

— Você está bem? — perguntou com a voz embargada, me mantendo segura em seus braços.

Deitei a cabeça em seu ombro, seus cachos com cheirinho de lavanda formando uma cama macia para o meu rosto cansado.

Uma nova torrente de lágrimas vazou dos meus olhos, me impedindo de responder.

— Já foi atendida? Onde foi a queimadura? — voltando a ficar afobada, mamãe me soltou e deu um passo para trás. Seus olhos me fiscalizaram da cabeça aos pés. — Foi muito grave?!

Como eu não conseguia parar de chorar, Fred respondeu por mim:

— Foi uma queimadura de segundo grau, Clarice — explicou. — Mas não se preocupe, ela já foi atendida e medicada.

— Certo — mamãe respondeu sem tirar os olhos de mim.

Mesmo com a visão turva, pude ver papai cruzar os braços, assumindo uma postura crítica.

— *I don't believe it, Mabel!* — esbravejou como o trovão. Algumas pessoas sentadas na recepção arregalaram os olhos. — Onde estava com a cabeça?! Como pôde sair com esse garoto? — com desprezo, indicou Fred com o queixo.

— Richard... — segurando seu braço, mamãe procurou acalmá-lo. — Aqui não é lugar para isso.

— E existe um lugar ideal, Clarice?! Passamos o dia todo procurando por ela! — ele coçou a testa. — Você tem ideia de como ficamos preocupados, Mabel?

— *I'm...* — disse em meio as lágrimas. — *I'm sorry, dad.*

A porta automática abriu, revelando um Marcelo tão tempestuoso quanto meu pai.

— No que foi que se meteu desta vez, Frederico? — com um dedo hasteado em direção ao filho, Marcelo vociferou.

— Como assim "desta vez"? — meu pai se intrometeu, uma veia saltando na testa. — Você me disse que seu filho era difícil, mas não que era perigoso! Como pôde deixar esse delinquente se aproximar da minha filha?!

— Richard, sabendo do susto que você passou e por ser um amigo, vou ignorar o que acabou de dizer... — Marcelo esfregou as sobrancelhas claras.

— Vamos para casa, Richard — mamãe decretou. — Não vamos resolver nada direito de cabeça quente.

— Olha — Marcelo passou a mão pela nuca. — Sinto muito que o irresponsável do meu filho tenha envolvido a Mabel em confusão. Sinto mesmo!

— Ele será punido por isso — Paula prometeu.

— Mais?! — a voz incrédula do rapaz ecoou pela recepção.

Alguns olhares curiosos nos fitavam sem piscar.

A vergonha fez meu coração ficar tão pequeno e murcho quanto uma uva-passa.

— Tenho certeza que sim — as sobrancelhas de mamãe estavam tão franzidas e ela falou de um modo tão frio que até eu fiquei assustada.

— Senhores — a recepcionista abandonou seu posto. — Sei que todos estão assustados por causa do acidente, mas preciso lembrá-los de que estão em um hospital... Precisamos de silêncio. Está bem?

— Claro, perdão — minha mãe pediu, as bochechas rubras. Ela detestava incomodar os outros.

— A paciente já foi liberada, então, se vocês puderem ir para casa, creio que será melhor para todos — a moça de terninho azul marinho recomendou.

— Tudo bem — Paula concordou, tão constrangida quanto mamãe.

— Richard, ajude a Mabel a caminhar até o carro — minha mãe ordenou.

Soltando uns resmungos em inglês, meu pai me pegou no colo.

— Consigo andar, pai — avisei.

Não queria ser um peso maior do que já era.

Meu pai, porém, desviou os olhos e me ignorou.

Mal demos alguns passos, quando Fred se colocou de pé entre nós e a porta.

— Richard, posso ver a Mabel amanhã? Só para checar como ela está.

— *Of course not!* — papai trovejou, me apertando contra o seu peito. — Não quero você perto da minha filha de novo, está me ouvindo?

— Ele não voltará a procurá-la — Marcelo garantiu. — Você tem a minha palavra.

Escondi a cabeça no peito de papai. Daquela vez, seu excesso de proteção não me incomodou.

Em silêncio, deixamos o hospital.

O percurso até nossa casa foi extremamente silencioso. Meu pai segurava o volante com tanta força que suas mãos ficaram vermelhas. Já mamãe passou boa parte do trajeto me olhando de canto de olho, parecendo checar se eu estava mesmo ali.

Quietinha, sabendo que era a causadora de tantos problemas, fechei os olhos e orei. Durante longos minutos, contei a Deus como queria mudar.

34

Minha mãe ficou no quarto depois de me ajudar com o banho. Tomar banho com um saco de lixo envolvendo minha perna tinha exigido mais coordenação motora e concentração do que aprender a andar de bicicleta sem rodinhas.

Preferia que meu pai estivesse ali também, fazendo todas as perguntas que quisesse e me dando os maiores sermões do mundo, mas ele se trancou no escritório assim que chegamos em casa.

Com os lábios curvados, a testa vincada e os olhos sem vida, mamãe meneou a cabeça mais uma vez. Eu tinha acabado de narrar tudo o que havia acontecido entre mim e Fred, desde a nossa primeira conversa em março, no dia da mudança, até o acidente. Ela ouviu tudo em silêncio, deixando sua decepção transparecer pelos suspiros baixos e as linhas em seu rosto.

— Não consigo acreditar que você teve coragem de mentir para nós, Mabel — mamãe, enfim, falou. Sua voz evidenciava toda tristeza e desgosto que sentia. — Quando seu pai disse que você ficaria em casa alguns domingos, pensei que aproveitaria o silêncio para estudar. É claro que eu imaginei que encontraria a Celina, mas nunca me passou pela cabeça que você faria algo tão irresponsável. Confiávamos em você. Como pudemos ser tão inocentes? Como eu não vi os sinais?! Senhor!

Mamãe levou a mão à testa.

— Mãe... — minha voz falhou. Eu não tinha respostas boàs o suficiente para acalmá-la.

Ver seu coração partido estraçalhou o meu em mil pedacinhos.

Um silêncio pairou entre nós, cortado apenas pelo barulho das ondas quebrando. Mamãe levantou da cama e caminhou até a porta da sacada. Afastou um trecho da cortina branca e observou o mar.

De costas, ela fitou a escuridão um pouco mais.

Eu não sabia por onde começar, mas precisava ser sincera.

— A verdade é que... — limpei a garganta. — Há algum tempo, me peguei cansada de ser a Mabel de sempre. Eu não aguentava mais ser aquela garota responsável, perfeitinha, chata, que sempre pensava mil vezes antes de fazer alguma coisa, sabe? Queria ser mais livre como os outros adolescentes. Ter histórias para contar.

— E você achou uma boa ideia sair com um rapaz que mal conhecia? — mamãe se voltou para mim, os olhos inundados de lágrimas. — Um rapaz irresponsável de quem seu pai não gostou desde o início.

— Não. No começo, não — me apressei a dizer. — Mas eu o conheci um pouquinho mais, mãe, e como fomos apresentados à família dele, pensei que as coisas não sairiam do controle...

— E valeu a pena?

— Não — fui sincera.

— Queria que tivesse me contado sobre esses sentimentos, Mabel. Poderíamos ter lidado com eles juntas.

— Eu não sabia como contar... Pensei que vocês não entenderiam, que só me julgariam.

Mamãe caminhou até minha cama de novo. O rosto ainda mais triste.

— Não é estranho você não se sentir segura para contar algo para mim? — ela mordeu o lábio. — Nossa relação nunca mais foi a mesma depois que suas irmãs nasceram, não? — suspirou, as marcas em torno dos olhos revelando o quanto estava cansada.

Meu coração voltou a aparecer como uma uva-passa. Era bom ouvir minha mãe reconhecendo isso. Durante um bom tempo, pensei que aquele distanciamento fosse fruto da minha imaginação ou mesmo um ciúme besta que eu não tivesse superado. Enquanto só eu notava, era fácil guardar o incômodo provocado por ele no meu baú e me ocupar com outras coisas.

Mas não era fruto da minha cabeça.

Como um muro de hera, a distância entre nós havia brotado e se alastrado durante a gravidez das gêmeas.

— Nunca imaginei que a situação fosse tão grave.

— Mas a gente pode dar um jeito, não é? — perguntei, desesperada para ouvir uma resposta positiva.

— É claro, querida — garantiu. — Agora, preciso que você entenda uma coisa — com o olhar sério, mamãe me fitou. — Sua vida amorosa não é uma preocupação só sua, é nossa também. Não acha que desejamos que encontre um bom rapaz? Um rapaz que te ame, respeite, valorize, proteja? Eu oro pelo seu casamento desde que você estava no meu ventre, Mabel!

— É, você já me disse isso.

Aliás, ela também havia me encorajado a orar por meu futuro marido, abençoando-o desde já, mas se conversar com Deus a respeito de mim mesma era complicado, imagine orar por alguém que eu nem conhecia. A ideia soou brega, para não dizer impossível.

— Não estava pensando em nada sério quando aceitei sair com o Fred — expliquei concentrando-me em puxar um pedaço da costura do edredom. — Queria fazer algo diferente, me divertir um pouco. Sei lá... — fiz uma pausa. — Tantos adolescentes fazem isso. Não achei que comigo daria tanta confusão.

Fechei a mão em torno do pedacinho de linha azul.

— Essas coisas nunca acabam bem, filha. As consequências sempre vêm — sua voz soou pesarosa.

— Não entendo por que vocês têm que complicar tanto as coisas — resmunguei. — Só queria me divertir um pouco, é tão ruim assim? Mas nem namorar eu posso!

— Não é sobre não poder, Mabel. Seu pai e eu não estamos trabalhando para te impedir de ser feliz, sabia? Muito menos o Senhor.

Por vezes, parecia que essa era a maior missão deles, mas eu mordi minha língua em vez de falar bobagem.

— E Deus não nos impede de fazer o que desejamos — ela aproveitou meu silêncio para continuar. — Mas como o bom Pai que é, ele se importa a ponto de nos mostrar qual é o melhor caminho.

Arranquei um pedacinho da linha.

— Escuta, filha — inclinando-se, mamãe ergueu meu queixo. — Você tem um Pai no céu que se importa com cada detalhe de sua vida. Ele, melhor do que ninguém, conhece seus sonhos, suas paixões, seus anseios, suas dores.

Balancei a cabeça, me lembrando da voz que havia me abraçado naquele banheiro.

— Para ele, seu coração é um tesouro. Ao pedir que confie nele, Deus não está te privando de algo bom, mas reservando o seu coração para o melhor. Você pode, é claro, optar por escrever sua história sozinha, mas vai acabar descobrindo, com o passar dos anos, que não somos muito bons nisso.

— Acho que eu já descobri... — admiti.

— Ou você pode confiar seu coraçãozinho ao Senhor e escrever os próximos capítulos com ele. Como alguém que já fez as duas coisas, posso dizer que é muito melhor entregá-lo ao único que realmente é capaz de protegê-lo.

Mesmo com a perna dolorida, me lancei sobre mamãe e enterrei meu rosto em seu ombro.

— E-eu sinto tanto, mãe, tanto... Se eu pudesse voltar no tempo, faria tudo diferente.

Seus dedos percorreram meus cachos.

— Eu sei, meu amor — ela me apertou contra si. — Você não pode voltar atrás, mas pode fazer escolhas diferentes a partir de agora. E pode contar comigo e com seu pai para te ajudar. Tá bem? Agora, é melhor deitar e dormir.

Permaneci mais alguns segundos em seus braços. Imersa no medo, eu tinha pensado que ela nunca voltaria a me aconchegar ali, mas assim como o Senhor tinha derramado sua misericórdia quando eu menos merecia, mamãe também me deu uma segunda chance.

Fitei o céu escuro por uma fresta da cortina.

Obrigada.

— Mãe, você vai me perdoar um dia? — coloquei para fora a dúvida que podia roubar meu sono apesar dos olhos pesados. Eu precisava saber.

— Já perdoei — ela respondeu em um tom amoroso.

Meus braços a apertaram com mais força, a gratidão trazendo energia para o meu corpo dolorido e cansado.

Após ajeitar meu edredom como fazia quando eu era pequena, mamãe se reclinou e beijou minha testa.

— Só preciso que aprenda e não cometa os mesmos erros de novo. Será que pode fazer isso? — ela pediu.

— S-sim — assenti, a garganta voltando a ficar embargada. — Será que meu pai vai me perdoar também?

— Nunca duvide disso. Ele só precisa de um tempinho para processar tudo.

35

Passei três dias de molho, com a perna para cima, cheia de tédio e ansiedade.

As comédias românticas na tevê não prendiam minha atenção mais do que cinco minutos. As letras se embaralhavam toda vez que abria um livro. E as playlists no iPod só me faziam ter certeza de que jamais voltaria a ser aquela Mabel.

Mais do que a ferida na pele, doía ver meu pai me evitar. Ele havia trabalhado até tarde aqueles dias e, ao passar por minha porta, abaixara a cabeça. Nem uma espiadela.

Será que ele realmente me perdoaria?

Ainda tinha minhas dúvidas quando mamãe me chamou para conversarmos os três após o jantar, na quarta-feira.

Não conseguia parar de roer as unhas.

— Mabel, preciso dizer... — pigarreando, meu pai uniu as mãos. — Estou muito decepcionado. Nunca imaginei que você, *logo você*, fosse agir com tamanha irresponsabilidade.

— É, eu sei, pai. Sinto...

— Me deixe terminar, filha — me interrompeu. — *I can't understand*. Gostaria de saber o que passou pela sua cabeça para fazer uma coisa dessas. Você saiu com um estranho, não uma, mas várias vezes! Foi para um lugar distante. Mentiu para nós — sua voz foi aumentando e se agravando a cada frase. — Andou em uma moto com um rapaz embriagado! Você colocou sua vida em risco! *Why*?

Me encolhi na cadeira.

— Acho que só não pensei muito... — confessei em um tom desafinado e baixo.

— Não pensou? — ele moveu a mão pelo rosto e coçou a testa. — Você poderia ter morrido naquele acidente, Mabel!

Papai bateu a mão na mesa.

Nunca o vi tão irado.

— Richard... — minha mãe cobriu a mão vermelha dele com a sua.

Olhando para o lustre que pendia bem no centro da mesa, papai encheu o peito de ar.

— Conte-nos por quê — pediu, mais controlado.

Estalei os dedos. Será que ele entenderia?

— Eu estava cansada...

— Cansada? — repetiu. — De quê?

— De sempre pensar mil vezes em tudo, antes de fazer qualquer coisa. Cansada de ter que ser a filha perfeita, forte e independente. De não ser uma adolescente normal.

— Eu não... — olhando para mim, ele abriu e fechou os dedos, confuso. — Não entendo. Mesmo. Quando foi que exigimos isso de você?

Soltei o ar, o peito latejando, não só pelo acidente. Eu me lembrava com uma riqueza de detalhes do dia em que as exigências chegaram.

Em uma manhã ensolarada de sábado, Pedro e Lin vieram passar o dia comigo. Meu pai ficaria de olho em nós enquanto mamãe repousava — era o que ela mais fazia por causa do seu quadro de pré-eclâmpsia grave.

Os planos sofreram uma mudança repentina quando papai teve que sair para resolver uma emergência no jornal. Não havia quem ele pudesse chamar para ver como estávamos. Por isso, mamãe trocou o sofá por uma cadeira de balanço na varanda dos fundos. Aproveitando que ela havia cochilado, eu resolvi escalar a velha castanheira.

Sentada em um dos galhos mais altos, fiquei perturbando Pedro para que subisse também. Alheia, não ouvi a madeira abaixo de mim estalar. Colidi com alguns galhos até bater a cabeça no chão.

Minha aventura resultou em um braço quebrado, para mim, e uma grande oscilação de pressão, para mamãe. Fomos parar no hospital, o que deixou meu pai furioso.

Naquela noite, enquanto mamãe dormia, papai sentou comigo na sala e anunciou:

— Esse tipo de coisa não pode acontecer mais, Mabel. Sua mãe e eu precisamos que se comporte, que seja uma mocinha, não uma criança — ele disse coçando as ondas loiras, mais cheias naquela época.

Ainda me lembrava de como havia me sentido culpada por ter feito minha mãe passar mal. Ela podia ter perdido os bebês, e a culpa teria sido minha! Só porque eu queria provar a Pedro que não era medrosa...

— Sua mãe precisa de silêncio, tranquilidade e paz — papai explicou —, para que suas irmãzinhas nasçam em segurança. Acha que pode fazer isso?

— Sim, *daddy*.

Não queria ser um peso para eles. Nem um problema. Daquele dia em diante, passei a andar na linha.

Voltando para o presente, expliquei:

— Quando a mamãe estava grávida... — funguei, me recriminando por quase chorar de novo. Estava ficando cansada de tantas lágrimas. — ... o senhor pediu que eu fosse responsável, lembra?

Ele me fitou de canto de olho, confuso.

— Eu deveria ser forte e madura, não dar trabalho — tentei refrescar sua memória. — É isso que eu tenho feito, que tenho tentado fazer, pelo menos, mas tô cansada.

Não consegui conter as lágrimas.

— Richard, o que foi que você disse a ela? — minha mãe o indagou tão séria que fez papai arregalar os olhos.

— *I don't...* — sua voz morreu. — Não era isso que eu queria dizer, filha. Só precisávamos que você se comportasse naqueles meses, para que sua mãe pudesse ter uma gestação tranquila, não que fosse perfeita.

— O senhor nunca voltou atrás no que disse — limpei o nariz.

— Por que não conversou comigo sobre isso?

— Vocês ficaram tão ocupados, pai... — arqueei os ombros. — Sempre estavam no hospital com as meninas.

Por causa das oscilações na pressão e as fortes dores de cabeça, mamãe teve que fazer uma cesariana. Prematuras, as meninas ficaram em observação no hospital por semanas.

— Aqueles dias foram corridos e difíceis mesmo, Richard — minha mãe concordou.

— Ainda assim... — papai coçou a barba.

— Você parecia entender tão bem o que estávamos passando... — mamãe alisou o vinco em sua testa. — Estava mais calma e tão adolescente, que acabei me descuidando.

— Eu não queria ser a culpada por machucar você ou as meninas... — a confissão escapuliu da minha boca sem que pudesse segurá-la. Um soluço baixo e incontrolável a seguiu.

— Você se sentiu *culpada* porque sua mãe foi parar no hospital? — papai perguntou, alarmado, mas as lágrimas não me deixaram responder. — Nunca te culpamos por isso, *sweetheart*. Só precisávamos que evitasse situações perigosas.

Estendendo as mãos sobre a mesa, mamãe me encorajou a segurar as suas.

— Não precisa carregar esse fardo, querida — seu conselho foi como ver um carcereiro trazendo a chave para me libertar da cela que fiz de lar por tantos anos.

Meus ombros relaxaram.

— Gostaria muito que tivesse conversado com a gente sobre isso antes, Mabel. Só que nada disso justifica seu comportamento — papai frisou.

Embora seu rosto ainda estivesse vermelho, a raiva o deixava aos poucos.

— Eu sei.

Passei as mãos pelas bochechas para secar as lágrimas. Nunca chorei tanto quanto nessa semana.

Meus pais trocaram um olhar cúmplice.

— Sua mãe e eu conversamos, e concluímos que algumas coisas vão mudar.

— Tá... — respondi, com medo do que tinham a me dizer.

— As mudanças são para ajudar você a aprender com tudo isso, não um castigo qualquer — mamãe assegurou.

Papai ajustou sua postura.

— Enfim, desejamos que continue praticando o que combinamos em nosso acordo — ao ouvir isso, meus olhos saltaram. — Não se preocupe, já contei tudo para sua mãe.

— E ele já ouviu um monte por causa dessa ideia de jerico — seus lábios formaram um bico insatisfeito.

— *My mistake, I know* — papai levou as mãos ao peito, visivelmente arrependido. — Também achamos muito importante ocupar seu tempo com coisas boas, por isso você começará um estágio no Tritão.

Opa, opa! Por essa eu não esperava.

— Estagiar no Tritão?! Isso não é uma pequena mudança, pai. É castigo mesmo.

Empolgado, ele soltou uma risada estrondosa.

— Não será tão ruim assim.

— Acho que será ótimo — mamãe opinou. — Já passou da hora de você ter sua primeira experiência de emprego.

— Você e o Sebastião vão se dar bem.

— Até parece.

— Ele vai adorar, com certeza — papai soltou uma risada de novo.

Vê-lo menos bravo me fez respirar com menos dificuldade.

— Pelo visto, você também — mamãe implicou.

— Posso ensinar uma ou duas coisas importantes para a Mabel — ele deu duas batidinhas na mesa.

— Será melhor do que só servir café para o Sebastião e mexer em tranqueira naquele arquivo — girei os olhos.

Morreria de tédio naquele jornal.

— Será mais útil do que você imagina — meu pai prometeu.

— Alguma outra surpresa? — questionei mesmo despreparada.

— Temos mais duas condições, um pouco mais... — seus olhos diminuíram, ele parecia procurar a palavra adequada. — Desafiadoras.

— Pode mandar — tentei bancar a forte, mesmo com o estômago congelando abaixo de zero.

— Primeiro, queremos deixar claro que não concordamos com um relacionamento entre você e o Frederico, nem vamos aceitá-lo. Um rapaz imprudente, que não zela pelos mesmos princípios, que não respeita a família, que mistura bebida e direção. Não é o que desejamos para você. Acabou, Mabel — papai determinou, permitindo que eu tivesse um vislumbre do general que habitava dentro dele.

Aquela condição não me pegou de surpresa. Eu sabia que meus pais não tolerariam que eu continuasse me encontrando com Fred. E, para ser bem sincera, apesar do meu estômago ainda coçar ao pensar nele, eu também não queria.

Só precisava encontrar um jeito de avisá-lo da decisão que eu já havia tomado desde o domingo. Nas duas vezes que eu tinha tentado, ele me interrompeu, fugindo do assunto.

— E a segunda?

— Queremos que repense sua amizade com a Celi...

— Quê? Ela é só a minha melhor amiga, pai.

— Você não pode negar que essa amizade tem sido uma má influência — mamãe interferiu, sua voz mansa contrastando com a minha.

Me remexi na cadeira, sentando-me mais na ponta.

— A Lin não me obrigou a nada! Fui eu que pedi a ela que mentisse, lembra?

— É claro que lembro... — uma veia saltou em sua testa. — E quantas vezes você já mentiu por ela? — mamãe me fitou, esperando uma resposta.

Roçando os dentes no lábio, fui obrigada a ficar em silêncio, preservando o pouco de dignidade que me restava.

— Tenho certeza de que a Renata não ficaria feliz em saber disso — ela tamborilou os dedos na mesa. — Ela ficou em choque quando aparecemos lá procurando por você, sabia?

Imaginar o desespero dos meus pais rodando a cidade à minha procura fez meu estômago embrulhar. Por muito pouco não coloquei o jantar para fora.

— Mas isso significa que não podemos mais ser amigas? — protestei. — Não mentiremos mais, mãe. Aprendi com o erro.

Não abriria mão assim da única melhor amiga que eu tinha.

— Só o tempo nos dirá, Mabel — ela decretou.

A ficha caiu, finalmente. Eu tinha pegado a confiança que meus pais depositavam em mim e lançado ao chão. Não havia nem sombras dela.

— Não estamos proibindo sua amizade — mamãe seguiu adiante. — Queremos que a analise e que a reconstrua, se possível. De um jeito seguro e saudável. Também amamos a Lin, querida. Só que, até agora, vocês não têm estimulado o melhor uma da outra.

— Se quiserem se ver, será aqui em casa ou na igreja — papai decretou.

Amassei minhas bochechas, com raiva.

— Isso não é justo! Vocês vão ficar vigiando a gente?

— Supervisionando — ele me corrigiu.

— Você precisa de tempo para colocar seu coração no lugar e descobrir que tipo de garota quer ser — minha mãe explicou. — Esperamos que descubra quão preciosa você é para o Senhor e como pode ser forte com ele. Não vou mentir. Essa jornada será longa e desafiadora. Por isso, queremos diminuir as situações que possam colocá-la em encrenca de novo.

— Isso não significa que construiremos um muro de proteção ao seu redor — meu pai sustentou —, mas sim que estaremos por perto para ajudá-la a separar as boas influências das más, até que possa fazer isso sozinha.

— Não me parece justo abrir mão da Lin.

Ela não entenderia.

— Você não abrirá mão. Só não terão a mesma liberdade de antes — mamãe esclareceu, mas aquilo não fazia muita diferença.

Na prática, dava no mesmo.

Passamos um longo tempo sentados à mesa. Antes de nos levantarmos, meu pai nos instruiu a dar as mãos e orar. Ele pediu a Deus que nos desse sabedoria e paciência para trilhar os próximos trechos da jornada, perseverança para encarar os dias difíceis e resiliência para enfrentar os desafios. Apresentou a Deus as dores e feridas que cada um de nós carregava e que necessitavam de cura, e pediu perdão por nossas falhas — não só as minhas. Ao finalizar a oração, suas bochechas estavam rosadas e molhadas de lágrimas.

Estava pronta para subir para o quarto, quando meu pai me puxou para um abraço apertado. Descansei a cabeça em seu peito, me aconchegando.

— Me perdoe, filha — ele disse alisando meu cabelo. — Minha intenção... — sua voz ficou embargada — nunca foi afastá-la ou impedi-la de ser a garota incrível que é.

— T-tudo bem, pai... — minha garganta apertada quase impediu as palavras de saírem.

— Eu sei que não sou fácil — continuou. — Essa mania de me cobrar demais e dar o meu melhor me atrapalha, muitas vezes. — Afastando-se um pouco, meu pai levantou meu queixo me fazendo olhá-lo nos olhos. — Se de alguma forma projetei isso em você, e você se sentiu obrigada a ser perfeita só para me agradar, me perdoe. Você não tem que ser perfeita, só precisa ser você, a minha garota. Eu não te amo pelo que você faz, Mabel, mas por quem você é. A minha filha.

Sua voz embargada e doce tocou lugares tão profundos em meu coração que eu não me contive. Abracei-o de volta e deixei que minhas lágrimas molhassem sua camisa.

36

Apesar de conhecer o prédio de tijolinhos vermelhos havia mais tempo do que Sebastião, ele fez questão de me conduzir por um tour completo pelo jornal. Caminhando à minha frente, o editor-chefe parecia incapaz de esconder sua empolgação. Eu, em contrapartida, não via razões para celebrar o fim das minhas tardes. Como ficar feliz por perder aqueles intervalos para assistir a um episódio de *Castle*? Mas não quis jogar um balde de água fria nele.

Depois do tour, Sebastião me conduziu ao RH, no primeiro andar, onde Judite, uma senhora doce e sorridente, me explicou todos os detalhes do estágio.

Passei a tarde sendo a sombra do editor. À medida que ele caminhava pela redação, dando sugestões em algumas matérias ou orientando os jornalistas antes de saírem para cobrir algum fato, pude conferir de perto seu perfeccionismo e orgulho.

Nunca tinha ido com a cara dele. Sebastião sempre me pareceu um tremendo puxa-saco, só que depois de passar quatro horas ao seu lado fui obrigada a reconhecer seu comprometimento com o jornal. Com os olhos atentos, ele corrigia cada detalhe e ainda dava pitacos para os jornalistas mais jovens sobre como melhorar. Até mesmo as menores reportagens recebiam toda sua atenção.

De olho nele, não pude deixar de lembrar que fora Sebastião quem impedira que o acidente se tornasse reportagem. Naquele domingo, não percebi, mas muitos veículos passaram por nós na estrada. Fotos foram tiradas e circularam no Facebook, chegando aos moradores de Valadares. Alguns deles não pensaram duas vezes antes de encaminhá-las para o e-mail do jornal.

Quando papai disse que as fotos permitiam que Fred e eu fôssemos identificados, corri para o banheiro e coloquei todo o almoço para fora. Sabendo que a cidade inteira andava falando de nós, evitei circular pelas ruas. Ainda não estava pronta para enfrentar tantos olhares críticos, mas sabia que não podia me esconder para sempre.

— Sebastião?

— Sim? — ele não tirou os olhos de águia do computador. Conferia a prévia da edição de terça-feira pela segunda vez.

— Só queria te agradecer.

— Pelo quê? — ele me olhou por cima dos óculos, a testa vincada.

— Por não ter divulgado o acidente no jornal.

— Ah, isso não foi nada, Mabel — e voltou a atenção para o arquivo.

— Foi muito para mim.

— Mabel, como pôde sumir assim?! — Lin me puxou pelo braço enquanto eu descia do ônibus.

Aquele era o primeiro dia em que eu voltava da escola no coletivo intermunicipal. Nas últimas duas semanas, mamãe tinha me levado e buscado.

— Pode pegar mais leve? Minha perna tá machucada — mostrei a ela o curativo na panturrilha.

Eu ainda mancava e evitava colocar meu peso na perna esquerda.

— Desculpe. Eu não sabia... — ela me soltou. — E não sabia porque você sumiu — Lin ergueu as mãos, estressada e magoada. — Você sumiu! — repetiu.

— Meu celular quebrou no acidente, e meu pai ainda não acha uma boa ideia eu ter outro — informei.

— Que horror!

— A gente pode se sentar?

— Claro.

À medida que andávamos até um dos bancos da praça, notei alguns olhares curiosos sobre mim. Sentamos. No salão, dona Marlene parou em frente a sua vitrine. De braços cruzados, não tirava os olhos de nós.

— Está todo mundo falando, né?

Expirei.

Com uma expressão de "sinto muito", Lin confirmou.

— Mas... como você tá? Desde que seus pais apareceram desesperados lá em casa, tô com o coração na mão!

— Tô bem. Só queimei a perna.

— Graças a Deus. E seus pais, ficaram bolados, né?

— É, mas eles tinham motivo — abri e fechei o zíper da mochila, irritada comigo mesma.

— Qual o nível do castigo?

— Sem celular — comecei a listar —, e sem sair por aí, sem notas baixas na escola, nada de garotos ou passeios, sem desculpas para os eventos da igreja, e por aí vai.

Lin arregalou os olhos purpurinados.

— Poxa vida! Seus pais não brincam em serviço.

— Eles também determinaram regras para nós duas, acredita? — me arrisquei a dizer.

Minhas mãos coçavam só de pensar no assunto, mas não podia guardar aquela novidade só para mim.

— Sério?! — ela se remexeu. — Quais?

— Só podemos nos encontrar lá em casa. Ou na igreja — apertei os lábios.

Quanto eu deveria contar?

— Quê? Seremos vigiadas, agora? Fala sério! — Lin bateu a mão no banco. — Tudo o que você queria era liberdade, e agora está mais presa do que nunca, El.

— Talvez não seja tão ruim.

— Ah, não! — Lin gritou atraindo para nós ainda mais olhares. — Não vai dar pra trás agora, né? — ela diminuiu o tom para um sussurro. — Não pode voltar para aquela caverna escura e careta!

— Sinceramente? — toquei sua perna torcendo para que ela me compreendesse. — Eu não gostei da pessoa que me tornei ao sair da caverna.

— E vai se conformar com uma vida entediante?

— E se eu descobrir novas aventuras? Aventuras melhores? — propus, esperançosa.

É claro que estar de castigo não era bom. Além disso, eu precisava lidar com várias emoções conflitantes, que iam de paixão a culpa, mas eu sabia que estava trilhando a direção certa.

— Sinto muito, mas acho que não será possível, amiga — gemeu.

— E para você, sobrou alguma coisa? — ignorei sua sentença sobre meu futuro.

— Por enquanto, sou apenas a mentirosa, a amiga que acoberta — Lin me deu um sorriso torto. — Minha mãe está mais chata e atenta, ligeiramente decepcionada... — deu de ombros, acostumada. — Mas, como não descobriu nenhum podre meu, tá tranquilo.

— Que bom. Não queria te meter em encrenca — chutei o tênis dela com a pontinha do meu. — Preciso ir. Às duas tenho que estar no Tritão.

— Por quê?

— Ah, não falei do estágio? Também tá no pacote.

— Gente! — ela voltou a gritar, em pânico. — Vê se não some, tá?

— Você pode aparecer lá em casa qualquer dia desses.

— Deus me livre, Mabel! Não posso olhar para os seus pais tão cedo.

— Eles não mordem, viu?

— Mas aqueles olhos azuis perfuram mais do que o olhar maravilindo do Henry Cavill como Superman! — ela se abanou me arrancando uma risada.

37

— Mabel, já está pronta? — mamãe gritou do pé da escada.

Subi a calça com cuidado pela panturrilha da perna esquerda. Embora a queimadura já estivesse cicatrizando, eu ainda mordia os lábios quando a dor irradiava em torno dela.

— Quase — gritei de volta.

— Você vai se atrasar — ela avisou em tom de repreensão.

Enquanto subia o zíper, ouvi mamãe resmungar com meu pai sobre ter me mandado tomar banho mais cedo várias vezes. Ela avisou mesmo, mas depois que cheguei do Tritão precisei terminar uma folha de exercícios. Eu tinha tentado manter meu foco na Lívia, minha professora de química, durante a explicação de uma matéria nova, mas não deu. Qualquer coisa me distraía. A conversinha de alguns garotos no fundo, o barulhinho irritante de uma das meninas batucando a lapiseira na mesa e, bem, a cacofonia que o meu próprio coração fazia.

Não havia parte mais indecisa em mim do que aquela.

Eu já tinha avisado meu coração inúmeras vezes do que precisávamos fazer: esquecer o Fred e seguir em frente, e no entanto ele vivia me traindo.

Um saco.

Diante da folha de exercícios que a professora nos passou para treinar, percebi que não consegui entender absolutamente nada. A única alternativa foi abrir o YouTube e procurar alguma vídeo-aula. Até comecei a acompanhar uma, mas a notificação de que minha blogueira favorita tinha subido um vídeo novo foi como uma mariposa encontrar em uma casa escura uma única luz acessa.

Três vídeos depois a atividade continuava pendente, e eu tive que correr para o banheiro quando minha mãe enfiou a cabeça pela porta para checar se eu já estava pronta. Hoje eu só queria ficar em casa, sabe? Assistir a algum filme-conforto e comer uma panela de brigadeiro com alguns marshmallows, mas eu precisava ir para o discipulado.

Eu jurava que Bárbara e Luísa dariam um jeitinho de me excluir do grupo recém-formado após a cidade inteira saber do meu caráter duvidoso. Confesso que não ficaria triste se elas fizessem isso. Seria muito mais fácil para mim. Contudo, Fernanda ligou para mamãe avisando que o encontro na casa da Amanda estava de pé e que começaríamos essa semana.

Tentei enfiar na cabeça da minha mãe que não seria confortável para as meninas nem para mim estar lá, mas quem a fazia mudar de ideia?

Ela até tinha comprado uma Bíblia nova para me animar.

— Sua mãe já está te esperando no carro, Mabel — a voz do meu pai subiu as escadas.

Argh!

Resmungando, peguei a Bíblia em um tom de rosa queimado na mesinha de cabeceira. A capa, que parecia parte de uma calça jeans, com direito ao bordado de um bolso e tudo, trazia o título *Bíblia da garota de fé*. Aquela manhã eu tinha conseguido ler um pouquinho antes de ir para a escola. O sono me fez bocejar depois de alguns versículos, mas eu comecei o dia com uma sensação de paz tão gostosa. Iria tentar de novo amanhã.

Infelizmente, chegamos à casa de Amanda rápido demais. Mamãe me puxou para um abraço meloso e desejou que tivéssemos um bom encontro. Se ela estivesse errada eu iria falar tanto! Já tinha até ensaiado meu discurso.

Com a mão suando, toquei a campainha. Amanda não demorou a atender. Seus lábios finos, cobertos por uma leve camada de gloss, formaram um sorriso largo, e seus braços definidos por causa do surfe que ela praticava mesmo em dias mais frios me envolveram. Constrangida, observei enquanto ela acenava para mamãe e fechava a porta.

Aquilo tinha sido só uma ceninha?

Eu não fazia ideia.

Mas com certeza não era o que eu estava esperando.

Ainda sem reação, ouvi palavras de carinho sobre a minha presença enquanto a jovem esguia me conduzia até a varanda dos fundos, onde Bárbara e Luísa já estavam.

— Aiin, não acredito que você veio! — Bárbara quase deixou a cadeira cair ao se erguer e correr para me abraçar.

Meu coração bateu no ritmo de um pandeiro em um ensaio de escola de samba.

— O que a gente combinou, Babi? — a amiga a repreendeu. — Desse jeito você vai assustar a Mabel. Não liga pra ela, tá? É muito exagerada.

— T-tudo bem — garanti.

Censurando a amiga com o olhar, Luísa me cumprimentou com dois beijinhos rápidos.

Sentei-me ao lado de Amanda e aguardei com apreensão elas comentarem alguma coisa, qualquer coisa, sobre os últimos acontecimentos da minha vida. Mas elas só quiseram saber se eu estava bem. Brinquei com o anel enquanto Amanda comentava suas expectativas sobre nossos encontros semanais. Ela esperava que o discipulado fosse um lugar seguro, onde pudéssemos regar nossa fé, crescer juntas e ajudar umas às outras.

Amanda fez uma oração bonita para começarmos e puxou alguns louvores. Acanhada, apenas movi os lábios no início, mas à medida que meu peito, ainda em ritmo de carnaval, foi desacelerando, me permiti cantar também.

Embora me esforçasse para ignorar, Bárbara forçou todos os meus limites. Ela não era lá muito afinada, mas isso não parecia impedi-la de cantar com todo o ar de seus pulmões. Quando ela pediu à nossa discipuladora que cantássemos "Primeira essência", Amanda deixou que a garota de pele retinta e cachinhos charmosos conduzisse. Bárbara iniciou seu solo em um tom alto demais, e não levou muito tempo para que começasse a miar como uma gatinha recém-nascida.

O miado fez meus ouvidos doerem.

Parei de cantar e mordi a bochecha para não rir. Do outro lado da mesa, Luísa arregalou os olhos e, em câmera lenta, sua boca emitiu uma das risadas mais altas e engraçadas que já ouvi. Nem Amanda conseguiu manter sua postura. Ela até cobriu a boca para disfarçar, mas o movimento dos seus ombros revelava o quanto estava rindo.

O miado de Bárbara foi morrendo e seu queixo redondinho caiu.

— D-desculpa, amiga! — Luísa pediu ainda sem conseguir conter a risada. — Mas não dá.

— Foi mal — pedi também, mordendo os lábios para não seguir o som sedutor emitido pela garota morena à minha frente.

— Foi tão ruim assim? — a aspirante a cantora levou as mãos ao coração.

— Só um pouquinho — Amanda admitiu com uma careta.

— Acho que vocês que são exigentes — ela cruzou os braços e deu uma empinada no nariz. — E aquele papo de que o discipulado seria um ambiente seguro? — murmurou.

— Tem limite para tudo, amiga — a morena a alfinetou.

Depois de compartilhar uma palavra, Amanda nos serviu uma porção deliciosa de minipizzas de calabresa. Enquanto comíamos, as meninas começaram um papo a respeito da escola, choramingando sobre os desafios do último ano no ensino médio. Elas foram me introduzindo na conversa aos poucos e, quando dei por mim, falava pelos cotovelos.

Entrei no carro com uma expressão neutra.

— E aí, querida? Como foi? — mamãe esfregou as mãos.

Fechei a porta e mantive o suspense só por mais alguns segundos.

— Até que foi bom, acredita? — me aconcheguei no banco e sorri, aproveitando a sensação de alívio e gratidão que corria por minhas veias.

— Ah, que bom! — mamãe soltou o ar. — As meninas perguntaram alguma coisa sobre o acidente?

Ela deu partida no carro.

— Só se eu estava bem.

Ainda era difícil me abrir com minha mãe. Havia me acostumado a responder com frases curtas, ocultando detalhes e opiniões sinceras, pois temia que ela não entendesse. Voltar à intimidade e cumplicidade que compartilhávamos antes seria uma jornada mais longa do que imaginei. Mas, para que isso fosse possível, eu precisava dar pequenos passos todos os dias.

Voltando-me para ela, disse:

— Eu estava pronta para abrir a porta e sair correndo se elas fizessem alguma pergunta inconveniente ou um comentário maldoso, mas elas não fizeram nada disso.

— É ótimo ouvir isso, filha — disse ela em um tom animado.

Meneando a cabeça, descartei o discurso que eu tinha elaborado para ela e me preparei para ouvir um dos seus. Afinal, ela estava certa. Mas mamãe só quis saber mais sobre como tinha sido o encontro.

38

As irmãs JJ entraram gargalhando. Assim que me viram entre Bárbara e Luísa, cronometradas, se entreolharam e fizeram uma careta de nojo. Eu já deveria ter me acostumado aos olhares desconfortáveis que algumas pessoas lançavam em minha direção. Parecia estar na moda falar sobre as "Desventuras de Mabel" e revirar os olhos toda vez que eu passava. Só que cada um deles ainda me fazia sentir como se alguém estivesse pegando meu coração na mão e o apertando por pura diversão.

— Não ligue para elas — Bárbara me aconselhou baixinho. — Elas precisam aprender mais algumas coisas sobre amor ao próximo.

— Algumas?! — Luísa exclamou. — Está sendo bondosa, amiga. Elas não aprenderam nada.

Rindo, as duas se aproximaram.

— Não vai rolar um passeio de moto hoje, Mabel? — Com uma expressão de superioridade, Jey alisou uma mecha do cabelo loiro com californianas em tom rosa brilhante.

Jade apenas soltou uma risadinha.

Aff! Elas eram insuportáveis!

— Sério que vocês vêm à igreja para isso? — Luísa cruzou os braços, seu rosto simpático se transformando em uma carranca. Mesmo sendo magrinha como a Olívia Palito, Lu não tinha medo de se meter em confusão.

— Pelo menos a gente não fica por aí bancando a santinha — Jade respondeu pela irmã.

— Nem adiantaria fingir, né? Ninguém acreditaria mesmo — Lu continuou em tom jocoso.

— Deixa isso pra lá, Lu — intervim.

Girando os olhos, as gêmeas nos deram as costas. Foram até um grupo de garotos no fundo da sala.

— Obrigada por me defender, Lu. Mas não quero que se meta em confusão por minha causa, tá?

— Ah, essas daí são só fogo de palha! Elas procuram, mas quando o caldo engrossa correm! — Luísa abanou a mão com desprezo.

— Elas são terríveis mesmo, mas você precisa sossegar esse espírito de Pedro, garota — Bárbara a censurou. Uma tiara de pérolas enfeitava seus fios crespos volumosos. O acessório combinava com seu vestido branco. — Mabel, você não faz ideia de como é difícil controlar essa daí.

— Não é, não — Lu garantiu. — Enfim — mudou de assunto —, vamos ao Cine Retrô sábado. Topa ir com a gente?

— Diz que sim. Diz que sim! — Bárbara se empolgou. — O Mateus e a Ester vão também.

— As JJ não foram convidadas, fica tranquila — Lu me deu uma piscadela.

Desde o primeiro encontro do discipulado, as meninas tinham criado um grupo no WhatsApp e vínhamos trocando mensagens todos os dias. Estávamos nos aproximando aos poucos, mas não esperava um convite desses tão cedo.

Fiquei feliz por elas desejarem minha companhia, mas a chama quentinha se apagou tão rápido quanto surgiu.

Pensei por um instante, sem saber como dizer.

— Hum... Eu adoraria. Só que estou de castigo por causa do acidente e tudo mais.

— E se a gente pedir para sua mãe? — Babi ofereceu.

— Pedir o que para a tia Clarice? — a voz de Lin me fez erguer a cabeça, depressa.

Com o rosto inchado, ela juntava o cabelo em um rabo de cavalo torto.

— Ah, sábado vamos ao Cine Retrô — Lu contou, também pega de surpresa. — Estamos pensando em pedir à tia que deixe a Mabel ir.

— Mas não tem nada que presta em cartaz! — Lin fez uma careta.

O Cine Retrô era uma relíquia indie da cidade. Fundado nos anos 1950 por um casal apaixonado por cinema, algumas sessões ainda eram dedicadas a filmes clássicos, ou velhos, como a minha melhor amiga costumava dizer. De vez em quando, algum filme inédito também era exibido, mas demorava um pouquinho.

— Não está sabendo da novidade? — Babi a questionou, os olhos castanhos brilhando. — Eles finalmente conseguiram trazer *A culpa é das estrelas*!

— Sério?! — com os olhos arregalados, esperei que ela confirmasse.

Com toda a confusão das últimas semanas, eu tinha me esquecido por completo daquele lançamento.

— Pela animação, você leu o livro, né? — Bárbara me cutucou.

— É claro!

— Mais uma razão para pedirmos para sua mãe — Luísa ergueu o queixo.

— Pode esquecer — Lin deu de ombros. — Mabel tá de castigo.

— Não custa nada tentar — Bárbara insistiu, a esperança fazendo seus olhos brilharem.

Um pouco insatisfeita, Lin se sentou na cadeira vaga ao lado da Babi.

Reunidos em pequenos grupos, respondemos às questões da revista de estudos. Enquanto as meninas e eu discutíamos as respostas, Lin conversava com Gabriel por sms, o aparelho vibrando a cada trinta segundos.

Com as atividades concluídas, pedi a Fernanda para ir ao banheiro.

Enxaguava as mãos quando Lin abriu a porta com força — por pouco não tive uma parada cardíaca.

— Nossa, amiga! Que tédio — bocejou.

Fechei a torneira, procurando regular os batimentos descompassados do meu coração.

— Pensei que não te veria tão cedo na escola dominical.

— Só vim para te ver, bobinha — ela passou a mão pelo rabo de cavalo dourado, jogando-o no ombro. — Mas você está mais interessada em responder às lições da revistinha com suas novas amigas...

— Nem vem, Lin — ergui uma das mãos.

Dei as costas para ela e puxei alguns papéis para secar as mãos.

— Não sei como você consegue ficar cercada por tanta gente chata e hipócrita.

— Celina!

Ela soltou uma risada incrédula.

— Toda vez que piso aqui, eles não perdem tempo, El. Vão logo empinando o nariz — reproduziu o gesto. — Tão superiores! Mas ontem as JJ e alguns dos garotos estavam numa festinha.

Bebendo, dançando e tudo mais. Não vejo ninguém por aqui recriminando nenhum deles.

Até pouco tempo, eu teria concordado, mas a maneira como estava sendo tratada pelas meninas me mostrou que generalizar não era justo.

— Sinto muito por isso, Lin. Mas nem todos são assim.

— Aham — ela trocou o peso de pé. — Se você for ao Cine Retrô — mudou a pauta, a voz menos crítica dessa vez —, posso aparecer por lá.

Mordi um pedacinho do lábio.

— Não é uma boa ideia.

— Por que não?

— Se meus pais descobrirem, podem pensar que combinamos. Só complicaria ainda mais as coisas para mim.

— Por acaso seus pais compraram o cinema? Eles podem impedir quem vai ou não? — bufou.

— Eles não estão te impedindo, mas... — abaixei o olhar. As pontinhas brancas do meu All Star estavam sujas.

Como era difícil obedecer a meus pais! Se eu dissesse a Lin que não se tratava apenas de um castigo, mas que eles queriam que eu repensasse nossa amizade, aí que ela não entenderia mesmo.

— O que tá acontecendo, Mabel? — Lin cravou os olhos confusos em mim. — Tá estranha — concluiu. — Se não quiser que eu vá, é só dizer.

— Não... Não é isso. Só não quero confusão, tá bem?

— Agora eu sou confusão?! — ela tocou o peito, a raiva e decepção estampadas em seu rosto rosado. — Ótimo!

— Sabe que não é isso que eu quis dizer.

— Quer saber de uma coisa?! Pode ir ao cinema com suas novas amiguinhas — exclamou com deboche. — Sair com vocês seria um tédio mesmo!

Ela abriu a porta e deixou o banheiro com passos duros e apressados.

— Celina, espera! — Tentei alcançá-la, mas ela nem sequer olhou para trás. — Celina!

Ignorando-me, ela desceu as escadas.

Não pude compartilhar do mesmo brilho de animação que fazia os olhos de Babi e Lu reluzirem ao fazer o pedido à minha mãe. Só pensava no olhar magoado e irritado da Lin.

— Prometo que vou pensar com carinho — minha mãe garantiu e concedeu às garotas seu melhor sorriso. — A Mabel avisa no discipulado, tá bem?

— Nossa, tia! Quanto suspense — Luísa reclamou com um biquinho.

— Não liga para ela, tia — Babi deu um leve beliscão no braço comprido da amiga.

— Ai! — Lu alisou a pele âmbar.

Pelo visto, Babi se encarregava de limpar a barra de Luísa. Nem sempre de um jeitinho delicado.

— É sempre apressadinha — confidenciou em um sussurro para mamãe, como se já fossem íntimas.

— Vai passar rapidinho — mamãe prometeu.

Conversamos um pouco mais até que nos despedimos, e mamãe e eu caminhamos em direção ao carro.

— Você não parece muito animada...

— Ah, nada não.

Cobri a boca ao perceber o velho hábito.

— Pode me contar qualquer coisa, sabia? Não precisa ter vergonha — ela cutucou minha barriga com o cotovelo.

— A Lin apareceu na igreja e nos desentendemos — resumi a história, tristonha demais para entrar em detalhes.

— A Lin na igreja num domingo de manhã? — mamãe parou de andar.

— Foi uma surpresa para mim também — finquei os pés ao seu lado. — Ela não está lidando bem com a ideia de não podermos nos ver.

— Mas deixamos que ela vá lá em casa. Disse isso a ela?

— Ela não quer encontrar vocês agora, mãe. Tá com vergonha.

— E soube do cinema?

— Queria aparecer lá sábado, acredita? Tentei dizer que não era uma boa ideia, sem contar o que vocês me pediram, porque ela nunca entenderia... — passei a língua pelos lábios, ressecados pelo estresse.

— E?

— Agora ela acredita que eu preciso me manter distante porque ela é confusão! — ergui os braços, indignada.

— Sinto muito, querida.

— Esse negócio de obedecer é difícil, viu?

— Uma dessas coisas difíceis que vai valer a pena.

Voltamos a andar. Anna e Alice acenavam de suas cadeirinhas.

— Vocês não vão me deixar ir ao cinema, né?

Eu sabia que estava cedo demais para isso. Meu castigo mal havia começado.

— Quem sabe? Você acabou de ganhar uns pontinhos por ser tão sincera — e me puxou para um abraço lateral.

— Quando você e o papai forem pensar sobre o cinema, lembrem de quanto eu amei o livro, tá? O Augustus é, tipo, um dos amores da minha vida! — unindo as mãos e piscando os olhos, implorei. Não seria eu se não tentasse.

— Seu pai não vai gostar muito desse argumento... — ela fez uma careta.

39

Do outro lado da bancada, meu pai segurava o queixo.

— Então, vocês vão ao Donna Mamma depois do cinema?

— Isso.

Torci para que ele não voltasse atrás.

— Além do Mateus, algum outro rapaz? — apoiou as mãos na bancada, os olhos miúdos.

— Só o Enzo e o Vinicius.

— São primos da Bárbara, lembra? Já te expliquei... — passando por ele, mamãe alisou suas costas. — A mãe dela me garantiu que são bons meninos.

Fiquei irritada, confesso, quando mamãe me contou que tinha ligado para tia Vânia só para confirmar o cinema. A velha Mabel teria revirado os olhos e bufado alto, achando que aquilo era um exagero desnecessário — é, eu quase revirei. Respirando fundo, relevei. Era eu a culpada por eles não confiarem mais em mim. Aquele era o preço.

— Hum... — ele pensou por um instante. — Garante que você não vai chegar em casa chorando? — deu um meio sorriso, relaxando. — Ainda lembro do escândalo que arrumou ao terminar esse livro.

— Isso eu não posso garantir — sorri, grata por ter sido pega por uma boa surpresa.

— Tudo bem, *sweetheart*. Só use esse voto de confiança com prudência, hein?

— Pode deixar! *Thanks, dad.*

Meu pai mal tinha estacionado em frente ao Cine Retrô e pulei do carro! Animada, só passei a mão na bolsa, abri a porta e saí. Foi na calçada que lembrei da minha falta de educação.

Uma garota de castigo não podia dar um mole desses, não é?

Quando puxei a maçaneta de novo, encontrei papai sorrindo com os olhos.

— Até depois, pai — balancei a mão em um gesto de despedida.

— Bom filme, filha.

Fechei a porta mais uma vez.

Em vez de correr até as meninas, meus pés grudaram no chão. Observei o letreiro antigo na fachada do cinema.

Hoje
A culpa é das estrelas

Senti a brisa de fim de tarde tocar minhas bochechas. Ela trouxe consigo o gostinho da liberdade! Era tão gostoso estar ali... E ao mesmo tempo estranho, já que eu nunca tinha saído com a turma da igreja. Senti os pés formigarem na sapatilha.

— Ei, Mabel! — Babi berrou. — Aqui!

Entre Luísa e Ester — a garota com cabelo de brigadeiro que tinha roubado toda a atenção de Mateus —, ela acenou, mal se contendo. Tinha sido fofo ver Babi e Lu tão ansiosas para que minha mãe me deixasse ir ao cinema.

Fui até elas.

— Ai, ainda não acredito que sua mãe deixou! — Babi me puxou me afogando nos seus cachos com aquele cheirinho refrescante de limão.

— Nem eu! — soltei uma risada.

Levaria um tempo para me acostumar com a energia dela.

— Você já conhece a Ester, né? — Luísa perguntou depois de me cumprimentar com dois beijinhos nas bochechas. Ela usava um broche azul na blusa branca com uma referência ao livro:

OKAY?

OKAY.

— O Mateus já nos apresentou — expliquei. — Oi, Ester.

— Que bom que você veio! — ela me deu um dos seus sorrisos gentis e um aceno delicado, balançando o vestido floral.

As meninas me contaram que Ester tinha se mudado para a cidade nos últimos meses. Por terem começado a frequentar a igreja e a escola ao mesmo tempo, Mateus e ela haviam se aproximado.

— Agora só faltam os garotos — Babi checou seu relógio. — Se meus primos atrasarem, eu mato um deles!

— Tô boba até agora com esse negócio de terem se oferecido para assistir a um filme do John Green! — Luísa balançou os cabelos ondulados. — Se fosse uma adaptação de *Cidades de papel*, eu até entenderia, mas *A culpa é das estrelas*? — ela ergueu as sobrancelhas.

— É só porque eles têm que fazer uma resenha para a escola — Bárbara esclareceu. — São os professores dando uma forcinha para o Cine Retrô, acho.

— Ah, tá explicado! — Lu estalou a língua. — E o Mateus?!

Olhei para a garota baixinha rápido o suficiente para ver suas bochechas ficarem da cor do carmim. Percebendo que era alvo do meu olhar, Ester encarou o chão.

— Ele tem andado bastante com os meus primos — Babi quicou os ombros. — Até que ele é legal. Não é, Ester?

— Uhum — ela concordou, ainda com os olhos presos aos seus mocassins nude.

— Diferente do irmão, né? *Graças-a-Deus!* — Lu ergueu as mãos para o céu.

— Luísa! — Babi lhe deu uma cotovelada.

— Relaxa, Babi — intervim. Eu não a culpava por ter desenvolvido um ranço por Fred, ele não era lá essas coisas mesmo. — Não conheço o Mateus tão bem assim, sabe? Mas ele e o irmão parecem ser bem diferentes mesmo.

De frente para mim, Ester ergueu o rosto, um meio sorriso dando as caras.

— O Mateus insiste que não gosta de livros de romance — desviei a atenção para mim, já que a garota dava na pinta demais —, mas acho que, no fundo, ele gosta de alguns.

— Não entendo os garotos! — Babi bufou. — Por que têm vergonha de confessar que histórias românticas também mexem com eles? — questionou, dando início a um assunto que só terminou quando os meninos chegaram.

Farto de ser alvo das piadinhas do grupo, Mateus me acompanhou até a fila da bilheteria que tinha se formado enquanto conversávamos. A fila da pipoca foi o destino dos demais.

— Valeu, viu? — parado atrás de mim, o garoto loiro sussurrou.

Eu o olhei por cima do ombro, fingindo estar confusa.

— Por me tornar o centro das atenções. Ou melhor, das zoações.

— Melhor do que dizer que você só veio porque a Ester está aqui — eu o amolei um pouco mais. — De nada.

— Não vim por causa *dela*. Os meninos são meus amigos, sabia? — ele jogou a franja de lado, forjando um ar de indiferença. Mas seus olhos, que se desviavam em direção à fila da pipoca, provavam o contrário.

— Se você diz...

— Se liga — comentou em tom mais sério. — É bom ver que está bem. Fiquei preocupado quando soube do acidente.

— Valeu.

— E culpado... — seus lábios se curvaram enquanto seus olhos, sempre tão gentis, perdiam o brilho.

— Por quê? Você não fez nada...

— Exato — ele expirou. — Deveria ter me metido, ter impedido meu irmão, sei lá.

— Você tentou me avisar, Mateus. Eu que não quis ouvir.

Encarando o chão, ele balançou a cabeça, assimilando.

— Sinto muito pelo meu irmão. Ele consegue ser um babaca de carteirinha, cara.

Atrás de nós, uma garota trajando uma blusa com o pôster do filme estampado em qualidade duvidosa, pigarreou. Seus olhos arregalados indicavam que a fila tinha andado.

Nos movemos, para alívio da fã estressadinha.

— Como ele está? — criei coragem para perguntar.

— Revoltado. Meu pai não aceitou pagar um advogado.

— Então, ele deve ficar com a carteira suspensa pelos próximos meses mesmo... — fiz uma careta, imaginando a frustração dele.

— E sem moto — acrescentou. — Meu pai só quer devolver quando a suspensão acabar.

— Uau. Isso é muito pior do que só perder a carteira... Tipo, ele ama aquela moto.

— É, mas se ficasse com ela, meu irmão daria um jeito de quebrar as regras — Mateus coçou uma sobrancelha. — Os planos dele de viajar antes da faculdade acabaram também.

— Uau! E eu me iludi pensando que só meus pais tinham levado esse negócio de castigo a sério...

— Meus pais têm feito isso há muito tempo, mas o Fred só piora — contou, seu rosto ficando mais triste. — Ter envolvido você nas confusões dele deixou meus pais irados. Eles têm muito carinho pela sua família.

— Mas ele não é o único culpado, Mateus. Tenho minha parcela também.

— Eu sei, só que ter te levado para uma cidade distante e bebido é responsabilidade dele.

Demos mais um passo. Só duas pessoas me separavam do guichê.

— Ele tem perguntado sobre você.

— É? — tentei não demonstrar minha curiosidade.

Eu me esforçava para não pensar muito no dono daquele sorriso torto e olhos de esmeralda, mas meu coração era um traíra. Mandando um sinalzinho de fumaça para o cérebro, despertava algum mecanismo que acessava, sem medo, aquela pasta preta com o nome de Fred em letras garrafais.

"De todos os loucos do mundo", da Clarice Falcão, tocava na minha cabeça enquanto minha memória rebobinava todas as cenas que continham Fred.

Parar o voo das borboletas em meu estômago parecia uma missão impossível. Eu até tinha chorado dia desses ao assistir *Como perder um homem em dez dias* e me afogado em sorvete de chocolate com menta...

Acho que nunca mais conseguiria comer aquele sabor de sorvete sem pensar nele.

— Outro dia, ele quis saber se você tinha trocado de número.

— É, troquei. Meu pai me deu um novo depois que o meu quebrou no acidente.

— Foi o que imaginei, mas não disse isso a ele — Mateus olhou para o letreiro antiquado do cinema, pensativo. — Meu irmão não quer seguir a ordem do seu pai, Mabel. Talvez você cruze com ele qualquer dia desses.

— Fico feliz por ter me avisado, mas não se preocupe, não quero nada com o Fred. Só preciso encontrar um jeito de dizer isso a ele... — enruguei o rosto e desviei os olhos do garoto, a ponta do meu nariz queimando de vergonha.

— Você não tem ideia de como fico aliviado em ouvir isso.

— Até que é bom trocar uma ideia com você, sabia? — soltei, e me virei para o guichê.

— Tão engraçada você — ele me esnobou.

40

Caminhei em direção à fila da sessão, onde nossa turma nos esperava com baldes de pipoca, refrigerantes e chocolates, conferindo o troco que precisava devolver às meninas. Focada em contar as moedas, esbarrei em alguém.

— Não olha para onde anda, garota?! — o grito raivoso de Jey me fez dar um passo para trás.

De olhos arregalados, conferi o estrago. O copo de refrigerante que ela segurava tinha rachado por causa do impacto e molhado sua blusa. Gotas do líquido preto pingavam no chão. Minha blusa também estava molhada, mas não era nada em comparação à dela.

— M-me desculpe, Jey — gaguejei. — Estava distraída conferin...

— Não quero saber o que estava fazendo! — vociferou. — Olha só o que você fez! — faltando só soltar fumaça pelo nariz, ela chacoalhou a blusa ensopada.

— Ela já se desculpou, Jey — Mateus a lembrou. — Não foi intencional.

— É claro que não. Foi só mais um acidente para a listinha dela — Jey zombou, balançando o pescoço.

Senti o sangue ferver.

— Olha, Jey, eu não te vi. Mesmo. Posso pagar um novo refrigerante e a conta da lavanderia, mas não vou ficar aqui ouvindo suas opiniões injustas sobre mim — disse de uma vez só, sem pensar muito.

— Hum, olha só... — Jade murmurou parando ao lado da irmã. — Tem alguém mostrando as asinhas.

— Parece que ela não tem mais medo de mostrar quem é — Jey tripudiou.

Mordi o lábio.

O sangue aumentando a pressão em minha cabeça.

Quem elas pensavam que eram?

— Não tenho vergonha de quem sou, Jey — falei, com uma coragem que eu não sabia muito bem de onde vinha. — Eu errei, tá bem? Tomei péssimas decisões e a cidade inteira tem prazer de falar disso, mas eu me arrependi e estou aprendendo. Alguns erros e o que as pessoas dizem sobre mim não vão definir quem eu sou.

Ergui o queixo.

— É isso aí, amiga! — Luísa deu um soquinho no ar.

No hall do cinema, as pessoas tinham parado para ver a cena. Algumas delas cobriram a boca, disfarçando cochichos e risadinhas. Eles se dividiam entre olhar para nós e para as JJ.

— Por que vocês não se inspiram na Mabel? — Mateus propôs, um risinho escapando de sua voz. — Em vez de ficarem tão preocupadas com os erros dos outros, podiam olhar para si mesmas.

Ouvi-lo me defender fez meu coração bater um pouco menos acelerado.

As irmãs JJ, em contrapartida, não gostaram nada. Depois de trocarem uma olhadinha, Jey soltou mais uma de suas frases venenosas:

— Agora você é o capacho dela, Mateus? Vai mesmo ficar com os restos do seu irmão?

Fechei a mão em um punho, o sangue correndo como se concorresse a um prêmio da Fórmula 1.

— Você é ridícula, garota — disparei com desprezo.

Dei um passo para a frente, mas a mão de Mateus envolveu meu cotovelo, impedindo meus avanços.

— Você é tão sem noção, Jey, que nem vale a pena perder tempo te respondendo. Vamos, Mabel — e me arrastou até nosso grupo.

Eu estava com tanta raiva que poderia ter enfiado a mão nos cabelos daquela garota!

As JJ deixaram o local entre resmungos.

— Se a Bárbara não tivesse me segurado, eu teria ido lá dizer umas poucas e boas para aquelas idiotas! — Luísa se agitou, irritada.

— Dá pra sossegar, Olívia Palito? — ainda mais alto que Luísa, Enzo aproveitou para bagunçar seus cabelos castanhos. — Temos que dar a outra face, lembra?

Lamentando sobre como isso era difícil, ela afastou a mão dele com tapinhas.

— A Mabel se defendeu com classe, Lu — Babi me elogiou.

— Nem tanto — confessei. — Se o Mateus não tivesse me tirado de lá, eu teria entrado na primeira briga da minha vida. E aumentado algumas semanas do meu castigo.

Ou ficado de castigo para sempre.

Luísa afagou meu ombro.

— Você tá bem, amiga? — Babi me fitou com compaixão.

— Foi esquisito. Mas tá tudo bem. — Com a mão livre, peguei algumas pipocas, torcendo para que mastigá-las diminuísse a pressão que eu sentia nas minhas têmporas. — Nada vai nos impedir de chorar hoje pela Hazel e pelo Gus — declarei de boca cheia.

— Só vocês ficam empolgadas com a possibilidade de chorar no cinema. — Vinicius girou os olhos, os cílios longos e cheios tocando as pálpebras.

Por que alguns garotos tinham que nascer com cílios tão perfeitos? Esse mundo era mesmo injusto.

— Só digo uma coisa: vou ficar com o celular pronto! — Enzo balançou o aparelho.

— Nem vem! — Lu o golpeou com uma pipoca.

41

Sentado na banqueta à minha frente, papai girava a aliança de casamento.

Aquilo nunca era um bom sinal.

— Mabel, precisamos conversar — anunciou em tom solene.

— Aconteceu alguma coisa?

Será que eles tinham ficado sabendo da confusão no cinema? Mas, graças ao Mateus, eu nem tinha feito nada!

Passando o café, mamãe se virou o suficiente para me olhar e dizer:

— Bem, seu pai e eu temos uma decisão para compartilhar.

— Uma decisão? — repeti, ainda sem entender a necessidade daquela reunião surpresa depois do nosso almoço de domingo. — Qual?

Papai girou um pouco mais a aliança.

— Pela sua expressão, não parece nada bom, pai — brinquei, mas desejava estar errada.

— *Well...* — começou, mas não conseguiu prosseguir.

— Richard! — minha mãe o repreendeu, fechando a garrafa. Com os ombros tensos, ela se sentou ao lado do meu pai.

— Poxa vida, vocês vão me matar com todo esse suspense.

— Não há um jeito fácil de dizer isso... — unindo as mãos, mamãe apoiou o queixo nelas. — Seu pai e eu achamos que você não está pronta para uma viagem ao exterior sozinha.

Ela jogou a bomba.

Assim, do nada.

— Quê?! Se for uma brincadeira, pode parar porque não tem graça — um sorriso incrédulo dançou em meu rosto.

— Não estamos brincando, filha. — Meu pai parou de girar a aliança.

Não.

Não.

Nããão!

— Mas por quê? — indaguei em um tom mais alto. — Eu sei que vacilei, mas me arrependi e tenho melhorado, não?

— Sim, e estamos orgulhosos — papai admitiu.

— Então! — ergui as mãos ainda mais confusa. Como aquela palavra podia estar atrelada a uma novidade tão terrível?

— Mas, depois do que aconteceu, tiramos um tempo para refletir e orar sobre o intercâmbio — ele revelou. — Chegamos à conclusão de que você precisa amadurecer um pouco mais antes de passar um tempo fora.

— Não. Não preciso — protestei.

— Você é apenas uma menina, Mabel — meu pai fez questão de lembrar. — Não pense que mudar de país será fácil. Precisa estar preparada para os desafios.

E eu não sabia? Cresci ouvindo como foi árduo para mamãe se adaptar à realidade agitada de Nova York depois de sair de uma cidadezinha do interior do Espírito Santo. Ela foi presenteada com o intercâmbio por sua madrinha, tia Catarina. A viagem foi a solução encontrada por titia para trazer vida e esperança a mamãe, já que ela entrara em um quadro depressivo após ter se envolvido em um relacionamento abusivo e ser expulsa da casa dos pais. Ela chegou aos Estados Unidos com marcas no corpo e no coração.

Foi em uma cafeteria no Queens que mamãe conheceu meu pai. Ela não estava disposta a abrir seu coração para outro homem tão cedo e resistiu aos encantos de um Richard charmoso e bondoso. Papai se tornou um bom amigo (no fundo, ele sempre soube que a conquistaria, se fosse paciente e ela, alcançada pela graça) e a apresentou a Jesus. Curada de suas dores, mamãe se permitiu amar de novo.

O casamento trouxe um novo desafio ao meu pai: adaptar-se a um país diferente e uma cultura calorosa.

— Eu sei — quase berrei. — Vocês me contaram, lembra?

— Há uma diferença entre conhecer os desafios e estar pronta para enfrentá-los, El — mamãe assegurou, paciente.

Chacoalhei a cabeça.

— Não acredito que estão me dizendo isso agora... Isso é porque eu traí a confiança de vocês. Não confiam mais em mim — disparei.

Minha garganta apertou, tornando difícil respirar.

— Não é isso — ela garantiu. — Adiar o intercâmbio não é um castigo, filha. É um ato de cuidado. Estamos pensando no que será melhor para você.

— Você aproveitará muito mais quando estiver um pouco mais madura.

— Mas sempre concordamos que essa experiência seria boa para mim, pai — insisti. — Poxa, sonho com isso há anos!

— Posso ser honesta? Nunca concordei muito com essa ideia. Seu pai sempre desejou que você estudasse fora e eu pensava a respeito, claro, mas ao te fazer essa promessa ele não me consultou — mamãe meneou a cabeça, reprendendo-o. — Parece não ter levado em conta que você faria dezoito anos muito rápido...

— É, parecia tão distante — papai coçou a testa.

— Se a preocupação é eu ficar sozinha na residência estudantil, eu podia ficar com a tia Jenn ou com uma *host family* — sugeri.

Tia Jenn era a irmã mais nova do meu pai. Ela adorava a ideia de ter a sobrinha por perto por um ano. Tinha certeza de que ela me receberia em sua casa.

— Pensamos nisso, mas ainda assim achamos melhor adiar.

É claro que papai tinha pensado. Quando é que ele não pensava em tudo?

— Além do mais, você ainda nem decidiu que formação profissional vai fazer — minha mãe me lembrou. Seus lábios em uma linha fina me censuravam.

— E o que devo fazer, então? — espalmei as mãos abertas na bancada. — Me preparei para esse intercâmbio o ensino médio todo...

— E ainda poderá fazer, mas não no ano que vem. Em algum momento da faculdade ou quando se formar — papai assegurou.

— Mas vai demorar demais! — meus olhos se encheram de água.

Meu maior sonho escorria das minhas mãos como grãos de areia.

— Se você se abrir a novas possibilidades, talvez ocupe seu tempo com coisas ainda melhores — minha mãe aconselhou.

— Duvido, mãe. Isso é tão injus... — meu protesto foi interrompido pelas lágrimas. Uma delas caiu sobre a bancada. Me firmei no mármore gelado e empurrei a banqueta com tudo, um chiado produzido pelo contato do ferro contra o piso fez meu rosto retorcer. — Em que universo abrir mão do meu sonho pode ser bom?

Com a cabeça girando dei as costas aos meus pais.

— Mabel — mamãe me chamou.

— Preciso ficar sozinha.

Subi as escadas pulando alguns degraus e bati a porta do quarto. Corri as mãos pelos fios crespos, coçando o couro cabeludo.

Como assim eu não faria mais o intercâmbio?

Como?!

Isso não podia estar acontecendo. Não podia!

Me joguei na cama macia.

Do que adiantava obedecer? Mesmo assim eles tinham tirado o que eu mais queria no mundo.

— Que droga!

Passei os últimos anos pensando em cada detalhe, projetando como seria viver sozinha nos Estados Unidos durante um ano, idealizando as fotos, fazendo roteiros de lugares que desejava conhecer... Eu tinha programado tudo, exceto escolher o curso que faria. Mas isso era só um detalhezinho, algo que eu esperava resolver até o final do ano.

Tanto planejamento para nada!

Cobri a cabeça com o travesseiro.

— Burra! Burra! Burra!

Como pude arriscar tanto? Se eu tivesse mantido a cabeça no lugar, nada disso estaria acontecendo.

— Mabel, sua burra!

Apertei o travesseiro contra o rosto um pouco mais.

42

Os últimos dias se arrastaram, assim como eu.

Entre as obrigações da escola, o estágio no Tritão e o discipulado, eu só sobrevivi, andando por aí feito um zumbi. Os olhos ainda estavam inchados de tanto chorar e a garganta, irritada. Os fios ruivos estavam mais desalinhados que a juba de um leão.

Eu deveria ter aproveitado a manhã de sábado para dormir, mas meus olhos abriram com os primeiros raios de sol. Rolei na cama até não aguentar mais.

Quando desci vestindo um dos meus maiôs e um short, topei com papai na cozinha. Ele passava o café, seu compromisso de todos os sábados. Acordava junto com as galinhas só para ir à padaria do senhor Manoel e comprar os pães de mel que minha mãe amava, e que sempre acabavam rápido demais. Papai estranhou me ver de pé tão cedo em um fim de semana e me alfinetou, dizendo que meus lábios poderiam nunca mais voltar para o lugar se eu continuasse com um bico daquele tamanho.

O que ele queria? Que eu sorrisse feito uma boba?

Já não bastava o meu coração estar em frangalhos por tudo o que tinha acontecido? Mamãe e ele precisavam me torturar um pouco mais?

Desnecessário.

Rejeitei as torradas que meu pai queria fazer para mim. Estava ansiosa demais para mastigar qualquer coisa. Eu só precisava passar um tempo na praia.

Já ia cruzando a porta quando ele pediu para dar uma olhada na cicatriz. Apesar da mancha horrorosa, eu já estava quase cem por cento.

— Pode ir — ele autorizou. — Mas não vá para longe, filha.

Papai sempre temia que eu me afastasse demais, indo além dos limites que achava seguro: água no peito.

— O mar está como uma piscina, pai. Nem onda tem — resmunguei.

— Como diz minha amada sogra: "Água não tem cabelo" — ele tentou imitar o tom exortativo de vovó Dulce.

Ela dizia isso toda vez que ligava aqui para casa.

— Tá bom, general.

A imagem reluzente do sol banhando o mar turquesa me fez deixar a canga na areia, correr e me lançar nas águas tranquilas.

De olhos abertos, observei a luz atravessar a água em feixes coloridos e tão cintilantes quanto um diamante. Eu amava o jeito como os raios solares penetravam o oceano, indicando o caminho para a superfície.

Após emergir e nadar um pouco, boiei. Enquanto as ondas me moviam para lá e para cá, reparei num grupo de pássaros que voava em sincronia. Para além deles, algumas nuvens tão fofas como algodão pairavam formando imensas sombras no mar.

Algum tempo depois, me envolvi na canga e sentei na areia. Deixei que o sol me aquecesse. Ainda bem que eu tinha caprichado no protetor, porque nem no inverno o sol dava uma folga no Rio.

— Mabel?! Mabel?! — uma voz insistente, mas vinda de longe, chegou até mim.

Com um nó na barriga, me virei, à procura de seu dono.

Encontrei Fred encostado em uma castanheira a alguns metros. Assim que nossos olhos se cruzaram, ele correu. Com uma calça e uma blusa preta, ele era um pontinho escuro em meio à areia branca.

Fiquei em pé depressa, louca para correr até em casa. Só não contava que minhas pernas estivessem tão pesadas por causa da natação, o que me fez embolar na toalha e perder o equilíbrio.

— Opa! Cuidado, ruivinha — Fred surgiu ao meu lado em tempo de me segurar, impedindo que eu caísse sentada.

Pisquei, sem reação.

Ele me puxou para seus braços e roubou um beijo.

43

Sua mão direita em minha cintura me mantinha presa contra seu peito, enquanto a outra segurava minha nuca, mantendo nossos lábios unidos.

Quase me deixei levar pelo desejo de corresponder ao beijo. Mas um filme passou em minha cabeça, me lembrando de que não éramos o melhor par do mundo.

Empurrei-o.

— Tá louco? Chegar aqui me beijando desse jeito?! Depois de tudo o que aconteceu? — bombardeei.

— Calma aí, marrentinha! — ele deu alguns passos em minha direção, mas à medida que se aproximava eu também me movia, me afastando. — Não tem ninguém na praia, tá vendo? — Seus olhos passearam pela extensão de areia a nossa volta. — Ninguém viu. Re-la-xa.

— Relaxa? Não é isso, Fred.

— O que é, então? — ele deixou as mãos caírem. — Dá pra parar? Vai acabar caindo.

— Como você consegue ser assim? — passei a mão pelo rosto.

— Assim como?

— Fofo e babaca ao mesmo tempo.

— Uau, essa doeu! — ele cobriu o coração com uma das mãos. — Mas você tem razão em estar com raiva. Eu fui um idiota aquele dia, foi mal.

Ele não esperava que eu fosse cair naquele papo, não é? É claro que eu ainda gostava dele. Passei as últimas semanas em uma zona de guerra. Estar ali, perto o suficiente para sentir seu perfume amadeirado e ver o brilho do sol refletido naqueles olhos metidos a besta, só piorava as coisas. Ainda assim, eu não voltaria atrás. Sabia o que precisava fazer. Já até tinha ensaiado isso algumas vezes.

— Tudo bem — mas, de repente, perdi a coragem. Só queria chegar em casa e tomar um banho para tirar o sal. — Agora eu preciso ir.

Passei por ele como um furacão.

— Espera! — ele segurou minha mão, me forçando a parar. — É assim que me recebe depois de semanas sem falar comigo? — ele sorria, mas pelo tom de voz não estava satisfeito.

— Meu celular quebrou, lembra?

— Você podia ter me respondido no Facebook, pelo menos — rebateu.

— Sério, vai fingir que não ouviu o que o meu pai disse? — puxei minha mão. — Não podemos conversar. Aliás, se ele te vir aqui, vai ficar furioso.

— Agora você tá a fim de obedecer ao seu pai, é? — Fred cruzou os braços.

— Por incrível que pareça, sim.

— Então, você tá terminando comigo?

— Acredite em mim, vai ser melhor.

— Sou tão babaca que você não quer nem se dar ao trabalho de enfrentar seu pai? — ele ainda sorria, como se eu estivesse brincando.

— Enfrentá-lo pelo quê? — perguntei, irritada. — Nunca existiu algo durável entre nós. Não há pelo que lutar.

O sorriso dele murchou. Seus olhos diminuíram.

— Poderia ter.

— Você mudaria seus planos para ficar comigo? — dei corda, só para saber até onde ele iria. — Como isso seria?

Fred esfregou as mãos, voltando a ficar animado.

— Ué, eu poderia adiar minha viagem, começar a faculdade ou até trabalhar na fábrica com meu pai... Sei lá.

— Você faria isso mesmo se seu pai não tivesse te impedido de viajar?

— Quê?! — ele franziu os olhos. — Como sabe disso?

— Tenho minhas fontes.

— O Mateus é um X-9 — Fred grunhiu. — Vive se metendo onde não é chamado! Aquele moleque vai se ver comigo.

— Esquece o seu irmão, Fred — aconselhei, arrependida por ter envolvido o garoto naquela conversa. — Começamos do jeito errado. Nunca daria certo.

— Só por não termos a autorização dos nossos pais? Nem sempre eles estão certos, sabia?

— Eles costumam estar sobre muitas coisas.

Fred alisou as sobrancelhas e soltou uma risadinha.

— O que aconteceu com você, hein? Passou por alguma lavagem cerebral? Aposto que seus pais te enfurnaram na igreja...

Tudo o que eu consegui fazer foi rir.

— O que foi? — ele me encarou, assustado.

— Não sofri nenhuma lavagem, garanto. Acho que eu só... me encontrei.

— Por acaso você estava perdida?

— Ah, muito perdida.

— Não vai me dizer que agora encontrou Jesus e tal? — ele me lançou um olhar cético. — Foi só um acidente bobo, Mabel. Nada demais. Não precisa ser dramática.

— Eu que fui encontrada, na verdade — disse sem conseguir conter o sorriso. — Quando menos merecia.

— Fala sério! — ele chutou um pouco de areia. — Você está me trocando por Jesus? É sério isso?

— Nunca falei tão sério.

— Tem certeza?

— Absoluta.

— Não acredito — ele olhou para o céu e molhou os lábios. — Esqueceu como a vida era chata quando você tentava ser certinha só para agradar seus pais?

— Não, eu não esqueci.

— Agora vai ser ainda pior, você sabe, né?

— Não me importo se for.

— Você não vai poder fazer nada, Mabel — ele coçou os cabelos curtos. — E aquela história de explorar o mundo? Vai guardar seus sonhos numa gaveta para andar por aí como uma alienada, vendo os prazeres da vida como pecado? Tem certeza de que vale a pena?

— Tenho.

— Não acho que isso vai durar muito, mas, enfim, boa sorte.

— Para você também.

Depois de um banho demorado, me ajoelhei ao lado da cama. Puxei meu velho baú. Tinha visto em algum episódio de *Gilmore Girls* que jogar fora ou devolver as coisas do seu namorado era uma boa tática para superar o término.

Fred e eu nunca fomos namorados, muito menos tivemos oportunidade de trocar presentes. Ainda assim, algumas lembranças dele estavam guardadas ali, como a concha que ele me dera naquela festa, os bilhetes do cinema e a cartela de fotos que tiramos naquela tarde no shopping.

Sem pensar duas vezes, tirei cada uma daquelas lembranças do baú. Rasguei nossa foto e joguei os pedacinhos na lixeira.

Com o rosto molhado pelas lágrimas, contive a vontade de ligar para Lin para perguntar o que mais eu poderia fazer. Preferi pegar um bloco de notas e fazer uma listinha com coisas que parecia ser bom evitar nos dias que viriam.

Como sobreviver a um coração partido
Proibido:
- Filmes, livros e músicas com qualquer sinal de romance.
- Nada de dar trela às recordações que surgirem involuntariamente.
- Não escutar Nando Reis ou qualquer outra música que me lembre dele.
- Não voltar ao rochedo.
- Não rever nossas conversas no celular.
- NÃO ME APAIXONAR TÃO CEDO!!

Deixei o bloco aberto em cima da mesa, como um lembrete.

Pensei em colocar alguma das minhas playlists no Spotify para tocar, a música sempre teve o poder de me acalmar, muito mais do que qualquer um dos sachês de chá que mamãe guardava no armário em cima da pia. Mas, pela primeira vez em muito tempo, meus dedos formigaram.

Eles tamborilaram pela mesa reproduzindo a melodia de uma canção que eu tinha escutado no carro do meu pai dia desses.

Meus olhos foram atraídos para o suporte onde meu violão repousava em sua capa.

Eu não tocava havia quanto tempo? Dois anos? Dois e meio?

Provavelmente as cordas estavam capengas, e o braço poderia estar com algum defeito...

Mesmo assim, me vi tirando-o da capa e dedilhando suas cordas desafinadas.

Primavera

"Às vezes, tudo o que precisamos é de uma segunda chance para sermos felizes."

De repente 30

44

Deixei os dedos passearem pelas cordas de aço.

Havia me esquecido de como tocar mexia comigo. O coração aquecia de um jeito diferente, uma sensação única que eu só experimentava quando me entregava à canção por inteiro, e minhas mãos corriam pelas cordas como se tivessem nascido para isso.

Se meus fones eram capazes de me fazer esquecer do mundo ao redor, tocar me permitia viajar por toda a Via Láctea.

Cantarolei baixinho "Good, good Father", do Housefires:

You're a good, good Father
It's who you are, it's who you are, it's who you are
And I'm loved by you
It's who I am, it's who I am, it's who I am*

Abri os olhos com um sorriso desses de fazer as bochechas doer.

Sentada em minha sacada, deixei o sol queimar minhas pernas e a música pulsar por minhas veias.

O dia amanheceu perfeito para os planos daquele sábado.

Havia poucos dias, Cíntia e Denis, um casal de amigos dos meus pais, nos convidaram para passear pela costa — eles queriam estrear sua lancha. Além de serem amigos de longa data, os dois

---

*"Tu és um bom, bom Pai / É quem tu és, é quem tu és / E eu sou amado por ti / É quem eu sou, é quem eu sou."

tinham um casal de filhos da mesma idade de minhas irmãs. Estudavam juntos na pré-escola e não conseguiam mais se desgrudar.

Anna e Alice estavam tão ansiosas pelo passeio que deram um trabalhão para dormir na noite anterior.

Tinha acabado de começar a tocar "Who am I", do Casting Crowns, quando as duas margaridas apareceram. Abriram a porta do quarto com toda a força que tinham em seus corpinhos.

— El! El! El! Acorda, El! — Anna gritou ainda segurando a maçaneta.

— Ué, ela não tá na cama... — Alice concluiu, o dedinho correndo para a boca.

— Já acordei, bobinhas — acenei da sacada.

Contive uma risadinha ao ver que elas não só estavam de maiô, mas com o colete salva-vidas de *Toy Story* que escolheram no último verão. As bochechas sujas de protetor solar.

— Ufa! — Anna respirou fundo e soltou o ar pela boca.

Elas eram tão dramáticas, às vezes!

— Por que não tá arrumada? — imitando a mamãe, Alice colocou uma das mãos na cintura e me lançou um olhar de repreenda.

— Vocês estão com tanta pressa assim, é? O mar não vai sair do lugar.

— Mas a lancha vai! — Anna rebateu.

— Tá bom, tá bom! — me rendi.

Quando elas tinham ficado tão espertas?

Não demoramos a desembarcar na Ilha dos Cristais. A ilhota, que ficava apenas a uns quinze minutos de Valadares, era conhecida por sua pequena extensão e pelas águas calmas e cristalinas. Mesmo inabitável e sem nenhuma infraestrutura, ficava cheia de turistas no verão.

Enquanto ajudava meu pai e Denis a descarregar nossas cestas, cadeiras e sombrinhas, mamãe e Cíntia correram atrás das crianças, que atravessavam a ilha.

Por questão de segurança, um lado da ilhota era reservado às lanchas e aos barcos, já o outro, aos banhistas e mergulhadores. Em menos de um minuto era possível percorrer a extensão e perder o fôlego com uma vista selvagem incrível.

Passei a maior parte da manhã explorando a vida marinha. Usando snorkel e nadadeiras, mergulhei entre alguns cardumes e tartarugas. Uma tartaruguinha muito simpática pareceu apreciar minha companhia, pois se manteve próxima por um bom tempo. Ela nadava a meu lado como uma companheira fiel enquanto eu admirava a variedade de algas e corais, em cores e formatos tão distintos.

Um pouco antes do almoço, resolvi caminhar pela ilha levando um saquinho de biscoitos Globo e um Guaravita. Sentia-me extremamente sortuda por sermos os únicos visitantes naquela manhã. Apesar do riso das crianças e das conversas dos adultos, era possível ouvir com clareza os sons da natureza em volta. Em algumas árvores, pássaros cantavam oferecendo um show à parte. Em um trecho mais acidentado, as ondas batiam de mansinho contra as pedras.

Pouco antes de contornar a ilhota, parei um instante para observar a água turquesa e o sol forte. Ajustei o boné a fim de proteger melhor meus olhos. Às vezes, eu me esquecia como era incrível morar na Costa Verde! Meu quintal era um paraíso, e eu gastava um tempão imaginando tantos outros lugares...

Mal tinha voltado a caminhar, quando uma cena fez os pelos dos meus braços arrepiarem.

Assustada, observei com mais atenção.

Um caiaque azul marinho estava tombado na areia. Um dos remos boiava a alguns metros. Não havia sinal de pegadas na praia, nem parecia ter alguém em nossa lancha. Apressei o passo, a preocupação corroendo minha barriga.

Do outro lado do caiaque, encontrei um rapaz deitado. Um braço cobria o rosto.

— Oi, tá tudo bem? — perguntei, insegura de dar mais um passo.

Minha preocupação se tornou desespero quando não recebi resposta, nem mesmo um movimento do rapaz. Ao notar como as ondas batiam contra seu rosto, fazendo-o engolir água salgada, rompi a distância que havia entre nós e me ajoelhei ao seu lado.

Movi seu braço e encontrei um rosto lindo, mas pálido, sem vida. Bati em suas bochechas, mas ele não acordou. Coloquei-me de pé. Segurei as mãos dele e o puxei com força — toda a força que havia em mim.

— Senhor, me ajude, por favor — clamei, ofegante. — Minha nossa, como você é pesado! —e o puxei mais uma vez. Fiz tanta força que caí, sentada no chão.

Frustrada, fitei a areia. Só consegui movê-lo alguns centímetros, mas o suficiente para afastá-lo das ondas. Apoiando as mãos nos joelhos, respirei fundo.

Instantes depois, comecei a fazer movimentos fortes com as mãos contra seu peito, vermelho por causa do sol. Utilizando o peso do meu próprio corpo, fiz duas compressões por segundo, como no curso de primeiros socorros oferecido pelo clube de natação. Orei baixinho enquanto pressionava o peito dele.

Apesar de ser alto e forte, aquele rapaz de cabelos castanhos escuros cheios de areia e barba por fazer parecia tão vulnerável, frágil.

Deus, por favor.

Ele começou a tossir.

— Graças a Deus! — gritei, emocionada pela resposta imediata.

Seus olhos castanhos me encararam, assustados.

— Está tudo bem agora, viu? — procurei acalmá-lo. Ele pestanejou, ainda meio confuso. — Tudo bem — repeti, para convencer não só a ele de que tudo estava sob controle.

O canoísta tossiu um pouco mais, pondo para fora parte da água que havia engolido.

— Vou chamar ajuda, tá bom? — propus ao notar que ele estava um pouco melhor.

— Por... — ele foi interrompido por mais uma crise de tosse. — Por favor, fique — seu tom de voz era grave, talvez por causa de toda aquela água salgada.

— Não vou demorar — expliquei. — Meus pais estão logo ali na frente, podem ajudar. Vai ser rapidinho, tá bem?

— Tá — ele concordou e fechou os olhos.

— O que aconteceu, meu rapaz? — agachando-se ao lado dele, meu pai perguntou com seu sotaque embolado.

— Minha pressão deve ter caído — a voz do canoísta soou rouca e fraca. — Esqueci minha garrafa de água em casa, mas só descobri tarde demais... — ele passou a mão pelo rosto pálido e maltratado pelas horas de maresia e sol. — Tentava voltar para a costa quando comecei a me sentir mal — tossiu um pouco mais. — Minha visão ficou embaçada e me senti muito fraco. Devo ter desmaiado.

— Desidratação pode causar queda de pressão — minha mãe sugeriu, analisando-o com preocupação. Acompanhada por meu pai e Denis, ela havia corrido ao me ouvir gritar por ajuda, deixando as crianças aos cuidados de Cíntia. — Vamos levantar suas pernas e te dar um pouco de água.

Visivelmente grato, ele fechou os olhos e assentiu. Até balançar a cabeça parecia lhe custar muito.

— Assim que estiver melhor, voltaremos para o continente — Denis avisou. — É bom dar uma passada no pronto socorro.

— Não quero dar trabalho. Muito menos estragar o passeio de vocês — o rapaz disse, ameaçando se levantar.

— Fique tranquilo, garoto. Você não estragou nada — meu pai o acalmou.

Orientando-o a esticar as pernas e erguê-las, ele ajudou o rapaz a mantê-las suspensas por algum tempo, acima do nível da cabeça.

— Pode buscar água e alguns biscoitos de sal, Mabel? — mamãe pediu. — Os biscoitos estão em um potinho rosa.

Consenti, disposta a ser útil.

Ao chegar ao acampamento improvisado, expliquei a Cíntia o que acontecia do outro lado da ilha enquanto procurava o tal pote em nossa cesta. A crianças estavam ocupadas construindo um castelo de areia com direito a janelas enfeitadas com conchas, muros, fosso e estradas.

Refiz o caminho e entreguei as coisas para minha mãe. Tive que me sentar na areia e respirar fundo, de novo. O susto cobrando seu preço.

O que teria acontecido com o canoísta se eu não tivesse chegado a tempo? Não podia nem me dar o direito de pensar nisso...

Minha mãe ajudou o rapaz a beber alguns goles de água e o obrigou a comer um dos biscoitos. A palidez de seu rosto foi sumindo aos poucos. Afastando-se dele, mamãe caminhou até onde eu estava e alisou meus cabelos ressecados pelo sal.

— Que tal ajudar suas irmãs a almoçarem? — pediu. — Você precisa comer algo também. Passou a manhã toda na água.

— Nem tô com fome — descartei a ideia.

— Depois de um susto desses, é melhor comer alguma coisa. Salgada, de preferência — ela recomendou. — Se não, sua pressão é que corre o risco de cair.

— Obedeça a sua mãe — meu pai disse, com carinho. — Não podemos demorar a voltar para o continente.

— Já estou me sentindo melhor — o canoísta garantiu. — Podem almoçar tranquilos, não precisa ter pressa — arqueando as sobrancelhas grossas e desgrenhadas, ele sorriu, o que fez o cantinho dos olhos enrugar.

— Imagina! O Denis tem razão, passar no pronto socorro é o ideal. Se tiver mesmo desidratado, precisa tomar soro.

— Não é fácil fazê-la mudar de ideia, rapaz — meu pai brincou, fazendo-o rir.

— Se é assim... — ele ergueu as mãos, rendendo-se.

Eles ainda conversavam quando me afastei. Confesso que preferia continuar ali, sondando aquele canoísta desconhecido.

A viagem de volta ao continente foi lenta. Denis e meu pai deram um jeito de amarrar o caiaque na lancha, rebocando-o durante o percurso. Temeroso de que algo desse errado, Denis conduziu a lancha sem pressa.

Quando as crianças souberam que o passeio terminaria mais cedo, bateram os pezinhos na areia e imploraram para que ficássemos mais. O desespero passou assim que Cíntia propôs que minhas irmãs passassem o resto da tarde com eles, brincando na piscina. Sentados com os pés balançando, elas passaram a viagem toda programando o que fariam.

Vê-las tão alheias ao acidente e a todos os problemas do mundo me fez sentir um pouquinho de inveja. Eram tão livres, e nem faziam ideia. Suas risadas e brincadeiras espetaram meu coração, me fazendo lembrar como eu sentia saudades da Lin! Como queria me sentar com ela em uma das mesas da Sete Mares, pedir um milk-shake de morango e jogar conversa fora... Contudo, desde aquela manhã na igreja, nossa amizade não foi mais a mesma.

Ainda lidando com as consequências das minhas escolhas, sair com Lin estava fora de cogitação. Ela insistia em não pisar lá em casa tão cedo. O que não facilitava as coisas. Mesmo com um celular novo, nossas conversas andavam cada vez mais escassas e sempre terminavam com um toque de irritação.

Depois do acidente, algumas coisas estavam mudando em mim e Lin não conseguia entender isso muito bem. Ela também não ia com a cara das minhas novas amizades. Sem saber como explicar o que Deus estava fazendo comigo, respirava fundo e deixava sua implicância para lá. Mas não estava sendo fácil.

Balancei a cabeça. Ficar preocupada não me ajudaria em nada.

Do outro lado da lancha, o canoísta cobriu a boca com a mão. Ele voltou a ficar tonto e enjoado, coitado. Quando chegamos ao porto de Valadares, meu pai colocou o rapaz em nosso carro e correu para o hospital.

45

Parada em frente à escadaria da igreja, minhas mãos suavam.

Onde estava com a cabeça?

Estremeci.

Não tinha mais jeito. Nem escapatória. Bárbara fez a curva, os tênis coloridos saltitando em minha direção. Às vezes, eu tinha a impressão de que Babi saíra de algum musical. Só não era muito afinada — ainda.

Por que eu não me controlei? Se tivesse cantado um pouco mais baixo, nada disso estaria acontecendo. Nada. Mas não! Eu não tinha resistido. Por um instante, pensei que estivesse em meu quarto e me entreguei à canção, fazendo dela uma oração...

No fim, encontrei as meninas me encarando, os olhos arregalados.

— Uau! — Babi aplaudiu.

— Você nunca contou que cantava tão bem assim — Lu ergueu o lábio inferior em aprovação.

— Sua voz é linda — Amanda curvou a boca em uma expressão de surpresa.

— Vocês estão fazendo tempestade em copo d'água — enrolei um cacho em volta do dedo.

— Você tem que participar do grupo de louvor juvenil — Bárbara prosseguiu, me ignorando. — Não é, gente?

As meninas concordaram sem pestanejar.

Meus pais tinham dito a mesma coisa. Desde que Fernanda anunciou que formariam um grupo de louvor com os jovens, não paravam de me encorajar a participar.

O violão e o teclado se tornaram parte do meu corpo nas últimas semanas. Entretanto, havia uma grande diferença entre cantar e tocar no meu quarto, e fazê-lo diante de um grupo de pessoas. Seria um desafio, e eu não estava a fim de encarar — não só por causa das fofocas recentes, mas por uma companheira que me seguia como uma sombra desde sempre.

Por causa dela, quando pequena, meus olhos enchiam de lágrimas sempre que me via diante de uma plateia (e minha vontade era sair correndo dali). As lágrimas deixaram de aparecer com o tempo, mas toda vez que era obrigada a ficar perante outras pessoas, minha garganta travava, as mãos suavam e eu pensava que estava todo mundo falando mal de mim, me julgando por simplesmente respirar. Era horrível.

— Ah, não — repeti a resposta que tinha dado a minha mãe. — Não é para mim.

— Por que não seria? — Babi pendeu a cabeça. — Sua voz é linda, amiga. E você se entrega tanto ao cantar...

— É um dom, Mabel — Amanda deu um tapinha na minha mão.

— Tá, eu gosto de cantar, mas acho que estão exagerando. Mesmo.

— Você já participou de algum grupo de louvor? — Babi cruzou os braços.

Eu já tinha percebido que ela e Luísa compartilhavam uma mania: não desistiam fácil.

— Aquelas apresentações infantis na igreja contam?

— É claro que não — ela sacolejou as molinhas.

— Mas já foram traumáticas o suficiente para que eu não queira participar de grupo nenhum... Jamais.

— Traumáticas? Por quê? — Amanda me fitou, os olhos caídos nos cantos.

— Bom... — encarei minhas mãos antes de continuar. — Toda vez que eu via a igreja cheia, congelava. E tudo o que conseguia fazer era mover os lábios.

— Ah, a timidez é o problema — Lu me diagnosticou.

— Mas não é um problema sem solução, El. Dá para controlar a timidez, sabia?

— Eu sei, Babi. Mas não é tão fácil quanto parece.

Era um pesadelo.

— E você vai se impedir de fazer algo que poderia ser muito bom, que talvez amasse, só por causa dela? — Babi arqueou a sobrancelha.

Não seria a primeira vez. O preço que eu precisava pagar para vencer minha timidez era mais alto que deixar de fazer certas coisas.

— Só vai vencer sua timidez se encará-la de frente — Lu socou o punho na mão espalmada.

— Vocês não desistem mesmo, né?

— Não! — as duas responderam juntas.

— Bora para o primeiro encontro? — Babi propôs. — Só para ver se gosta...

— Para ver se vale a pena entrar em uma batalha com sua timidez... — Lu me olhou de canto de olho.

Elas insistiram tanto que não tive escapatória.

Ali estava eu.

Segui uma Babi tagarela até a sala de música, no segundo andar da igreja. Pela janela de vidro, vimos algumas pessoas, entre elas, as irmãs JJ.

— Elas cantam também? — meus ombros cederam.

— Não que eu saiba — Babi franziu a testa. — Não deixe que elas te desanimem, El.

— Pode deixar.

— Promete? — ela estendeu o dedo mindinho para mim, sorrindo.

— Prometo — garanti, enlaçando meu dedo no dela.

A sala de música, com suas paredes em tons claros de bege, decoradas com notas musicais e instrumentos antigos, era aconchegante. Sentamo-nos no círculo de cadeiras, um teclado ocupava o centro.

Conversávamos com algumas garotas enquanto as JJ cochichavam animadas do outro lado. Elas estavam empolgadas demais, o que era bem estranho. Ia comentar sobre isso com Babi, mas Fernanda abriu a porta com seu jeito amoroso e vibrante, acompanhada por um homem negro, baixinho, que sorria com os olhos. Depois de nos cumprimentar e explicar os propósitos do grupo, Fernanda o apresentou a nós, um velho amigo dela.

Marcus Cavalcante, um professor de música muito conhecido na cidade, seria responsável por estruturar o grupo, trabalhar as vozes e conduzir as primeiras apresentações.

Empolgado, o professor compartilhou os primeiros passos do grupo. Foi interrompido por algumas batidas na porta. Inclinei-me na direção do barulho e quase tive um treco.

— O que ele tá fazendo aqui? — cobri a boca ao perceber que falei alto demais.

As JJ me fitaram com uma expressão de desdém.

— Ele quem, El? — Babi perguntou.

— Sabe o rapaz que encontrei na ilha? É ele — indiquei com as sobrancelhas, o mais discreta possível.

O canoísta abriu a porta e entrou. Carregava nas costas o violão em um case marrom. Ele segurava com força as alças na altura do peito, o que realçava os músculos dos braços.

Sabia que Henrique e eu poderíamos nos esbarrar em algum lugar de Valadares mais cedo ou mais tarde — meu pai descobriu no pronto socorro que o rapaz era um local. Só não esperava que fosse na igreja, e tão cedo assim...

— Bom, pessoal, este é o Henrique — Marcus estendeu a mão, incentivando-o a se aproximar. — Ele é meu braço direito, sabe? Foi meu aluno por anos e me ajudou a montar o coral juvenil da nossa igreja — contou, a voz carregada de orgulho. — Ele nos dará um apoio nos ensaios e, a pedido da Fernanda, também ministrará aulas de violão para quem tiver interesse.

— Eu tenho! — Jey levantou a mão, não se contendo na cadeira. Com um biquinho cheio de *lip balm*, não tirava os olhos do canoísta-barra-músico.

— Então é por isso que elas estão tão animadinhas... — sussurrei.

— Por isso, não. Por ele — Babi as censurou. — Mas eu entendo, um pouquinho. Você não disse que ele era tão gato.

— Babi! — cutuquei minha amiga com o braço, sentindo o rosto quente.

Virei-me a tempo de ver Henrique passar a mão pela nuca e bagunçar alguns cachos, sem jeito. Afastando os olhos de Jey, ele deu uma olhadinha pela sala. Nossos olhos se encontraram. Sorrindo com os lábios fechados, ele balançou a cabeça sutilmente.

— Ele te reconheceu! — Babi soou tão romântica que me esforcei para não revirar os olhos. — Também, como alguém não reconheceria a garota que salvou sua vida?!

— Pode deixar isso entre nós, por favor?

Se as JJ soubessem, fariam muito mais do que só me olhar de cara feia.

Babi e eu nos jogamos em um dos pufes da sala ao lado.

Marcus e Henrique não perderam tempo, propondo um exercício vocal para que pudessem identificar o tom de cada um.

Já que chamariam um de cada vez, deixamos a sala. Apesar de estar nervosa, preferi desse jeito a ter que cantar diante do grupo todo. Afinal, ainda não tinha decidido se participaria mesmo... Estava apenas conhecendo o grupo e a proposta.

— Será que vão pedir que a gente cante alguma coisa? — Babi mordeu o lábio inferior.

— Acho que não. Eles devem fazer um teste de classificação vocal.

— Um teste? Misericórdia! — ela levou a mão à testa.

— Não é tão assustador assim, Babi. O professor deve tocar algumas notas no teclado e você vai tentar acompanhar... Assim, eles vão conseguir classificar sua voz, sabe? Se é soprano, contralto, esse tipo de coisa.

— Como você sabe tudo isso? — ela se virou para mim.

— Fiz algumas aulas de canto quando criança.

— Sério?! E você ainda estava com medo de vir... — mexeu a cabeça, os cachinhos chocaram contra seus ombros. — Eu que não devia ter vindo.

Ela recostou a cabeça no pufe e suspirou.

— Cantar não é só um dom, Babi — empurrei sua perna com meu joelho. — É possível aprender também. O professor vai te ajudar a lapidar a voz.

— Espero que sim. Dizem que ele é muito bom. Conheço uma garota da igreja dele que não cantava nada, nadica de nada — contou, voltando a se sentar. — Ela começou a participar das aulas e hoje faz parte do ministério de louvor, acredita?

— Viu? É possível.

— É, eu sei. Mas, se não der certo, vou tentar aprender algum instrumento. Sempre quis tocar violão.

— Sempre quis mesmo ou só quer passar um tempinho com o Henrique? — impliquei fazendo a garota negra ao meu lado gargalhar.

Babi e eu fomos as últimas a passar pelo teste. Ela estava tão nervosa que me manteve sentada a seu lado até que todos os outros fossem primeiro. Quando restamos apenas nós duas, ela me empurrou com o ombro, dizendo:

— Sua vez. Arrasa!

46

Henrique anotou meu nome e idade em uma ficha enquanto Marcus me questionava sobre a minha experiência com canto. Fiquei tentada — muito, na verdade — a mentir e não contar sobre as aulas na infância, para que ele não criasse expectativas e eu pudesse passar despercebida, se viesse realmente a fazer parte do grupo. Mas, assim que abri a boca, senti um incômodo no peito.

Molhei os lábios e contei a verdade.

Um sorriso de dar gosto iluminou o rosto largo de Marcus. Ele quis saber todos os detalhes, claro.

— Pronta? — O professor tocou a nota dó no teclado.

— Pronta.

O tempo que passamos conversando havia aliviado a minha tensão, um pouco.

De olhos fechados, o acompanhei em cada uma das notas. Acabei falhando um pouco em algumas.

— Muito bem, Mabel. Como já deve saber, seu tom é o soprano — anunciou com um dedo hasteado. — Embora o grupo seja bem heterogêneo, queremos ajudá-lo a cantar o melhor possível, inclusive fazendo divisão de vozes. Tenho certeza de que você contribuirá muito. Importa-se de cantar uma música para nós? Só para conhecermos um pouco mais da sua voz em ação.

— Agora?! — não consegui esconder o pânico.

— Sei que não deve estar preparada — disse ele com gentileza —, por isso entendo se não quiser. Mas seria ótimo se topasse.

Não se preocupe, Henrique e eu só queremos conhecer sua voz, não avaliar ou julgar.

— Pode escolher uma música em que se sinta mais confiante e cantar só um trecho — Henrique sugeriu, sem nenhum traço da rouquidão que acompanhava sua voz naquele dia na ilha.

Estalei os dedos.

— Hum... Tudo bem — concordei após encontrar um fiapo de coragem.

— Perfeito. O que quer cantar? — Marcus perguntou.

— Pode ser "Oceans"? Da Hillsong United?

— Claro. Pode acompanhá-la no violão, Henrique?

— Com certeza — o rapaz concordou, esticando a mão para pegar o instrumento do suporte ao seu lado. — Posso fazer um solo e você entra?

— Uhum.

Fechei os olhos mais uma vez. Na primeira estrofe, fiquei nervosa, imaginando o que eles pensariam. Mas, aos poucos, fui me entregando à canção. Uma paz inexplicável me envolveu e deixou meu corpo leve. Esqueci por completo de onde estava, ouvia apenas a melodia suave.

— Muito bom, Mabel. Muito bom. Te vejo na semana que vem? — Marcus estendeu a mão para mim.

— Ok — correspondi ao cumprimento.

— Até lá.

Dei um passo trêmulo após fechar a porta, esbarrando em Babi.

— Como vou entrar com minha voz de gralha depois do que você fez, hein?

— Deixa de bobeira. Você vai entrar e dar o seu melhor.

— Você, melhor do que ninguém, sabe que o meu melhor não é lá essas coisas! — ela roeu a unha. — O Enzo disse que não é muito diferente da vaquinha Grace em *Nem que a vaca tussa*.

Não pude deixar de rir ao lembrar de uma das minhas cenas favoritas da animação.

— Tenho certeza de que você vai cantar melhor do que a Grace. Um dia, pelo menos — segurei o sorriso. — Hoje, só tem que acompanhar as notas.

— Mas você cantou!

— Só porque eles queriam conhecer um pouco mais minha voz. Vai dar tudo certo, Bárbara — encorajei.

A porta atrás de nós foi aberta, fazendo-a roer mais uma unha.

— Só falta você, né? — Henrique perguntou com um sorriso gentil.

— Só.

— É a sua vez de arrasar! — pisquei e afaguei suas costas.

— Está bem — Babi disse, ainda desanimada.

Henrique segurou a porta para que ela entrasse, mas não a seguiu. Deu um passo para o corredor e a fechou.

— Será que posso falar com você? — perguntou.

— Claro. Aconteceu alguma coisa?

— Não — ele alisou as mãos. — É só que eu não tive a oportunidade de te agradecer pelo que fez por mim na Ilha dos Cristais.

— Ah, não precisa. Não foi nada.

— Não?! — ele arregalou os olhos, acompanhado de uma risada incrédula. — Você só salvou a minha vida.

Se a sua intenção era me deixar acanhada, tinha sido bem-sucedido. Minhas bochechas coçaram, avermelhando.

Agora não!

— Bem...

— Muito obrigado.

— Tá, de nada — levantei um ombro.

— Às vezes, me pego pensando, sabe? — ele passou a mão pelos cachos castanhos escuros que caíam em sua testa. — No cuidado de Deus que experimentei naquele dia. Havia tantas outras ilhas por ali... Eu podia ter ancorado em qualquer uma, mas parei logo na que vocês estavam. E eu nem me lembro como consegui remar até lá, cara.

— Também me pego pensando nisso — revelei. — Se eu tivesse demorado só mais uns minutos para chegar aonde você estava... Não gosto nem de pensar.

— Muito obrigado, mesmo. Se puder agradecer a seus pais mais uma vez... Vocês todos foram incríveis.

— Pode deixar — sorri, um pouco mais à vontade.

— Apesar das circunstâncias, foi um prazer te conhecer — ele estendeu a mão.

— Igualmente.

Sua mão grande e áspera segurou a minha com gentileza.

— Nos vemos semana que vem, né?

— Hum, acho que sim.

Seus olhos ficaram pequenos quando confirmei. O sorriso deixou uma covinha solitária surgir na bochecha direita.

47

A Sete Mares estava lotada. Ainda bem que Luísa tinha chegado mais cedo para segurar uma mesa.

— E aí, a Babi já aprendeu a cantar? — ela questionou. Seu olhar era sapeca e, pelo tremor nas bochechas, se esforçava para conter um sorriso.

Cercada por Ester, Mateus, Vinicius e Enzo, Luísa nos esperava em uma das mesas de canto da cafeteria.

Meus pais tinham permitido que eu me encontrasse com eles depois do ensaio.

— Mano, ela vai precisar de um milagre, isso sim — Enzo zombou.

— Cala a boca — Lu o repreendeu.

— Ai! — ele choramingou. — Quantos anos você tem para me chutar, hein? — o garoto alisou a canela gigante debaixo da mesa.

— Quando aprender a respeitar sua prima, eu paro — ela quicou os ombros. — Falando sério agora, como foi?

Babi e eu nos sentamos ao lado do acidentado.

— Vocês tinham que ver a Mabel cantar. Simplesmente *per-fei-ta*.

— Não começa, Babi.

— Pior que não é exagero. Você canta bem mesmo — Mateus deu duas batidinhas com o nó do dedo na mesa.

— C-como sabe? — apoiei-me no tampão de madeira e sondei seu rosto com cuidado.

— Talvez eu tenha te ouvido cantar quando caminhava pela praia... — ele lançou um sorrisinho inocente.

— Cada vez tenho mais certeza, Mateus. Você é mesmo um enxerido — falei com os olhos cerrados.

— Ah, isso é verdade — Enzo se intrometeu. — Ele ama meter o bedelho.

— Como o jogo virou para o meu lado? — Mateus resmungou.

— Sinto muito, cara. Mas você se mete mesmo — Vini concordou, rindo.

Os meninos passaram um tempão compartilhando provas das diversas intromissões de Mateus, apesar de estar na cidade havia apenas seis meses. As histórias nos fizeram gargalhar, mas também me permitiram ver que Mateus era aquele tipo de amigo que não tinha medo de alertar e aconselhar, mesmo que não fosse compreendido de imediato. Torci para que um dia eu tivesse coragem e maturidade para ser esse tipo de amiga também.

Babi e eu convencíamos Ester a ir ao próximo encontro do grupo de louvor, quando Lin e Gab entraram na cafeteria. Ela não demorou a procurar pela mesa de onde emanava o caos de risadas estridentes, vozes esganiçadas e implicância generalizada.

— Já volto, gente — levantei e fui até a fila, onde os dois aguardavam sua vez de serem atendidos. — Oi. Como vocês estão?

— Quanto tempo, Mabel! — Gabriel sorriu, simpático, mas o olhar crítico da namorada fez sua simpatia diminuir. Ele pigarreou. — Tá sumida.

Lin me abraçou, meio a contragosto.

— O castigo inclui sair com esses chatos?

— Eles não são chatos, Lin — defendi. — Pelo contrário, são bem divertidos.

Aquela sua insistência em vê-los de forma tão negativa, sem realmente permitir que eles mostrassem quem eram de verdade, me incomodava. Se ela engolisse seu orgulho, assim como eu fiz, descobriria bons amigos naquela mesa.

Lin, no entanto, preferiu me ignorar.

— Por que não se sentam com a gente? — convidei.

— Melhor não.

— Não custa nada, Lin. Assim vocês ficam um pouco juntas — Gab a encorajou. — Não aguento mais te ver emburrada e com saudades da Mabel.

— Gab! — ela o socou com o braço.

Segurando a barriga, ele se dobrou sem conseguir esconder a dor.

— Também estou morrendo de saudade. — Unindo as mãos, implorei: — Por mim.

— Tá — Celina bufou.

Enquanto o casal fazia seu pedido, voltei à mesa e avisei ao pessoal que teríamos companhia. Mateus e Vini nem me esperaram pedir: levantaram e deram um jeito de unir uma mesa à nossa.

Lin e Gabriel não só foram bem recebidos como também envolvidos nas conversas, que passaram por assuntos mais gerais, como a escola, os eventos de primavera da cidade e esportes — os meninos conquistaram Gab ao falar de vôlei e até o convidaram para um jogo que começaria às seis horas.

Depois de muita conversa jogada fora, fatias de bolo e pães de queijo, os meninos se despediram, incluindo Gabriel, a fim de se prepararem para a partida. Ester, Babi e Luísa também não demoraram a ir, já que tinham alguns compromissos familiares.

Quem nos olhasse pela primeira vez pensaria que Lin e eu éramos duas estranhas, não melhores amigas. Um silêncio desconfortável pairava entre nós até que ela ameaçou se levantar.

— Podemos ficar um pouco mais? — pedi. — E dividir uma fatia de *red velvet*?

— Seus pais não vão achar ruim? — ela inspecionou as unhas coloridas.

— Não — garanti com um sorriso.

Embora a condição de me encontrar com Lin somente em casa ainda estivesse de pé, eu sabia que meus pais não ficariam bravos por termos nos encontrado no café, desde que eu fosse sincera.

Tinha percebido quanto eles se preocupavam com minha amiga. Orar por ela se tornou prática recorrente em nossa casa. Mamãe até compartilhou seu desejo de conversar com tia Renata, para alertá-la do comportamento de Lin, mas eu intervim. Ela só ficaria ainda mais irritada e pensaria que eu a havia apunhalado pelas costas.

Eu queria ajudar minha melhor amiga. Muito. Seria bem melhor que ela mesma se abrisse com a mãe, mas para isso a ficha precisava cair, assim como tinha caído para mim.

Toda vez que encontrava uma brecha, procurava abrir seus olhos. Minhas investidas até então tinham sido frustradas. Lin construiu um muro em torno de si, não se abria mais comigo nem ficava à vontade em me ouvir falar sobre coisas mais sérias.

Troquei de lugar o rabo de sereia de cerâmica que enfeitava o centro da mesa.

— Quer dizer que você vai fazer parte do grupo de louvor?

— Inacreditável, né? Eu sei.

— Se a gente voltasse no tempo e falasse isso para a Mabel do início do ano, ela surtaria.

— No mínimo, acharia impossível.

— É assustador como a vida muda depressa. — Lin se distraiu com o canudo do seu suco de melancia. — Quais outras novidades você tem aí?

— Tirei um sete numa prova de biologia dia desses e meu pai nem lamentou, acredita?

— Não! — ela bateu a mão na mesa, quase derrubando o copo. — O tio Richard não reclamou?

— Ele entendeu que projetava um pouco do seu perfeccionismo em mim.

— Um pouco?! — Lin arregalou os olhos. — É bondade da sua parte. Mas fico feliz por isso — ela me deu um dos seus sorrisos sinceros, os olhos se apertando de um jeito bondoso.

— E você? Como tem ido na escola?

— Ah, na mesma. Fiquei de recuperação no segundo trimestre.

— De novo, amiga? — lamentei. — E se a gente combinasse de estudar algumas vezes na semana? Teria que ser à noite por causa do estágio, mas pode ajudar. O Enem tá aí.

— Se poupe do trabalho — ela descartou a proposta com a mão. — Eu nunca reprovo, não é? Vou concluir o ensino médio, você vai ver. Sem me estressar com ele, óbvio — e jogou uma mecha de cabelo para trás, segura e descontraída.

Como ela podia acreditar que aquela era uma boa ideia?

— Mas e o Enem? Se não tem se dedicado à escola, vai encontrar dificuldade, não vai?

— Só vou fazer o Enem porque sou obrigada, Mabel. Não vou usar a nota para nada, então por que perder tempo?

— Mas e a faculdade? — a pergunta escapuliu antes que eu tivesse tempo de me conter.

— Devo fazer alguma à distância. Dessas bem baratinhas...

— Não acredito que vai simplesmente optar pelo mais fácil, Lin — censurei. — Você tem potencial, pode ir além.

Lin estava deixando de sonhar? Quando a conheci, ela era a garota que roubava a caixinha de costura da mãe para fazer roupas de boneca. Suas pulseirinhas de miçanga eram tão incríveis que, aos 11 anos, ela passou a vender na escola. Com o lucro, havia comprado suas primeiras revistas. Aliás, aquelas revistas adolescentes não a encantavam apenas pelas matérias de seus famosos favoritos ou pelas dicas essenciais para sobreviver à adolescência, mas por todas as dicas de moda...

— Vai roubar as frases da minha mãe, agora? — ela girou os olhos.

— Bom, sua mãe tem razão. Você precisa se preocupar com o futuro — meu tom sério me fez soar como minha própria mãe.

— Quem disse que eu não me preocupo? Só tenho uma visão diferente. Nem todo mundo precisa fazer faculdade, tá?

— Você não me parece preocupada — murmurei.

— Uau... — ela deixou o queixo cair, dramática. — Tinha esquecido como você está chata.

— Só quero o seu bem, Lin.

— Como você, logo você, pode saber o que é melhor para mim?

Ela se levantou da mesa.

— Espera — pedi.

Lin parou atrás da cadeira, as mãos avermelhando enquanto ela envolvia o espaldar de ferro.

— Talvez seja melhor a gente se afastar mesmo — concluiu, a voz vacilante. — Estamos diferentes demais. E você parece estar pegando a mania dos seus amigos religiosos: achar que é a dona da verdade e que sabe o que é melhor para todo mundo.

— Está sendo injusta, Celina.

— Será?! — ela me analisou antes de se afastar.

48

Na sexta, saí do Tritão um pouco mais cedo. Meu pai e eu precisávamos passar em um pet shop antes que fechasse. O aniversário das minhas irmãs se aproximava, e as presentearíamos com um filhotinho de Golden Retriever.

Desde que tiveram uma aula especial na escola sobre animais de estimação, em que os coleguinhas puderam levar seus bichinhos, Anna e Alice não paravam de implorar por um cachorro. Até desistiram do presente do Dia das Crianças. E do Natal. Caso sério.

Minha mãe ficou relutante no começo. Um animalzinho exigiria muitos cuidados. E ela não tinha certeza se as meninas estavam prontas para entender isso, afinal um cachorro não poderia ser deixado de lado como um brinquedo. Papai também estava indeciso, temendo que mamãe tivesse mais trabalho.

As indecisões dos dois foram para o ralo quando nos sentamos diante do computador no escritório do meu pai uma noite dessas. À medida que clicávamos em fotos de filhotinhos de Golden no Google, meus pais se apaixonaram e olharam com mais carinho para a listinha de prós e contras que haviam feito. É claro que eu me encantei também e dei a maior força para que eles realizassem o sonho das minhas irmãs.

Não demorei a encontrar meu pai no trabalho fazendo vários telefonemas à procura de um filhotinho. Até o Sebastião parecia animado e mexeu uns pauzinhos.

— Ansiosa para conhecer o novo membro da família? — ele deu ré no estacionamento do Tritão.

— Para quem nem queria um cãozinho, você tá muito animado.

— Assim que puser os olhos nele, você também ficará — disse ele em tom de mistério e determinação.

— É tão injusto você não ter tirado nenhuma foto dele, pai — reclamei, o que o fez rir.

— Quero que seja uma surpresa para você também, *sweetheart* — ele afrouxou a gravata. — Você costumava pedir um cachorrinho quando era pequena, lembra?

— Sim, mas tudo o que ganhei foram alguns peixinhos... — estalei a língua.

— Um deles morreu por excesso de comida, não foi? — ele inclinou a cabeça, os olhos denunciando um sorriso.

— O que pretende dizer com isso, senhor Asher? — fitei-o, séria.

— Nada, nada — ele ergueu uma das mãos e fingiu inocência.

Uma cruel assassina de peixes. Pode ter sido por isso que eu nunca ganhei um cachorrinho.

Casting Crowns ecoou no radio. Um trechinho de "Somewhere in the middle" me fez abrir o bloco de notas do meu celular e adicioná-la à listinha "Ouvir mais tarde".

Somewhere between the wrong and the right
Somewhere between the darkness and the light
Somewhere between who I was and who You're making me
Somewhere in the middle, You'll find me*

---

*"Em algum lugar entre o errado e o certo / Em algum lugar entre a escuridão e a luz / Em algum lugar entre quem eu era e quem tu estás me tornando / Em algum lugar no meio, tu me encontrarás."

Fitei meu reflexo no retrovisor. A brisa na avenida Beira Mar fazia meus cachos dançarem um balé espontâneo. Poucos meses antes, eu não reconheci a garota que vi no espelho. Mas aquela garota de olhos azuis profundos que me encarava com um sorriso bobo era uma versão que aquecia meu coração. Ela havia sido encontrada em meio à escuridão e estava sendo moldada diariamente.

— Gostou? — papai quis saber.

— É, me fez lembrar de umas coisinhas — comentei, aproveitando minha chance de ser misteriosa.

Papai afagou meu emaranhado de cachos, o sol de fim de tarde deixando os fios ainda mais acobreados.

Ele estacionou em frente ao pet shop e segui-o saltitando até o interior da loja. No balcão, apenas uma cliente era atendida por um garoto simpático com pinta de surfista.

— Boa tarde, senhor — ele cumprimentou meu pai. — O Henrique já vai trazer o filhotinho.

A menção daquele nome me deixou curiosa. Seria o canoísta? Qual a probabilidade de nos encontrarmos de novo?

— Está bem. Obrigado. Veja, Mabel — papai chamou minha atenção, me obrigando a sufocar a curiosidade. — A casinha que escolhi é igual a essa.

Ele me mostrou uma casinha de madeira pintada em tons de bege e com teto branco.

— É muito bonita.

— Espero que ele goste de ficar nela.

— Duvido que as meninas o deixem sossegado lá.

As cenas em minha cabeça me fizeram soltar uma risadinha involuntária pelo nariz.

Levemente preocupado, meu pai esfregou os olhos.

— Ainda dá tempo de voltar atrás? — ele fez uma careta, tomado pelo desespero.

— Vai ser divertido, pai. Prometo!

— Olá, senhor Asher — a voz de Henrique ecoou atrás de nós, me fazendo ter ainda mais certeza de que Valadares era pequena demais.

Segurando meus ombros, papai me impediu de virar. E, com um ar de riso, cumprimentou o rapaz.

Tentei controlar as brasas que se alastravam por minhas bochechas.

— Está pronta para conhecê-lo? — meu pai estava levando aquele negócio de surpresa a sério demais.

— Pronta — concordei sem querer estragar a brincadeira, apesar de estar envergonhada.

Ao me virar, encontrei um Henrique de cachos desgrenhados, segurando um filhote com pelos dourados bem clarinhos. Ele dividia sua atenção entre mim e o cachorro, que cutucava com uma das patas o bolso do seu avental.

— Gente, ele é tão fofo!

Sem conseguir me conter, ignorei a vergonha e fiz carinho na cabeça do filhotinho, morrendo de amores por ele. Enquanto acariciava seus pelos sedosos, ele se remexeu disposto a cheirar minhas mãos.

— Calma aí, garoto! — Henrique riu e apertou o filhotinho serelepe contra o peito. — Acho que ele gostou de você — ele ergueu o olhar e sorriu de um jeito carinhoso.

— Ficou ótima! — meu pai exclamou. — *Amazing*!

Ao olhá-lo, o peguei admirando algo no celular.

— O que ficou ótima, pai? — perguntei, receosa.

— Ah, é só uma foto que tirei.

— Pai!

Henrique soltou uma risada.

— Algo me diz que esse rapaz me dará trabalho — papai fugiu do assunto.

— Ele não gostou muito de tomar banho — Henrique contou, o sorriso iluminando seus olhos.

— É bom não contarmos isso para sua mãe — papai falou em tom de segredo e cumplicidade.

— Posso segurar? — voltei minha atenção para o filhote, que se esforçava para cheirar meus braços.

— Claro! — Com cuidado, Henrique o colocou em meu colo.

O filhote cheirou meu pescoço, fazendo cosquinha. Foi impossível conter o riso. Meu pai aproveitou minha distração para tirar mais uma foto.

— O Guilherme separou os produtos que o senhor pediu — Henrique avisou, impedindo que eu brigasse com ele.

— Perfeito. Aliás, muito obrigado por nos esperar, Henrique.

— Imagina. Foi um prazer cuidar desse garoto — ele afagou a cabeça do Golden. — Dei uma olhadinha nele e está tudo certo, se puder trazê-lo para que eu o olhe nos próximos meses, será ótimo.

— Pode deixar — meu pai garantiu antes de caminhar até o balcão onde o garoto com cabelo descolorido o esperava.

— Gostou do filhote?

— Quê?! Ele é maravilhoso!

— Seu pai tinha comentado que você sempre quis um cachorro, é bacana vê-lo realizando seu sonho.

— Isso faz tanto tempo. É mais um sonho das minhas irmãs do que meu, acho.

— Um segredo, então: ele deixou claro que era para você também — Henrique sorriu de lábios fechados.

Eu preferia que papai me surpreendesse voltando atrás e me deixando fazer meu intercâmbio ano que vem. Os pôsteres continuavam pendurados pelas paredes do meu quarto, um lembrete diário para mim e para eles de que eu ainda não havia desistido daquele sonho. No entanto, ao cheirar o filhotinho, meu coração ficou apertadinho de gratidão.

— Quer dizer que, além de canoísta, músico e professor, você também cuida de um pet shop?

— É um negócio de família, então eu tento ajudar — ele afagou o queixo do filhote. — Na verdade, eu cuido mais da clínica veterinária, que fica aqui do lado, sabe?

— Ah, sim — recolhi o queixo. Henrique era uma caixinha de surpresas.

— Mas dou uma mãozinha por aqui quando dá. A clínica e a loja estão na minha família há décadas — havia uma dose de animação e carinho em sua voz, deixando claro que ocupar esses espaços não era um peso ou obrigação.

Segurei o filhote um pouco mais apertado, impedindo-o de descer para o chão.

— Deve ser muito gratificante cuidar de tantos bichinhos.

— Com certeza, mas tem seus desafios também, assim como todas as profissões, né?

— Vamos, Mabel? — meu pai chamou. — Muito obrigado por tudo, Henrique — ele apertou a mão do rapaz.

— Que isso, senhor Asher. Qualquer coisa estou à disposição. E vejo você no ensaio amanhã? — o rapaz se voltou para mim.

— Claro. Até lá.

— Foi o Henrique que te ajudou a encontrar o filhote?

Sentada no banco de trás, eu afagava a cabecinha fofa apoiada em meu colo enquanto papai nos guiava até em casa.

— Sim, ele me indicou um criador de confiança.

— Nunca passou pela minha cabeça que ele trabalhasse na clínica veterinária. Jurava que fosse músico.

— Pelo que você tinha falado, eu também, mas ele é médico veterinário, acredita?

— Já?! Ele parece tão novo!

Animado, papai me olhou pelo retrovisor.

— E é. Começou a faculdade com dezessete.

— Uau.

— É muito inspirador encontrar um jovem tão esforçado e dedicado, disposto a dar continuidade ao trabalho da família.

— É legal mesmo.

— Pronta para surpreender suas irmãs? — ele se virou, as sobrancelhas arqueadas.

— Sempre.

Meu pai entrou primeiro. Fazia parte da rotina minhas irmãs o encontrarem na porta para um abraço apertado. Assim que as coisas acalmaram, entrei de fininho, segurando o filhote pela coleira. Ele me puxava cheirando tudo que via pela frente. Guiá-lo para a sala não foi das tarefas mais fáceis — ele cismou com o tapete felpudo do hall. Pegá-lo no colo foi a única solução que encontrei.

Entrei na sala. Os olhos das minhas irmãs saltaram, quatro bolas de gude azuis imensas. Em segundos, elas pularam do sofá e correram até mim querendo saber quem era aquele. Depois das emoções dos primeiros minutos, papai lhes perguntou:

— Como vão chamá-lo?

As duas se entreolharam e trocaram um sorriso misterioso.

— Paçoca — revelaram juntas.

— Paçoca? — mamãe coçou a cabeça.

— Eu gostei — revelei. — Ele parece mesmo uma paçoquinha.

49

Deitada na cama, rolei o feed do Facebook. Fotos do pessoal da escola, algumas montagens com trechos de filmes de romance, links de postagens das minhas blogueiras favoritas, ilustrações com frases cristãs. Meu dedão parou o trabalho frenético depois que vi Pedro de relance. Cliquei na publicação. Uma foto do meu amigo de infância em uma pista de skate encheu a tela. Os cabelos estavam curtinhos e espetados, a blusa larga de um time de basquete americano quase tocando seus joelhos. Ele parecia mais alto, mas o sorriso continuava o mesmo.

Uma vontade de sentar ao seu lado e conversar sobre qualquer coisa fez os meus dedinhos dos pés remexerem.

Fechei o Facebook e abri o Messenger, o aplicativo de mensagens que pegava poeira no meu celular havia meses. Procurei por Pedro. Seu rostinho estava lá embaixo. Ao abrir a mensagem, lembrei do porquê. Ele não tinha nem se dado o trabalho de visualizar a última mensagem que enviei.

Minha boca soltou um muxoxo e eu saí do aplicativo.

Voltei a rolar o feed do Facebook, as imagens passando como um borrão.

Uma notificação me fez remexer na cama. Ajeitei o travesseiro e me recostei.

Fred tinha enviado uma solicitação de amizade.

Péssima noite para perder tempo com o Facebook.

Cliquei na notificação e rejeitei o pedido.

Segundos depois, ele enviou outro.

— Que saco! — resmunguei.

Sem pensar duas vezes, desativei meu perfil.

50

Nossa primeira apresentação seria no comecinho de novembro.

Um fim de semana antes do Enem.

Foi com essa notícia assustadora que Marcus iniciou o ensaio. Ao contrário de nós, meros mortais, ele exalava ânimo e confiança. Já nos reuníamos havia mais de um mês e começávamos a nos alinhar. Os exercícios, desafios e dinâmicas não pareciam mais um bicho de sete cabeças para mim. Contudo, ter só mais um mês de ensaio era pouco demais. Nem tinha certeza se daria conta de mais um desafio.

Conciliar o estágio com a rotina de estudos para o Enem me deixava bem cansada, e por mais que tentasse não me preocupar, a proximidade do exame fazia das minhas emoções uma bagunça só.

Cochichos desesperados vinham de todas as direções da sala.

— Sei que foram pegos de surpresa, mas não fiquem desesperados — Marcus tentou nos acalmar, em vão. — Ei galera, prestem atenção aqui — ele acenou com as mãos. — Ninguém está pedindo que sejam perfeitos. Só precisam adorar a Deus com sinceridade. Ânimo, pessoal, ânimo!

Passamos a hora seguinte estudando algumas das canções. Azul de fome, fui a primeira a ficar em pé quando um dos meninos terminou a oração de encerramento e Marcus nos liberou.

— Que pressa é essa, garota? — Babi perguntou.

— Fome.

Seu coque dançou com a risadinha que não conteve. Ela já tinha entendido que não era uma boa ideia me deixar faminta.

— Coitada da sua bicicleta — implicou.

Revirei os olhos.

— Nos vemos amanhã? — Começaríamos uma revista nova na escola dominical com alguns temas bem legais, e até que, bem, eu estava animada. Além disso, as meninas iriam almoçar lá em casa pela primeira vez e passaríamos a tarde juntas. Dei um jeitinho na minha bagunça organizada só para elas não se assustarem.

— Claro.

Me despedi delas e caminhei até a porta.

— Mabel? — Marcus me chamou. Girei nos calcanhares e fitei seu rosto sorridente. — Preciso dar uma palavrinha com você. Se importa de esperar um pouco?

Meu estômago quase me fez gritar um "sim!", mas fui forte o suficiente para dizer:

— Não, tudo bem.

Ele avisou que só precisava tirar algumas dúvidas e se voltou para o grupo de tenores que o cercava.

Ao passarem por mim, Babi e Ester demonstraram estar tão surpresas quanto eu pelo pedido do professor. Desejaram sorte e jogaram beijinhos antes de sumirem pelo corredor.

Mordisquei a bochecha enquanto os jovens deixavam a sala aos poucos. As gêmeas JJ eram as únicas ainda sentadas. Jade estendia um espelhinho de bolso para a irmã. Jey tirou um *lip balm* vermelho do bolso da saia jeans antes de pegá-lo e abri-lo. Ela conferiu o delineado nos olhos ao mesmo tempo que retocava a camada grossa e reluzente. Jogou um beijinho para si mesma quando ela terminou o serviço e seus olhos correram em direção a Henrique. Ele estava agachado, guardando o violão na case.

Ela estava mesmo se arrumando só para ele? Fala sério.

Desviei os olhos antes que Jey notasse que estava sendo observada. A última coisa que eu precisava era que ela desse um show como aquele no Cine Retrô.

No corredor, alguns alunos aguardavam Henrique com suas cases coloridas. Hoje, eles ensaiariam na sala ao lado, pois Marcus daria um workshop para o ministério de louvor.

— Mabel? — o professor voltou a me chamar.

Os tenores passaram por mim, acenando.

Voltei a morder a bochecha. Dessa vez, apertei demais e um gostinho de ferro se espalhou por minha boca.

— Vocês podem esperar o Henrique na sala de músicas, meninas? — Marcus pediu às gêmeas.

— Tá — elas responderam juntas.

— Quer ajuda, Henrique? — Jey ofereceu.

Ai, ai.

Henrique descartou a proposta e pediu que elas o seguissem.

Sentei em uma das cadeiras que Marcus apontou e esperei, cutucando minha cutícula, ansiosa pelo que ele tinha a dizer. Minha pressão sobre a pele solta em meu dedão aumentou ao notar que ele estava esperando Henrique fechar a porta para começar.

Quanto mistério.

— Bom, Mabel — ele desembuchou, finalmente. — Henrique e eu estávamos preparando a apresentação que vocês irão fazer em novembro, e pensamos na possibilidade de escalar dois de vocês para solar algumas das canções. Pela habilidade que você tem demonstrado nos ensaios e o seu comprometimento, o seu nome surgiu. O que acha?

Ah, não!

O chão abaixo dos meus pés sumiu.

— O grupo fará o coro — ele acrescentou, parecendo ter notado meu choque —, e você só solará algumas partes.

Eu não me sentia pronta para aquilo.

— Não acha que é muito cedo? — ajeitei uma mecha do cabelo.

Marcus me analisou com carinho.

— Lembra do que falei mais cedo? A apresentação em novembro não será uma simples apresentação musical. O objetivo é que vocês adorem a Deus e inspirem outros a fazerem o mesmo — ele arqueou os ombros. — Quando ouço você cantar entre seus colegas, já a vejo fazendo isso. Sinto que está pronta, mesmo que ainda tenha que lidar com outros desafios aí dentro.

Pensei por um instante, indecisa.

— Sinceramente, Marcus, não sei se vou dar conta. Em novembro tenho que fazer o Enem, sabe?

Encontrei uma rota de escape e me joguei.

— Entendo — ele batucou o dedo no queixo. — Então, vamos fazer o seguinte. Ouça as canções e ore a respeito. Não queremos te sobrecarregar ou prejudicar. Se achar que dá conta, me diga nos próximos dias, está bem?

— Tudo bem.

Babi e eu estávamos sentadas na areia com as barrigas cheias demais para fazer qualquer outra coisa. Nós duas tínhamos comido mais da metade da panela de brigadeiro. Jogar Twister por mais de uma hora também tinha dado um jeito na minha coluna e drenado minhas forças. Ainda bem que Bárbara era tão senhorinha quanto eu e não teve vergonha de reconhecer que sentar era tudo de que precisávamos.

Acompanhávamos, a uma distância segura, Ester e Luísa jogarem uma bolinha para o Paçoca. Não sei como elas ainda estavam de pé. Luísa tinha ficado toda envergada no tapete por uns quinze minutos. Eu fiquei uns cinco e reclamei até elas entenderem como eu odiava aquele jogo. Murmurando, Luísa levantou com um pulo e deu fim à brincadeira — mais tarde, elas me agradeceriam por isso, tinha certeza. Ao redor delas, minhas irmãs soltavam risadinhas animadas e se preparavam para correr junto com o filhote. Eu só estava esperando a hora que ele iria derrubar uma delas.

— Sabe o torneio amador de vôlei de praia que vai rolar no próximo fim de semana? — Babi me olhou de lado. Assenti e afundei o pé na areia gelada de fim de tarde. — O Vini e o Enzo foram selecionados para participar.

— Ué, eles não tinham ficado de fora?

— Parece que uma dupla desistiu — Babi se reclinou, apoiando-se nas mãos. — A comissão entrou em contato com o Vini ontem, perguntando se ainda tinham interesse em participar. E é claro que ele nem consultou o Enzo, fominha do jeito que é. Pensei da gente se juntar para assistir, levar uns cartazes, apitos e tal.

— Hum, parece divertido. Meu castigo acaba oficialmente esta semana, sabia?

Joguei alguns grãozinhos de areia para cima.

— Aaaah! — Babi me puxou para um dos seus tantos abraços apertados. — Vai ser um bom jeito de comemorar, então.

— Acho que lá no Tritão tem umas cornetas novinhas e uns lança confetes que o pessoal não usou. — Com a eliminação desastrosa do Brasil após 7x1 para a Alemanha, todos os itens que o Sebastião havia providenciado para celebrar a grande final foram parar em um cantinho obscuro do almoxarifado.

— Não me lembre daquele desastre, amiga — Babi fez um biquinho de choro.

— Eu posso tentar pegar alguma coisa — ofereci.

— Então você cuida disso, e a Ester e eu fazemos os cartazes. Ela tem um dom para essas coisas, menina.

— Você também não fica atrás — dei um empurrão de leve em seu ombro.

— Tô animada já! — Babi fez uma dancinha.

51

— Pronta? — Laura sussurrou às minhas costas. — Tá quase chegando a nossa vez.

Dei mais uma checada no cartão sobre o Golpe Militar de 1964 em cima da carteira. Eu tinha passado os últimos três dias carregando-o para baixo e para cima. Me desafiei a lembrar do seu conteúdo sem ficar olhando para ele, mas sempre que esquecia de algum detalhe eu o tirava do bolso e o lia de novo, duas, três vezes.

Corri os olhos mais uma vez pelas frases grifadas, aquelas que eu não podia esquecer de jeito nenhum. Eram tantos detalhes! Mas não podia me dar ao luxo de esquecer ou gaguejar. Aquele trabalho teria um peso enorme no bimestre.

— Mais ou menos — sussurrei de volta.

— Vai dar tudo certo, Mabel.

Que assim seja!

Quando o trio que apresentava terminou, eu me levantei da carteira com os ombros murchos. Me despedi do cartão — meu professor detestava que a gente conferisse algum tipo de colinha durante as apresentações — e enchi o peito de ar.

Enquanto a turma aproveitava os minutos livres para colocar a conversa em dia, peguei a fita adesiva para ajudar Edu a colar o cartaz com nossos tópicos e algumas imagens no quadro. A fita se mostrou um desafio grande demais para as minhas mãos trêmulas. Ao cortar um pedaço com os dentes, ele colou nos meus dedos e eu precisei arrancá-lo com força, amassar e guardar no bolso.

— Quer que eu cuide disso? — Edu ofereceu.

— Tá — concordei, com medo de que o professor reclamasse que estávamos demorando.

Segurei o cartaz e em menos de um minuto pude colá-lo no quadro.

Laura, com sua dicção perfeita, deu início ao trabalho. Ela contou uma piadinha em meio à explicação que envolveu a turma. Aproveitei o clima marcado por risadinhas para erguer os olhos e observar a sala. Molhei os lábios quando a minha vez de falar chegou. Pela última vez, pedi a Deus que me ajudasse e compartilhei as informações que me acompanharam nos últimos dias.

A garganta ficou seca, as mãos tremeram um pouco e eu percebi, ao voltar para a minha mesa, que esqueci uma das frases destacadas, mas não tinha sido o fim do mundo ser alvo dos olhares dos meus colegas. Eu não me sentia nem um pouco confortável naquela posição, mas não poderia viver fugindo de momentos assim, não é?

Se eu me esforçava para encarar aquele medo na escola, por que não podia tentar para o Senhor? Ele tinha feito tanto por mim.

Aquele sábado estava bem cheio. Precisei acordar cedo para dar conta de algumas atividades da escola. Também perdi o maior tempão recolhendo as roupas espalhadas pelo quarto e organizando minhas coisas. Mamãe disse que minha bagunça estava "*o caos*" e não aceitou minhas desculpas para resolver aquilo mais tarde. No fim de semana passado, eu tinha dado um jeitinho, escondendo as pilhas de roupas de qualquer jeito no guarda-roupa, empurrando alguns pares de tênis para debaixo da cama e ajeitando minha coleção de CDs e DVDs sem tirar a poeira das prateleiras.

Ela deparou com "*o caos*" durante a semana e só falava disso, como um disco arranhado.

— Se deixar para depois, você não vai resolver, Mabel — e me entregou um balde com um kit de limpeza para que eu desse um jeito no meu banheiro também.

As horas voaram e, quando dei por mim, já estava atrasada para o ensaio. Meu pai me deu uma carona para que eu não chegasse atrasada demais e voltou para me buscar quando fui liberada. Mal tive tempo para beliscar alguma coisa e trocar a calça jeans por um short. Ainda mastigava quando Mateus mandou mensagem dizendo que me esperava na rua.

Com a minha cestinha de vime abarrotada, nós dois pedalamos até a arena esportiva na Praia das Conchas. Vira e mexe eu precisava me equilibrar para impedir que as cornetas, apitos e lança confetes não caíssem. A brisa de fim de tarde bagunçava meus cabelos enquanto Mateus me contava seus planos para a faculdade. Ao contrário do irmão, que tinha repulsa da ideia de um dia pendurar um diploma na parede, ele passou os últimos três anos se preparando para o Enem. Até seus hobbies tinham a ver com o curso dos sonhos — ele maratonava séries médicas no tempo livre.

Quando chegamos à praia central, o sol já começava a descer entre as árvores que cobriam as montanhas em torno da cidade, banhando a arena esportiva com seus raios dourados. A galera acompanhava das arquibancadas os momentos finais de uma partida. Em breve, seria a vez de Vini e Enzo.

Deixamos nossas bikes no bicicletário e nos esprememos entre as pessoas na arquibancada para chegar até o espacinho que as meninas haviam reservado para nós.

— Até que enfim! — Luísa mal nos esperou sentar e já nos passou um dos cartazes feitos por Babi e Ester. Suas bochechas e a pontinha do nariz estavam rosadas, já que ela estava acompanhando o torneio desde cedo.

Distribuí os itens essenciais para a nossa torcida organizada e sentei, prestando atenção pela primeira vez em quanto as minhas panturrilhas ardiam. Parecia que eu tinha passado o dia em uma maratona.

A partida acabou depois de um lance que fez os torcedores urrarem: a bola ficou sem tocar o chão por quase dois minutos. Os jogadores deixaram o espaço pingando suor. Se Enzo e Vini passassem de fase, teriam muito trabalho para enfrentar a dupla vencedora.

Os meninos mal entraram na quadra e nosso grupo se colocou de pé, gritando, balançando os cartazes e tocando as cornetas. Os dois lançaram um olhar animado para nós. Eles se preparavam para começar a partida quando Henrique chegou à arena. Ele tinha trocado a calça jeans por uma bermuda e usava uma camisa verde clara igualzinha à do rapaz gigante com quem conversava.

— Será que o Henrique vai jogar também? — perguntei para Babi.

— Tá parecendo, né?

Minha dúvida foi confirmada ao ver que ele foi até a mesa onde os jogadores estavam passando a fim de confirmar sua presença.

A partida teve início e, contagiada pela energia das meninas, guardei minha timidez em um potinho e gritei feito uma louca.

Enzo e Vini venceram o primeiro set com seis pontos de vantagem. Eu nunca os tinha visto jogar, por isso fiquei impressionada por sua dedicação e entrega. Eles se jogavam no chão, lançavam areia em todas as direções e davam soquinhos um no outro até mesmo quando erravam.

Rangendo os dentes, assistimos à sua derrota no segundo set por dois pontos. Luísa disse que tinha observado um padrão na dupla adversária e desceu a arquibancada correndo para compartilhar algumas táticas com os garotos.

Peguei uma das garrafinhas de água mineral que Babi levou em uma bolsa térmica e dei um longo gole. A água geladinha refrescou a ardência em minha garganta e aliviou um tiquinho o calor. A brisa tinha diminuído e, como estávamos amontoados na arquibancada, a minha regata colou nas costas.

— E aí, maninho? — uma voz melosa, vinda do degrau acima do nosso, quase fez com que eu me engasgasse.

Abaixei a garrafinha e engoli a água com cuidado, sem me virar.

Ao meu lado, Mateus se inclinou para trás.

— O que tá fazendo aqui? — questionou o visitante.

— Vim passar o fim de semana em casa, ué. Não posso?! — Fred soltou uma risada. — E apresentar minha namorada aos nossos pais — acrescentou, o orgulho aumentando a entonação de cada palavra.

— Fala sério — Babi resmungou baixinho.

— Oi, Mabel! — Fred me cumprimentou em tom inocente e simpático, como se fôssemos velhos amigos nos reencontrando após um longo tempo. — Nem tinha te visto aí.

Até parece!

Sem pressa, ergui o rosto e me virei. Encontrei suas esmeraldas fixas em mim. Ele forçava um sorriso inocente. Valentina, com o cabelo impecável e os lábios vermelhos, estava colada nele.

— Oi.

— Maninho, lembra da Valentina? — ele apontou para a namorada. — Ela foi lá em casa há alguns meses.

— E aí? — Mateus ergueu o queixo, cumprimentando-a.

— Olá! — a garota cantarolou. — Que prazer te reencontrar, Mabel. O Fred comentou que você tinha se machucado no acidente, né? Está melhor agora?

De onde tinha vindo aquela bondade toda, gente?

— Sim, obrigada — respondi, contendo o desejo de lhe dar uma resposta atravessada.

Fred contornou os ombros de Valentina e a trouxe para mais perto. Se continuasse desse jeito, eles não demorariam a se fundir um no outro.

— Quando a mãe disse que você tava aqui no torneio, eu não acreditei. Precisava ver com meus olhos — Fred bagunçou os cabelos do irmão. — Que milagre.

Mateus se afastou do seu toque, os lábios travados.

A água bateu mal no meu estômago.

Senhor!

Eu não podia impedir que Fred participasse de um evento da cidade, mas ele tinha mesmo que sentar tão perto da gente?

— Vocês sabem se tem mais alguma outra coisa rolando na cidade, meninas? — Valentina perguntou, mantendo o ar de inocência. — Queríamos fazer algo diferente depois do jogo.

Senti a água lutar para refazer o caminho pela garganta.

Fred levou a latinha de cerveja que segurava aos lábios. Não era permitido beber na arena, mas ao seu lado havia umas três latinhas.

— Hum... — Babi levou a mão ao queixo, parecia pensar. — Não que eu saiba — disse por fim.

Ela deu uma piscadinha discreta para mim e enlaçou meu braço.

O intervalo acabou.

Tentando esquecer a dupla sentada atrás de nós, prestei atenção em Luísa subindo as escadas. Preso pelo boné, seu rabo de cavalo balançava. Seu rosto se contorceu em uma careta quando ela notou os pombinhos.

— Que babaca — Lu resmungou ao passar por mim.

Os meninos voltaram a marcar pontos, alguns espetaculares, mas eu não tinha a mesma energia de antes para me colocar de pé e gritar. Permaneci sentada, tocando a corneta amarela de vez em quando.

Fred estava tão perto que eu podia sentir o cheiro refrescante do seu perfume. Inspirá-lo me fez lembrar as cócegas provocadas em minha barriga pelas borboletas... Sondei meu coração à procura de algum sinal delas, mas não havia nada além de arrependimento.

Apesar de não nutrir mais sentimentos por ele, sua atitude me magoava. Havia necessidade de esfregar a namorada na minha cara? Amassei a garrafinha vazia em minhas mãos.

Eu precisava sair dali.

— Vou lá embaixo comprar um refrigerante — avisei me colocando sobre os pés. — Vocês querem alguma coisa?

— Não, amiga. Daqui a pouco a gente vai lá — Ester respondeu, entendendo que eu só precisava tomar um ar.

52

Deixei a arena e comprei uma latinha de refrigerante de laranja em um quiosque, só para ter uma desculpa para ficar ali fora um tempo. Enfiei o canudinho e beberiquei a bebida gelada, deixando que a brisa, que tinha voltado, refrescasse meu rosto.

Pensei que não veria Fred tão cedo.

Quando Mateus me contou naquele dia no cinema que o irmão tinha encontrado trabalho no Rio e ficaria por lá, fiquei aliviada (sério). Teria sido mais complicado superar meus sentimentos se esbarrasse com ele toda vez que saísse de casa. Fora aquela tentativa de voltar a ser meu amigo no Facebook, não vi mais sinais dele. Mateus pareceu entender que eu não queria falar sobre o irmão, e nunca mais tocou no assunto.

Mas ali estava Fred, com uma namorada a tiracolo.

Caminhei pela orla, me afastando alguns metros da arena. Sentei em um banquinho, prestando atenção no ritmo das ondas. Algumas estrelas pipocavam no horizonte.

Um par suado e fedido de mãos cobriu meus olhos.

De novo, não.

— Solta, Fred — ordenei.

Liberando uma risadinha, seus dedos escorregaram e apertaram meu queixo. Me afastei de seu toque e me levantei depressa, louca para ficar bem longe dele, mas Fred pulou por cima do banco e parou bem na minha frente, me impedindo de andar.

— Sai, Fred! — Empurrei seu peito, mas ele era muito mais forte do que eu.

— Calma aí, marrentinha. Só quero trocar uma ideia — ele me pressionou contra o concreto frio. O cheiro azedo de cerveja feriu meu nariz.

— Se você não me soltar, eu vou gritar — ameacei, olhando ao redor.

O quiosque estava vazio, a não ser pelo dono que ajeitava alguma coisa na pia de costas para nós. Da arena, vinham gritos e aplausos. No calçadão, algumas pessoas caminhavam, mas a quase um quilômetro de distância.

Uma sensação de medo foi subindo por minhas pernas.

— Você ainda não aprendeu a relaxar, né? Já disse, só quero conversar.

— Não temos nada para conversar! — me remexi, tentando me livrar das mãos suadas que seguravam meus braços.

— Pensei que seu castigo só acabaria quando fizesse dezoito — ele zombou. — Mas você deve ter passado a perna nos seus pais. É boa nisso. Aposto que tá usando a turminha da igreja só para escapar.

— Você não sabe de nada, Fred — disparei. — Por que não volta pra Valentina? Sua namorada sabe que você tá aqui me perturbando?

— Valentina, Valentina... — ele riu. — Eu menti, sabia? Estava saindo com ela também. — Fred levantou um ombro em descaso. — Você não faz ideia de como ela ficou furiosa quando eu disse que te levaria naquele passeio.

Soltei um suspiro.

Por que ele tinha que ser tão idiota?

E pior: como eu tinha me apaixonado por ele?

— Não importa mais, Fred — falei liberando uma lufada de ar, cansada.

— *"Eu não quero te dividir com ninguém, Fred"* — ele forçou uma imitação barata, os olhos revirando.

— Mabel? — alguém gritou por mim.

Era Henrique.

Minhas bochechas pegaram fogo.

Ouvi seus chinelos baterem contra o calçadão.

Fred apertou os dedos em torno do meu braço.

— Me solta — pedi entredentes.

— Você acha que eu tenho medo desse cara? — Fred desdenhou. — Quem é ele? Vocês tão juntos? — seus olhos reluziram.

— E faz alguma diferença? — sibilei.

Henrique parou atrás dele.

— O que está acontecendo aqui? — quis saber.

— Não é da sua conta, irmão — Fred usou um tom feroz que eu nunca tinha escutado antes. — Cai fora.

Qual era a dele, hein?

— Está tudo bem, Mabel? — Henrique o ignorou. Seus olhos castanhos estavam apertados de preocupação.

Engoli minha vergonha e fui sincera:

— Não. — Eu já sabia que o humor do rapaz à minha frente era como uma caixa de pandora. Não podia lidar com ele sozinha.

— Você ouviu a garota. Solta ela — Henrique pediu, a voz tranquila.

— Só porque você tá mandando? Quem é você? — esnobou. — Tá saindo com esse aí escondido também, Mabel?

Fechei os olhos por alguns segundos.

Até quando o passado me perseguiria?

Voltei a encarar Fred, a minha fábrica de lágrimas trabalhando a todo vapor.

Henrique respirou alto e balançou a cabeça antes de levar uma mão ao ombro de Frederico, que soltou uma risada com seu toque.

— Você tá a fim de confusão, né? — Fred o provocou.

— É a última coisa que eu quero, mas não vou fugir se ela aparecer.

Outros passos ecoaram pela calçada seguidos pelos gritinhos de preocupação das minhas amigas. Elas se aproximavam ladeadas por Mateus e o rapaz que competiria no torneio com Henrique.

— Tá maluco, Fred? — Mateus o indagou, os olhos sobressaltados destacando sua decepção com o irmão.

— Por favor — pedi, olhando-o nos olhos. — Vamos acabar com essa cena boba.

— Eu vou chamar a polícia! — Babi gritou.

— São dois contra um, irmão — anunciou uma voz desconhecida por cima do ombro de Fred. O amigo de Henrique. — Tem certeza?

Fred apertou um pouco mais as mãos em torno do meu braço e mordeu o lábio inferior. Seus dedos foram relaxando aos poucos até me soltar. Lançou uma olhadela de desprezo em minha direção e se virou, chocando o ombro contra o peito do canoísta.

— Cuidado com essa aí, mano — ele me espiou por cima do ombro com frieza. — Ela pode ferrar com sua vida num piscar de olhos — alertou.

Naquele momento, desejei que um buraco se abrisse na calçada e me engolisse.

Fred foi embora, finalmente.

Babi preencheu o espaço deixado por ele e passou os olhos por mim, questionando se eu estava bem.

— Só preciso ir pra casa.

— Pode deixar que eu te levo, Mabel — Henrique ofereceu, ainda me encarando com cuidado e preocupação.

— Mas e o torneio? — O barulho da arena me fez lembrar que uma partida de vôlei ainda esperava por ele.

O rapaz de cachos castanhos deu de ombros.

— Fica pra próxima.

— Não, não precisa — recusei, grata demais pelo que ele e o amigo fizeram por mim.

— Se eu conheço bem o Henrique, moça — seu parceiro começou a dizer —, ele não vai pisar naquela quadra enquanto não souber que você está segura em casa.

— Ouviu, né? — Henrique cruzou os braços e deixou sua covinha solitária dar o ar da graça.

Me abracei.

— Não quero atrapalhar.

— Não vai, Mabel — ele garantiu. — Se preferir, as meninas podem ir também. Deixo todo mundo em casa — ele tirou o chaveiro do bolso.

— Ela prefere, sim — Babi respondeu por mim e, segurando minha mão, me conduziu até a caminhonete de Henrique.

53

Sebastião pediu que eu fosse até a Sete Mares buscar uma encomenda que ele havia feito para a reunião de pauta. Alguma coisa tinha acontecido com o entregador da dona Vera, e o braço direito do meu pai não se deu ao trabalho de me contar o que era, apenas disse que as entregas estavam atrasadas.

O editor-chefe tinha começado a namorar e andava bem felizinho esses dias. Os lanches eram uma prova disso. O máximo que ele se preocupava em servir para a equipe durante essas reuniões era um café amargo que ele pedia a algum dos estagiários para fazer — eu mesma fiz duas vezes e tinha ficado horroroso —, além das rosquinhas de leite condensado que meu pai sempre comprava e espalhava pelas copas de cada setor.

Próxima ao balcão, beberiquei meu frappuccino enquanto dona Vera conferia as sacolas com os pedidos do Tritão. Eu tinha parado na direção do ar-condicionado, só para deixar que ele me ajudasse a esquecer o sol que precisaria encarar no caminho de volta. Mas o ventinho que refrescava minha nuca parou. Me virei, confusa, só para deparar com Henrique — seus cachos grudavam na testa, que reluzia com uma camada generosa de suor.

— Desculpe, mas você parou no meu lugar favorito — ele uniu os lábios, mas não conseguiu esconder a sombra de um sorriso.

— Não havia uma plaquinha de reservado, então como eu podia saber? — encolhi os ombros.

Embora tenha correspondido à brincadeira, eu só queria já ter recebido minhas sacolas para dar o fora dali. Não queria encarar Henrique depois da cena que ele vira no fim de semana.

Lembranças daquela noite encheram minha mente. Henrique abrindo a porta da caminhonete para que eu entrasse, o silêncio que pairou no carro cheio, o cheirinho de alecrim liberado pelo difusor se misturando à maresia que entrava pelas janelas e bagunçava nossos cabelos, o rapaz cumprimentando meu pai e contando o que tinha acontecido enquanto mamãe me puxava para um abraço e afagava minhas costas.

Meu Deus. Que vergonha!

— Ela nunca lembra de colocar — ele balançou a cabeleira, fingindo repreender dona Vera. — Falando sério agora. Como você está?

— Tô bem — eu estava me esforçando para isso, pelo menos. Muito, na verdade.

Eu tinha passado as últimas noites jogada na cama, assistindo a um episódio atrás do outro e me entupindo de besteiras. Uma sensação de culpa esmagando o peito. Eu me sentia tão idiota por ter me envolvido com Fred. Onde eu estava com a cabeça? Ele era um babaca e os sinais estavam lá desde o início... Como eu não vi?

Mas Henrique não precisava saber nada disso.

— Fico aliviado em saber. De verdade.

— Aliás, muito obrigada por sábado, viu? Você meio que salvou a minha vida.

— Não é nada comparado ao que você fez por mim, lembra? Vai ser difícil acertar essa conta — ele fingiu calcular, a íris de um chocolate tipo Nutella dançando para lá e para cá.

Foi a minha vez de repreendê-lo com um balançar de cabeça.

— Fiquei feliz quando o Marcus me disse que você topou solar a canção.

— Ah — minha voz morreu. Eu não tinha mais certeza se cantar seria uma boa ideia.

Eu voltei a ser assunto na cidade depois que alguém, que assistiu ao que rolou entre mim e o Fred na praia de longe, espalhou mais um capítulo daquela história por aí.

Esse pesadelo não teria fim?

— Eu posso te ajudar a passar a música — ele sugeriu. — É só você chegar alguns minutinhos mais cedo antes do ensaio. O que acha?

Batuquei a tampinha do meu copo.

— A verdade é que... — cocei a garganta, reunindo coragem para falar. — Não tenho certeza se estou pronta. — Mas não encontrei o suficiente para dizer a verdade.

— Acredite em mim: você tem tudo o que precisa — seus lábios formaram um sorriso encorajador.

Encarei o chão.

Eu não podia contar.

— Não é isso, não é?

Troquei o peso de perna.

— Você já deve... Ter ouvido sobre o que aconteceu comigo há alguns meses, não é? A cidade inteira falou sobre isso.

— O acidente?

Minhas bochechas aqueceram. Tive medo de erguer o rosto e deparar com seus olhos, mas quando o fiz só encontrei empatia.

— Ele é só a ponta do iceberg. Enfim, não acho que as pessoas queiram ver uma garota que errou tanto conduzindo o louvor num culto à noite — confessei. — Pensei que se eu cantasse com os outros sopranos pudesse passar despercebida, mas... A volta do Fred e aquela confusão no sábado só fez a história voltar para a boca do povo.

Henrique coçou a testa.

— Sabe Mabel, eu já tive minhas próprias experiências com as trevas... — seus lábios, que antes me encorajavam com um sorriso, se tornaram uma linha fina. Os olhos percorreram a cafeteria, distantes. — Na época da faculdade, eu me vi cansado de ser o único garoto cristão da república. Aquele que era zoado por passar as noites enfurnado no quarto estudando, enquanto todo mundo estava curtindo a vida. Fiz minhas próprias escolhas e não me orgulho delas. Foi muito difícil voltar para os braços do Senhor — ele cruzou os braços. — E mesmo depois que eu me rendi, ainda me sentia indigno o tempo todo, entende?

Assenti. Eu conhecia muito bem aquela sensação.

— Qualquer coisa me fazia questionar o amor de Deus por mim e quem eu era — ele passou a mão pelo pescoço. — Principalmente a opinião das pessoas à minha volta. Mas Deus foi paciente comigo e me ensinou que não importava o que os outros pensassem ou o que o meu passado gritava sobre mim. Só ele podia dizer quem eu era de verdade. E ele, bom, ele me chamou de filho — seu sorriso voltou, iluminando todo o seu rosto moreno.

Pigarreei, lutando para meus olhos não se tornarem duas poças.

— Mabel? — dona Vera me chamou. — Está tudo certinho — ela colocou as sacolas de papel com o logotipo da cafeteria no balcão.

— Hum — limpei a garganta. — Obrigada, dona Vera.

Ela acenou, satisfeita, e se afastou na direção de uma mesa onde um casal a esperava com alguma dúvida sobre o cardápio.

— Acho que eu te atrapalhei, né? — Henrique apontou para o meu café gelado.

Saquei sua tentativa de melhorar o clima.

— Que nada — abanei a mão, grata pela distração.

Antes de pegar as sacolas no balcão, abri uma delas e coloquei meu copo entre os potinhos de pães de queijo. Henrique se aproximou e pegou uma delas, me ajudando a arrumá-las nos braços. Ele cantarolou baixinho:

> *Que o caminho será escuro,*
> *mas que Cristo é a luz do mundo*
> *Deixe ele te falar quem você é.*
> *Que a Palavra te desfaça,*
> *que te afogue em sua graça,*
> *só a cruz esconderá quem você não é.**

A caminho do Tritão, tentei me lembrar da música. A maior parte das frases evaporaram, mas um trechinho minha mente guardou e deu replay até que eu pude sentar em um dos computadores da redação e pesquisar a letra: "só a cruz esconderá quem você não é".

Os versos de "17 de janeiro" ainda martelavam na minha cabeça quando mamãe bateu à porta. Eu estava pronta para assistir a mais um episódio de *Once upon a time*. Mutando a tevê, deixei que ela entrasse. Mamãe carregava um balde de pipoca, um saquinho de M&Ms e um pote de sorvete.

— Será que cabe mais uma nessa cama? — questionou.

— Talvez — meneei a cabeça e cheguei para o lado.

*Os Arrais, "17 de janeiro".

Enquanto me passava o balde, minha mãe quis saber o que eu estava vendo. Levando algumas pipocas quentinhas a boca, fiz um resumo da história. Ela gostou da premissa de ver os contos de fadas sendo trazidos para o mundo real, mas me fitou com uma careta quando soube que a minha personagem favorita era a Rainha Má. Garanti que não tinha como não se apaixonar pela personagem e que não precisava de muitos episódios para isso. Mamãe ficou curiosa para conferir.

— É, dá para entender por que você gosta tanto dela — mamãe disse, enquanto os créditos subiam na tela preta.

— Viu? Ela está caminhando para uma jornada de redenção — joguei as últimas pipocas na boca.

Spoilers nunca foram um problema para mamãe, por isso respondi a todas as suas dúvidas quanto à série e compartilhei minhas expectativas para os próximos episódios da terceira temporada.

Minutos depois, ela passou a mão por cima dos meus ombros e me puxou para perto.

— Escuta, filha. Ver você tão tristinha tem partido meu coração — admitiu.

— Desculpe, é só... — soltei o ar. — Sabe quando você sabe o que precisa fazer, mas não consegue? — mamãe assentiu. — Eu sei que já deveria ter superado essa história com o Fred, só que não consigo deixar de me sentir... culpada — dei nome ao monstrinho que fez meu estômago coçar ao decorrer daquela semana. — Eu fui tão burra, mãe. Tão idiota!

Com a mandíbula contraída, travei as mãos em punhos cerrados, as unhas pressionando as palmas.

— Não diga isso, querida — mamãe puxou uma das minhas mãos e envolveu-a com carinho, desfazendo o punho. — Você fez escolhas erradas? Fez. Mas o mais importante é que você se arrependeu e corrigiu sua rota. Você passou anos carregando um fardo por termos ido parar no hospital quando eu estava grávida das suas irmãs, não foi? Agora que se livrou dele, não precisa pesar suas costas com outro, Mabel. Nem mesmo deve se sentir culpada pelo Fred ser como ele é.

— Mas como eu não notei, mãe? Quando eu olho para trás, percebo os sinais lá, entende? — escondi meu rosto rubro em uma almofada de emoji.

As mãos dela percorreram meu cabelo enquanto os lábios soltaram um estalo baixo.

— Você se apaixonou, meu amor. Por isso foi tão difícil ver os sinais. Isso também aconteceu comigo. Eu não vi as mentiras, a manipulação, não percebi como aquela relação me afastou das pessoas que mais me amavam — a voz de mamãe soou tão tristonha.

Eu sabia o quanto ela detestava falar daquele relacionamento. Ao passar dos anos, tudo o que ouvi sobre aquela história foram alguns fragmentos, contudo ali estava ela abrindo seu coração. Só para me ajudar.

— Eu amava tanto aquele rapaz que passei a acreditar que merecia ser tratada com desprezo, sabe? Nunca passava pela minha cabeça que o problema era ele e o seu caráter tortuoso. Sempre era eu. Quando a chave virou e eu finalmente entendi, mergulhei em um poço de culpa que por muito pouco não tirou minha vida — as lágrimas a impediram de prosseguir.

Levantei o rosto molhado e me aconcheguei em seu peito.

— Não é hora de ouvir as palavras maldosas daquele garoto, nem as acusações do seu passado, filha — ela fungou. — Se der atenção a elas, você não deixará que seu coração ferido seja curado. Lembra de como você tinha mania de arrancar a casquinha dos seus machucados sempre que eles cicatrizavam?

— Isso te deixava louca — as lembranças fizeram um sorriso brotar entre os riachos que marcavam minhas bochechas.

— Porque você se machucava de novo e tornava a cicatrização muito mais difícil — mamãe uniu os lábios e me recriminou com os olhos, mas logo correspondeu ao meu sorriso. — Se viver apegada ao passado, fará a mesma coisa com seu coração. É hora de prestar mais atenção no que Deus diz sobre você — me aconselhou, um eco do que Henrique tinha dito aquela tarde. — Você é uma filha amada, uma pedrinha preciosa que o Senhor deseja proteger. Um relacionamento tóxico deixará algumas marcas que podem levar tempo para sarar, mas ele não tem poder para definir quem você é nem a sua história.

— Tenho tentado me lembrar do que ele diz, todos os dias. Mas a culpa... Não consegui me livrar dela. E pensar que as pessoas estão comentando sobre mim por aí só dificulta um pouco mais as coisas!

— Que tal pedirmos ajuda ao Senhor? — ela sugeriu. — Temos um Advogado no céu que conhece muito bem as nossas dores. Ele mesmo provou muitas delas. Posso orar por você?

— Por favor — pedi.

Coçando a garganta, mamãe limpou as lágrimas.

— Senhor, eu sei que tens a Mabel gravada na palma de tuas mãos — as mãos dela me apertaram um pouco mais. — Sei que tu a viste quando ela ainda estava sendo gerada em meu ventre e que já a amavas antes que Richard e eu escolhêssemos um nome para ela...

As palavras de mamãe começaram a acalmar o mar tempestuoso em minha cabeça.

— Sabemos que tu te importas. Por isso, nesta noite, quero pedir que tuas mãos poderosas tomem o coraçãozinho da Mabel e o envolvam. Cura, Pai, cada uma das feridas que ela colecionou e permita que flores brotem das cicatrizes. Tu és o Deus conhecido por transformar o mal em bem, por isso eu te peço que tragas propósito para esses capítulos cinzas, a fim de que a Mabel cresça com tudo que aconteceu. Também clamo, Pai, para que as vozes mentirosas que têm roubado a paz dela sejam silenciadas e que a tua voz amorosa ecoe mais alto, fazendo-a entender quem ela é aos teus olhos. Em nome de Jesus, amém.

Mamãe continuou coladinha em mim depois da oração. Dando um basta nas maratonas sem fim, desliguei a tevê, aproveitando para conversar com ela sobre a escola e os ensaios do grupo de louvor. Ela ainda estava ali quando eu peguei no sono.

54

O assobio suave de Henrique me alcançou no corredor e emba-
lou meus passos até a sala de música. Ao chegar à porta, o encontrei de costas, montando o teclado. Seus cachos, um pouco
úmidos, estavam menos desengonçados dessa vez.

— Oi — meu tom inseguro encheu a sala.

Ele se ergueu e se inclinou em direção à minha voz.

— Você veio mesmo — sua covinha me deu boas-vindas.

Ergui os ombros e correspondi ao seu sorriso.

Até essa manhã, eu tinha certeza de que não chegaria mais
cedo para treinar com Henrique, mas ao sentar com meu violão
na varanda, durante o devocional, senti um calor envolver o meu
coração. Era tão forte que não consegui ignorar. Não era o meu
prazer em tocar. Nem o medo, a insegurança ou a timidez. Era
alguém maior que meus monstros. Sua presença fez o meu peito
inteiro queimar, as mãos pegarem fogo e um sorriso incontrolável não deixar meus lábios. Não segurei as lágrimas. Elas rolaram
molhando o corpo do violão.

Ele me fez ter certeza de que eu não estava sozinha.

— É, eu vim — meu sorriso aumentou.

Enquanto me perguntava sobre a semana e pedia atualiza-
ção das traquinagens do Paçoca, Henrique pegou duas cadeiras
e as colocou perto do teclado, me orientando a sentar em uma
delas. Gargalhou ao saber que, por um descuido meu, o filhote
tinha pegado uma das minhas apostilas da escola e arrastado pela

casa inteira, fazendo dela um aglomerado de páginas amassadas e babadas.

— Eu jurava que esses dias tinham acabado, sabe? — suspirei. — Levei muita bronca na escola por causa das mãozinhas ardilosas das minhas irmãs.

— Os benefícios de ser o filho mais velho. Conheço muito bem.

— Irmãs ou irmãos?

— Uma irmã. Glitter para todo lado — deu uma enrugadinha no nariz. — Bom, vamos começar? Daqui a pouco o povo chega. Você ouviu a canção?

— Umas mil vezes — sorri de nervoso.

— Que aplicada — ele me elogiou com um biquinho charmoso. — Vamos passar uma vez. Se precisar, eu te dou uns toques. Pode ser?

"Pai nosso" ganhou vida nas mãos de Henrique, e eu esperei o momento certo de entrar. Ele me olhava de lado, balançando a cabeça no ritmo da música. Senti umas cócegas na barriga, elas cresceram, abaixando a temperatura lá dentro.

Perdi a entrada.

— Desculpe — pedi, o rosto avermelhando.

— Não esquenta — disse ele, recomeçando a melodia.

Dessa vez, ele desviou os olhos, dedicando sua atenção ao teclado e eu consegui começar. Com medo de me desconcentrar de novo, fechei os olhos e me rendi à canção.

— Desafinei, né? — chequei, ainda de olhos fechados.

— Nada grave, Mabel.

Pisquei, tentando me acostumar com a luz branca.

— Certeza?

— Absoluta. Se você puder vir mais cedo nos próximos sábados, vamos deixar a música redondinha.

— Beleza.

Henrique me deu algumas orientações e passamos a música mais duas vezes. Eu ainda desafinei um pouquinho, mas ele, um poço de paciência, garantiu que trabalharíamos nisso nos próximos encontros.

— É mais confortável de olhos fechados? — ele quis saber.

Aposto que meu rosto ficou igualzinho a um tomate.

— É mais fácil — confessei arranhando um trecho da unha onde o esmalte azul oceano descascava.

— Eu também fazia isso quando comecei, acredita?

— Você? — encarei-o com a testa franzida.

— Eu era uma daquelas crianças que só conseguem mover os lábios nas apresentações da igreja, Mabel.

— Fala sério, Henrique — cerrei os olhos, com dificuldade para acreditar.

— Ou que só pega o papel de árvore nas apresentações de teatro — acrescentou. Ele se colocou de pé e abriu os braços em uma tentativa boba de imitar uma árvore. A atuação, com direito a caras e bocas, me roubou uma risada.

— Olhando pra você, não dá pra levar a sério.

— Então, Deus tem trabalhado direitinho em mim — ele brincou.

— Isso me dá esperança — esfreguei as mãos.

— Gosto de pensar que nossas limitações são pequenos lembretes de Deus — disse ele em um tom mais solene. — Elas nos lembram que somos simples vasos de barro, Mabel. O tesouro que carregamos é o Senhor. Quando ele nos usa apesar dessas imperfeições, mostra ao mundo que quem faz é ele, não nós.

— Vou tentar não me esquecer disso.

— Se precisar, eu posso te ajudar a lembrar — ele ofereceu.

A sala não demorou a encher. A melodia suave do teclado deu lugar às piadinhas de tio do grupo de tenores, aos gritinhos escandalosos da Babi enquanto eu contava sobre o ensaio com o Henrique e a conversinhas paralelas.

Marcus suou para nos conter.

— Vamos, pessoal. Vamos! — ele bateu palmas, mas a bagunça continuou.

— Amiga, depois você precisa me contar isso direito. Detalhe por detalhe — Babi cochichou.

Bati em seu braço com meu cotovelo. Eu já tinha contado tudo que havia para contar.

— Temos muito trabalho a fazer — Marcus insistiu um pouco mais alto. — Já que você não para de cochichar, Bárbara, que tal orar para começarmos?

Minha amiga respirou alto, provavelmente se sentindo insultada, e puxou a oração.

— Bom, antes de darmos início ao ensaio — disse Marcus, alguns minutos depois —, quero informá-los de que Henrique e eu decidimos que duas das canções de nossa primeira apresentação serão soladas por dois de vocês.

A novidade trouxe as conversinhas paralelas de volta.

Babi me cutucou, empolgada.

— Sério, Marcus? — Jade se remexeu na cadeira.

— Como vocês vão escolher? — Jey perguntou com uma voz fina que não escondia sua animação.

— Tadinha — Babi soltou uma risadinha.

— Você tá muito Luísa hoje — censurei, travando os lábios para não sorrir.

— Nós já escolhemos — Marcus informou e fez alguns segundos de suspense. — Mabel e Gustavo irão solar desta vez.

Todos aqueles pares de olhos se dividiram entre olhar para mim e Gustavo, o tenor de um metro e oitenta com cabelo espetado.

— Quê? — Jey me fuzilou. — Por que a Mabel?

Marcus ajustou a postura e passou a mão pelo rosto. Ele parecia um pouco cansado hoje.

— Escolhemos a Mabel e o Gustavo, Jey — Marcus começou a se explicar, embora estivesse na cara que não julgava necessário —, porque as músicas ornam com a voz deles, e eles têm mais experiência do que o resto do grupo.

— O Gustavo canta na igreja, tudo bem, mas a Mabel...? — seus olhos quase fugiram das orbitas.

— É, nada a ver — Jade apoiou a irmã.

— A Mabel fez aulas de canto por anos, Jey — Henrique se intrometeu e me lançou um olhar de não-ligue-elas-estão--exagerando.

— Escutem — Marcus exigiu nossa atenção. — O Gustavo e a Mabel vão solar desta vez, e fim de papo. Todos terão essa mesma oportunidade em outras apresentações. Não se preocupem.

— Isso não é justo! — Jey bateu o pé.

Apoiei as mãos nas laterais da cadeira e deixei que minha frustração escapasse pelos dedos que envolveram o ferro gelado. Me segurei para não dizer: *"Pode cantar no meu lugar, Jey"*.

Se ela queria tanto...

Mas se Marcus e Henrique quisessem que ela cantasse, não teriam me escolhido, né?

Ignorando as queixas da garota, Marcus deu início ao ensaio.

55

— Já ouviu alguma música da Marcela Taís, Mabel? — no banco da frente, Babi se reclinou, a mão apoiada no banco do motorista.

Vasculhei a mente à procura do nome.

— Ainda não — joguei um pedacinho de Club Social de pizza na boca.

— Quê? — espremida entre mim e Ester no Uno verde limão de tia Vânia, Luísa se chocou.

— Precisamos mudar isso — Babi empertigou os ombros e se voltou para o rádio do carro.

— É um marco na vida de toda garota cristã — Ester ressaltou a importância.

— Hoje eu tô mais no clima do Pregador Luo, só ele pra me acordar — Luísa apontou para os olhos gordinhos de sono. — Mas faço uma exceção pra você, amiga.

— Mas nem é você que está no controle do rádio — a doce Ester implicou.

— Eu já sou de casa, gata — Luísa deu uns tapinhas na perna dela.

Havíamos acordado cedo para pegar a estrada. Passaríamos o domingo em um sítio com a juventude. Pela manhã, teríamos um momento de comunhão com louvor e palavra. Depois, ficaríamos livres para aproveitar a piscina e as quadras de vôlei e futebol.

— Tá bom, vai. Quero ver se essa Marcela Taís é tudo isso mesmo.

Babi deu play e uma melodia gostosinha voou pelas janelas abertas. O CD mal havia chegado na metade e eu já estava apaixonada. Acrescentei o nome da cantora no meu bloco de notas — a listinha não parava de crescer.

Não passava de 7h30 quando tia Vânia nos deixou no sítio. Ela repetiu o mesmo discurso da minha mãe: cuidado com a piscina, passem protetor, não esqueçam de tomar água, obedeçam a Fernanda. E só deu partida no Uno depois de dar uma olhadinha em cada uma de nós para ter certeza de que entendemos as condições.

— Tchau, tia — Ester, Luísa e eu nos despedimos juntas.

— Até mais tarde, mãe — Babi revirou os olhos discretamente.

Fernanda aproveitou que fomos as primeiras a chegar para nos atribuir algumas tarefas. Pediu que ajudássemos a cortar alguns pães e distribuir as bandejas com o café da manhã na longa mesa de madeira onde a juventude se serviria. Os pães crocantes e cheirosos e as fatias de muçarela se tornaram uma tentação grande demais para Luísa — seu estômago roncava alto o suficiente para todas nós ouvirmos, embora ela tivesse comido metade do meu pacote de Club Social —, e ela foi ajudar Túlio, o marido da nossa líder, a distribuir as cadeiras de plástico.

Entre os carros que foram entrando no estacionamento, vi a caminhonete de Henrique. Em nosso último ensaio, ele mencionou que Fernanda tinha convidado ele e um grupo de amigos para conduzir o louvor. Os cinco saltaram do veículo e descarregaram os equipamentos.

— O Henrique tem uma banda? — Babi acompanhou meu olhar. — Não sabia.

— Ainda não é bem uma — esclareci. — Por enquanto, é só um grupo de amigos cantando juntos. Palavras dele, não minhas. Mas eles já têm sido convidados para tocar em algumas igrejas.

— Hum, que legal.

Ao passar carregando a case do seu violão e uma caixa de som, acompanhado dos amigos, Henrique nos cumprimentou.

Eu não fui a única que amou o repertório que Henrique e os amigos trouxeram. Eles foram de "1000 graus" a "Vitória no deserto", de "Árvores de bons frutos" — para o surto de Luísa — a "Vai valer a pena". A ministração de Henrique nos fez tirar os pés do chão, apesar do sono, e levou alguns de nós às lágrimas em alguns momentos — inclusive eu. Conhecer o coração de Jesus estava me transformando em uma manteiga derretida, viu?

Quando chegou a vez de Túlio compartilhar a palavra, ele passeou pela história de Daniel, mostrando como ele e os amigos conseguiram permanecer fiéis ao Senhor mesmo após serem arrancados de sua terra natal e família para viver na Babilônia, uma terra marcada pela idolatria e pecado. Túlio demonstrou como o conhecimento que os meninos tinham de Deus foi essencial para que preservassem a fé. Sua fidelidade permitiu que vivessem os propósitos do Senhor e experimentassem feitos extraordinários, como sobreviver à fornalha ardente e à cova dos leões. Ele nos encorajou a não ter medo de nos posicionarmos como filhos de Deus e fazermos a diferença independentemente do lugar onde estivéssemos: escola, faculdade, rodinha de amigos, trabalho ou até mesmo a igreja.

Após o almoço, Enzo, Vini e Luísa convenceram o resto da nossa turma a jogar três cortes no gramado. Mateus se distraiu conversando alguma coisa sobre a escola com Ester e foi o primeiro a ser queimado.

— Deixa pra ser nerd depois, cara — Vini o zoou quando o garoto abaixou no centro da roda reclamando.

Em uma nova jogada, a bola passou por Luísa e Babi, que a lançou para Enzo. Tentei me desviar dela o mais rápido que pude ao perceber que ele a cortou na minha direção. Relaxei os ombros, aliviada, quando ela passou alguns centímetros acima da bandana branca com desenhos delicados de águas-vivas que enfeitava meus cabelos.

— Rá-rá, não foi dessa vez — cantei vitória e corri para pegar a bola de vôlei que rolou para os pés de uma árvore. Antes que as minhas mãos a envolvessem, porém, Henrique a ergueu.

— Será que a gente pode entrar? — brincando com a bola, ele apontou para os amigos. — Podemos esperar a partida acabar, se vocês acharem melhor.

— Acabamos de começar — respondi. — Além disso, o Mateus vai amar não precisar ficar agachado, porque os meninos sempre o deixam mofando um tempão.

Mateus ficou tão feliz que até trocou um *high-five* com Henrique. Ele ficou muito mais esperto dessa vez, e não foi o primeiro a ser queimado. Bruno, o baterista, cortou a bola em Enzo sem dó nem piedade. O jogo seguiu, e Babi, Ester e um dos amigos de Henrique foram cortados, enchendo o bobinho.

Um pouco depois, Luísa jogou a bola para mim, era a minha vez de cortar. Pulei para pegar a bola, mas não foi o suficiente. Ela passou por mim e encontrou as mãos de Henrique, que esboçou um sorriso travesso antes de rebatê-la em minha direção.

— Foi mal, Mabel — ele pediu, mas pelo brilho em seus olhos, eu soube que ele estava curtindo cada segundo daquela cena.

Cerrei os olhos.

— Você vai ver! — ameacei.

Ao som de sua risada, me abaixei entre Babi e Ester. Nós três ficamos apelando para que alguém fosse generoso o suficiente para acertar a bola em nós e nos tirar de lá.

— Ih, lá vem as chatas — as sobrancelhas bem definidas de Babi nos revelaram a aproximação das gêmeas.

Não era possível.

— Será que a gente pode jogar também? — Jey pediu, os dedos brincando com uma mecha rosa.

— Se vocês não ligarem de esperar — Vini ajeitou o boné.

— Poxa, Vini — Jade resmungou. — Deixa a gente entrar de uma vez.

— Se quiser jogar, tem que esperar — Lu decretou, sem paciência.

Jey cruzou os braços e revirou os olhos. Resmungando alguma coisa com a irmã, sentou debaixo da sombra de um pé de manga.

— Babi! — Luísa chamou a amiga. — Será que eu tô vendo coisa? — falou um pouco mais baixo.

— Garota! — Babi soltou uma risada anasalada repreendendo Luísa.

— O que foi? — Ester perguntou.

— É que a gente nunca viu em... — ela parou para contar. — Cinco anos em que as JJ estão na igreja, elas jogando bola.

— Sempre tem a primeira vez, né? — Ester pontuou, seu tom inocente me pareceu um pouco forçado.

— Você sendo irônica, Ester? — cheguei. — Andar com a gente tá te estragando.

Ela deu de ombros e, para sua sorte, o Mateus errou de propósito, acertando-a só para tirá-la do bobinho. Babi e eu trocamos um sorriso de estão-apaixonados-não-adianta-esconder enquanto a garota levantava.

— Que mão frouxa é essa, Mateus? — Luísa zangou com ele.

Algum tempo depois, com o rosto vermelho, Vini virou o boné para trás, ainda saboreando o gostinho da vitória. Limpando as mãos sujas de terra, voltei para o meu lugar entre Bárbara e Henrique.

— É melhor abrir o olho, Henrique — desafiei.

— Que isso, Mabel? — ele levou a mão direita ao peito. — Não esperava tanto ressentimento de você.

Ele tirava sarro da minha falta de perdão quando Jey surgiu pedindo que eu chegasse um pouquinho para o lado.

Aff, que garota folgada!

Uma nova partida começou. Seria difícil tentar queimar o Henrique com a Jey em meu caminho, por isso tive que mudar meus planos. Consegui cortar em Babi e por muito pouco não fiz a Ester ir para o bobinho também. Do outro lado, Luísa e Enzo trocaram algumas farpas que me fizeram rir. Virei o rosto para checar onde a bola estava quando fui surpreendida.

O pontinho amarelo voou em um trajeto perfeito, chocando contra o meu rosto antes que eu tivesse a chance de me abaixar.

56

A bola atingiu meu rosto com força, acertando em cheio meu lábio inferior. Cambaleei para trás, a dor reverberando pelas bochechas. Um gosto forte de ferro encheu minha boca.

Ouvi gritinhos ao longe e vários "está tudo bem?", como se eu estivesse escutando uma música alta demais em meus fones de ouvido.

Um filete de sangue escorreu, manchando minha blusa branca.

Um par de mãos fortes envolveu meus ombros, me virando e me mantendo de pé. O rosto de Henrique encheu todo o meu campo de visão.

— Você tá bem, Mabel? — sua voz sobressaiu entre as demais.

Levei a mão à boca, sentindo o sangue quente.

— T-tô — respondi.

Pisquei, tentando conter as lágrimas.

— Deixa eu ver, Mabel — Babi pediu surgindo de repente do meu lado. Ainda mantendo o aperto suave, Henrique deu espaço suficiente para que ela checasse o corte. — Ixi.

— Tá tudo bem — assegurei e cobri a boca. — Banheiro — foi tudo o que consegui dizer, disposta a manter a poça de sangue no lugar por mais alguns segundos.

— Vem, eu te levo — Babi assumiu a missão.

Henrique me lançou um olhar franzido pela preocupação antes de me soltar.

Babi me guiou pelo gramado. Os banheiros ficavam perto da piscina.

— Precisava usar tanta força, Jey? — ouvi Henrique questionar a garota.

— Foi só um cortezinho de nada. Ela que tá exagerando — acusou.

Que... argh!

— Vê se toma cuidado da próxima vez — ele ignorou seu comentário.

No banheiro Babi resmungou alguma coisa sobre achar que Jey fez de propósito enquanto eu lavava a boca. Ela ainda nem havia se conformado com o fato de as gêmeas terem se juntado para jogar com a gente.

— Elas só foram lá por causa do Henrique! É sério que a Jey acha que vai conquistar o menino desse jeito? — seus olhos encontraram os meus no espelho. — Não basta frequentar as aulas de violão? Ela tem que perseguir o cara em tudo quanto é lugar?

— Deixa isso pra lá, Babi. Não vale a pena.

Me abaixei para lavar a boca de novo. O corte não tinha sido grande nem profundo, mas estava sangrando bastante.

Luísa e Ester juntaram-se a nós no banheiro.

— Acho que deveríamos falar sobre o que aconteceu com a Fernanda — Lu propôs, o rosto vermelho de raiva. — Tá na cara que foi de propósito.

Eu não duvidava, ela podia estar se vingando pelo lance do refrigerante no cinema, mas envolver os adultos não me pareceu o melhor plano do mundo.

— Falar o quê, Lu? A Jey vai dizer que me acertou sem querer e pronto.

— E tem a possibilidade de ter sido sem querer mesmo — Ester pontuou, a calmaria em forma de gente.

— Duvido, Ester. Aquilo ali é cobra criada — Lu revirou os olhos.

— Eu prefiro deixar pra lá — avisei. — Não quero mais confusão com as duas.

Eu sabia que não era justo da minha parte nutrir qualquer tipo de ranço contra as gêmeas, mas elas tornavam isso quase impossível.

— Tá bom, amiga — Babi me estendeu algumas folhas para eu limpar o rosto.

— Ainda bem que o Henrique percebeu que ela exagerou — Lu cruzou os braços, sua expressão de justiceira dominando o rosto.

Babi contou que tínhamos ouvido Henrique perguntar se ela precisava ter usado tanta força e quis saber se ele comentou algo mais.

— Ele disse que se foi mesmo sem querer, a Jey deveria pedir desculpas para a Mabel, mas ela emburrou a cara e saiu correndo. Tá ali na piscina agora.

— Eita — Babi fez uma careta.

— Tá, vamos esquecer isso e seguir em frente. Que tal um jogo mais seguro agora? — propus.

— Eu trouxe o Uno — Lu lembrou.

Quando deixamos o banheiro, os garotos conversavam debaixo de uma árvore com Henrique. Os rapazes da banda tinham ido para o campo conferir a partida de futebol, mas ele permaneceu ali, queria saber como eu estava. Depois de garantir que estava tudo bem, as meninas e eu anunciamos que jogaríamos Uno, e Henrique aceitou o convite de Vini e Enzo para jogar com a gente.

A partida trouxe a oportunidade perfeita para a minha vingança, quando Luísa jogou uma carta +4 e escolheu a cor vermelha. Aproveitei para jogar uma carta igual, fazendo com que Henrique comprasse oito cartas.

— Vivendo e aprendendo — ele soltou enquanto comprava sua pilha de cartas.

— Alguém deveria tirar uma foto do Henrique com as mãos tão cheias — Enzo o zoou.

— Deixa que eu tiro — falei, pegando o celular no bolso.

— Fala sério, Mabel — ele resmungou, uma carta escapando de suas mãos cheias.

E assim eu eternizei sua careta.

57

De pé no altar, não conseguia levantar o rosto, muito menos passar os olhos pela igreja. Parada a alguns passos do trio de sopranos, me sentia vulnerável e pequena. Não via a hora de solar a canção e voltar para o meu lugar.

Enquanto Henrique e o rapaz da sonoplastia ajustavam os microfones nos pedestais, dediquei todo o meu foco às estrelas tortas que minhas irmãs desenharam com caneta permanente nas laterais do meu All Star lilás. Pelo menos não foi meu fichário ou alguma das apostilas. Papai já tinha respirado fundo e contado até dez ao descobrir que precisaria comprar uma nova apostila de geografia para mim (faltando menos de dois meses para o ensino médio acabar) depois do estrago feito pelo Paçoca.

Eu não tinha gostado delas no início. Foi desesperador encontrar Anna e Alice desenhando no par de tênis novinho quando cheguei do trabalho. Mas elas me mostraram a nova decoração com tanto entusiasmo que nem consegui ficar brava. Até tive paciência para ouvir minhas irmãs narrarem como aquela obra de arte foi concebida. Após assistirem a um vídeo no YouTube, em que algumas meninas reformavam tênis, elas decidiram fazer uma surpresinha para mim. Só não se atentaram ao fato de que os sapatos precisavam estar bem usados...

A lembrança me fez sorrir por um instante, mas logo a temperatura em minha barriga despencou, me lembrando de onde eu estava e o que faria em breve.

Fechei os olhos e orei:

Ah, Senhor! Por que tenho que ficar tão ansiosa?! O Senhor pode me acalmar, por favor? Por favorzinho?! Tudo o que quero é ser um instrumento nas suas mãos... Não deixe que minhas limitações me impeçam, Aba.

Dei um passinho para trás ao deparar com Henrique parado bem a minha frente, sorrindo.

— Não precisa ficar tão nervosa, sabia? — ele sussurrou e me entregou um microfone sem fio.

— Tá tão na cara? — segurei o microfone com ambas as mãos, temendo deixá-lo cair e chamar a atenção antes da hora.

— Não, mas eu sei que toda vez que você enruga as sobrancelhas assim — ele as uniu e fez um biquinho, me imitando — é porque está nervosa ou ansiosa.

— Eu não faço esse bico aí, não — uni os lábios para conter uma risada.

— Mas ele apareceu em todos os ensaios — Henrique ergueu uma das sobrancelhas. — Um vaso, lembra?

Meu cérebro rebobinou o conselho que ele me deu em nosso primeiro ensaio. Suas palavras foram como um bálsamo para o meu coração inseguro e ansioso — um coração que desejava servir, mas ainda estava preocupado com o que as pessoas pensariam a seu respeito.

— Obrigada.

— Está tudo certo, Henrique — o rapaz da sonoplastia avisou.

— Perfeito — ele esfregou as mãos ao olhar para o rapaz. — Vai dar tudo certo — me garantiu antes de se afastar e descer do altar.

Apegando-me ao seu conselho, passei os olhos pela igreja. Meus olhos cruzaram com algumas pessoas por um instante ou dois. Dona Vera sorriu para mim, dona Marlene, a cabelereira, cochichou algum comentário maldoso com uma senhora a seu lado. Ully, a tia das irmãs JJ, que sempre as acompanhava na igreja, meneou a cabeça e fez um barulhinho com a boca. Não foi desdém que eu vi em seus olhos, foi? Talvez ela só preferisse que fosse uma das suas sobrinhas solando.

Ignorei seu olhar e procurei minha família. Apesar das fileiras cheias, não foi difícil encontrá-los. Meu pai acenou e fez um joinha, orgulhoso. Mamãe tirou uma foto antes de me jogar um beijo. Assim que me notaram, Anna e Alice balançaram os bracinhos.

Quando Marcus e Fernanda apresentaram nosso grupo, compartilhando sobre o percurso que percorremos nos últimos dois meses, meu coração batia menos apressado — e não como em um ponto mais árduo de uma maratona.

Procurei por Henrique. Ele estava sentado no teclado. Esperei que ele tocasse as primeiras notas de "Pai nosso". Mas elas não vieram. Ele ergueu um pouquinho os braços e imitou uma árvore. A atuação não demorou mais do que uns dois segundos e ele a concluiu com uma piscadela divertida. Com um balançar singelo de cabeça, me encorajou a cantar. Uma pontadinha na barriga me lembrou que seria melhor fechar os olhos, mas resolvi arriscar.

A cada estrofe me descobri mais à vontade e fui ganhando autoridade enquanto me lembrava de que estava adorando meu Criador e Pai, aquele que me resgatou e restaurou minha identidade, me chamando de filha.

Ao encerrar a apresentação, descemos em fila indiana por um dos corredores laterais da igreja. Algumas pessoas sorriram para mim, enquanto outras enrugaram o queixo demonstrando quanto estavam impressionadas. A Mabel de algumas semanas atrás não esperava nenhuma dessas reações. Só imaginou rejeição e críticas.

Sorri, grata pelo cuidado de Deus, mas não deixei que aqueles olhos orgulhosos alimentassem meu ego.

— Aquela não é a Lin?! — a voz desafinada da minha mãe me fez desviar a atenção do desenho que Anna me mostrava e que havia pintado na pizzaria para olhar pela janela.

Depois do culto, tínhamos ido comer no Donna Mamma.

Na calçada, bem na região central da cidade, Lin trançava as pernas.

— Pai, pode parar aqui? — pedi, o peito apertado.

— *Of course.*

Ele estacionou e eu saí apressada.

— Ei, Lin! — gritei por ela.

Minha amiga fitava o chão.

— El?! — virando-se, ela apertou os olhos.

Parei diante dela.

— Tá tudo bem?

— Por... por que n-não estaria? — ela falou na defensiva. A voz enrolada.

— Você parece com dificuldade para chegar em casa, Celina — minha mãe explicou em tom amoroso. Nem tinha notado que ela também deixara o carro.

— Não tô, não, tia — ela passou a mão pelos cabelos desgrenhados.

— Não é o que parece — minha mãe me lançou um olhar aflito. — Podemos te dar uma carona para casa.

— É, não é bom andar sozinha a essa hora. O centro já tá vazio, Lin.

— Não precisa. Eu tô bem! — Ela tentou passar por mim, mas tropeçou em um ressalto da calçada.

Segurando-a pelo braço, a impedi de cair.

— É só uma carona — falei mais alto soando autoritária. Aquela não era a melhor hora para ela bancar a orgulhosa. — Vai ser rápido.

— Vamos, Lin — envolvendo seu braço livre, minha mãe a encorajou a caminhar. — Você está precisando de um banho e de uma cama quentinha.

Enquanto a guiávamos até o carro, o cheiro de álcool misturado ao seu perfume doce penetrou meu nariz. Ela realmente precisava de um banho.

Meu pai tirou o assento de elevação de Alice para que Lin pudesse se sentar ao meu lado. Não foi nada fácil fazê-la entrar no carro, mas assim que meu pai deu partida minha amiga encostou a cabeça na janela e dormiu.

Alice, que estava sentada em meu colo, a olhava com espanto.

— Tá tudo bem com a Lin? — perguntou baixinho.

— Ela tá estranha — disse Anna.

— Ela não está muito bem, mas vai ficar — garanti.

Encontramos tia Renata na varanda. Além das olheiras, seu rosto expressava angústia e inquietação. Abraçando a si mesma, andava para lá e para cá. Estava tão aflita que mal notou meu pai estacionar diante da casa.

— A Lin dormiu? — meu pai se reclinou, observando-a.

Cutuquei Lin com jeitinho. Ela babava contra a janela.

— Apagada — confirmei.

— Certo. Fiquem aqui. Sua mãe e eu vamos conversar com a Renata.

Com a garganta tão seca quanto o deserto, vi mamãe abraçar e acalentar a mulher. Seus olhos não saíram do meu pai quando ele abriu a porta e pegou minha melhor amiga no colo. Ao vê-la sendo carregada, pedi a Deus que a alcançasse também.

A primeira coisa que fiz naquela manhã foi pegar meu celular para mandar uma mensagem para Lin. Precisava saber como ela estava.

Foi difícil adormecer sabendo que minha amiga tinha partido de casa no sábado à noite, levando consigo uma mochila, depois de uma intensa discussão com a mãe. Desligando o celular, ela havia desaparecido.

Eu me senti culpada. Se eu não tivesse impedido minha mãe de conversar com tia Renata, as coisas não teriam chegado tão longe... Falhei e minhas orações em favor dela pareciam longe de ser respondidas.

Mas Lin não respondeu minha mensagem. Sem nenhuma notícia, a manhã se arrastou sem que eu fosse capaz de prestar atenção às aulas de revisão para o Enem.

58

Quebrando protocolos, meu pai me deu alguns dias de folga. Ele queria que eu desacelerasse e descansasse um pouco antes do exame. Mas ainda tinha umas coisinhas que eu precisava revisar, principalmente em exatas.

Ester era um gênio quando o assunto era matemática. Espertas, as meninas e eu a convocamos para uma sessão de estudos na Sete Mares, na quarta-feira.

Como a cafeteria estava vazia, peguei uma das maiores mesas. Aproveitei para arrumar minhas coisas e rever os comentários que a professora fizera na minha última redação. Soltei um gritinho ao encontrar mais elogios que críticas. Finalmente, os macetes que a professora passou entraram na minha cabeça.

Guardei a folha no fichário. Um reflexo de sol sobre a capa de águas-vivas do meu fichário me fez olhar a janela. Gabriel se arrastava como um dos mortos-vivos de *The Walking Dead*. Aquela era a oportunidade perfeita para descobrir como a Lin estava, já que ela se recusava a atender minhas ligações.

Deixei as coisas espalhadas pela mesa e saí da cafeteria a passos largos.

— Gab, espera!

Com seus olhos de jabuticaba arregalados, o garoto ergueu o boné e coçou os cabelos.

— Oi — cumprimentou sem a alegria que costumava acompanhá-lo.

— Tá tudo bem? — sondei, preocupada em parecer intrometida. Não me sentia no direito de me aproximar depois de meses distante.

— Hã... — ele encarou os próprios pés. — Não muito. A Lin não te contou? — Ele voltou a me olhar, os lábios caídos.

— Não...

— Ela terminou comigo, acredita? — Gab escondeu as mãos nos bolsos da calça jeans.

— Sério?! Por quê?

— Bom, você não deve tá sabendo, mas no sábado ela brigou feio com a mãe e saiu de casa... A Lin esperava que eu a apoiasse e desse um jeito de arrumar um lugar para ficarmos juntos, só que eu não podia fazer isso, sabe? — Gabriel meneou a cabeça, frustrado. — Sei que a relação com a mãe é sinistra, mas ela não pode sair de casa assim. Sei lá, não é assim que vai resolver as coisas, né?

Mordi o lábio. Como Lin podia ter sido tão impulsiva?

— É, também acho que não. Mas ela não deve ter gostado nada.

— Terminou comigo na hora.

— Poxa! Sinto muito, Gab.

— Valeu — ele ajeitou o boné.

— Domingo à noite, a gente encontrou a Lin cambaleando aqui na praça. Ela não queria carona para voltar para casa, mas insistimos e ela acabou cedendo.

Os olhos de Gabriel ficaram ainda mais tristes.

— Só foi porque devia estar muito bêbada — ele esfregou os olhos. — A Lin vive reclamando do pai, mas agora bebe como ele. Sei que tenho culpa nisso, mas nunca pensei que ela fosse perder o controle assim... — olhou para mim, envergonhado.

— Ela precisa de ajuda, Gab. Sabe onde ela passou a noite de sábado?

— Não, mas deve ter sido na casa de alguma das meninas da escola... Pelo menos, é o que espero.

— Tentei saber como está, mas ela não responde minhas mensagens.

— Nem as minhas.

— Talvez seja melhor dar um pulo na casa dela.

— Eu iria se pudesse, mas a última coisa que ela precisa é que a mãe descubra quem eu sou.

— Não acho que vocês vão conseguir esconder isso por muito tempo — cruzei os braços. Do outro lado da rua, dona Marlene observava todos que passavam. Gabriel acompanhou meu olhar. — Não sei como ela ainda não espalhou.

— Talvez até tenha espalhado, mas a Renata anda muito ocupada com o trabalho e a mãe doente.

— Pensei que ela tivesse melhorado!

— Tinha, mas teve um desses... AVCs. Tá dando um trabalhão para a família.

Senti o coração encolher. Lin estava passando por inúmeros desafios e eu não estava lá para ajudar.

— Poxa...

— Se puder trocar uma ideia com ela, vai ser bom — o garoto se balançou, inquieto. — Ela é pirracenta e orgulhosa, mas gosta muito de você.

— É, eu sei. Prometo que vou tentar.

Ele tirou o celular do bolso e checou as horas.

— Caramba! Tenho que ir. Estou atrasado para o meu trampo no mercado.

— Ops, foi mal. Bom trabalho!

— Que isso! Foi bom ver você.

Acompanhei-o com o olhar enquanto ele descia a rua, cabisbaixo. Estava tão distante que nem se importava com o moicano, esmagado pelo boné.

Retornei à Sete Mares, mas não consegui me sentar. Uma necessidade de correr até Lin pulsou em meu peito. Juntei minhas coisas e esperei pelas meninas.

Elas me encontraram quase furando o chão da cafeteria, de tanto andar para lá e para cá. Não demoraram a entender que algo estava errado. E, com os olhos apertados, me ouviram contar as tristes novidades.

— Vocês se importam se eu furar nossa sessão?

— Tá doida? — Lu arregalou os olhos. — Dá o fora daqui!

— Vamos orar por ela — Babi garantiu.

As três me amassaram em um abraço coletivo.

— Vocês são incríveis — declarei, os olhos marejando.

Percorri as ruas da cidade às pressas. As panturrilhas de uma sedentária queimando. Durante o trajeto até a casa da Lin, orei para que ela não só me atendesse, mas também estivesse com o coração aberto, disposto a ouvir. E que Deus me desse as palavras necessárias.

Por favor!

Bati à porta, ainda orando. Gritei seu nome umas cinco vezes, mas ninguém apareceu. Com os ombros pesados, dei as costas. Quando já me afastava, um barulho na maçaneta me fez voltar. Era Lúcio, o pai da Lin.

— Oi, senhor Lúcio — cumprimentei. — A Lin está?

— É você, Mabel? — assim como a filha no domingo, ele apertou os olhos.

Será que já estava bebendo? Não eram nem três da tarde!

— Sim — tentei disfarçar a raiva que borbulhou em minhas veias. — Queria conversar com a Lin.

— Tem um... um tempão que você não vem aqui, né? — ele abriu um pouco mais a porta revelando uma sala bagunçada. Na tevê, passava um programa de esportes.

— É, tem.

— Você faz bem, sabe? A Lin é uma péssima influência — ele balançou a mão em um gesto de desprezo. — Uma menina educada como você não deve perder tempo com ela.

— Não diga isso! — repreendi, mesmo sabendo que ele não lembraria de nenhuma palavra quando ficasse sóbrio. — A Lin só está passando por uma fase difícil e o exemplo do senhor não ajuda em nada.

— O quê? — os olhos dele saltaram.

Cobri a boca com a mão. Tinha falado demais.

— Tá louca, garota?! — gritou.

Inspirei fundo. Devia me conter ou continuar?

— Talvez — dei a louca e segui em frente. — Mas, se o senhor ajudasse um pouquinho, sua filha não teria se metido em tanta confusão, viu? — imitei a voz mansa e amorosa da minha mãe, embora minha vontade fosse gritar algumas verdades.

— Nem tente jogar a culpa em mim, menina. A Lin é problemática como a mãe.

Girei os olhos. Ele não entenderia.

— Enfim, a Lin está?

— Não.

— O senhor sabe onde ela tá?

— Não.

E fechou a porta na minha cara.

59

Diante da porta fechada, torci os lábios.

Mesmo que a encontrasse, o que poderia dizer a ela? O que fazer para ajudar? As dúvidas caíram sobre mim como um jato de água fria em uma manhã de inverno.

Do outro lado da porta, Lúcio aumentou o volume da tevê.

Abri e fechei os punhos.

Como ele podia passar os dias em frente à televisão, sabendo que a filha andava sem rumo por aí?

De repente, aquela força que me fizera correr da Sete Mares voltou com tudo.

Se minha amiga não estava em casa nem com o namorado, e quisesse ficar sozinha, só tinha um lugar para onde ir.

Retornei ao centro e entrei em uma ruazinha de paralelepípedos que desembocava na praia. Caminhei pelo calçadão até chegar à pracinha. A essa hora, costumava estar vazia.

Algumas bandeirinhas verdes e amarelas, maltratadas pelo vento e pela maresia, davam um toque triste à praça.

Depois da derrota de 2006, os valadarenses perderam o prazer de enfeitar a cidade para a Copa do Mundo. Este ano, porém, o Brasil sediou as competições. *E se o Brasil ganhasse sem que nossas ruas estivessem enfeitadas?* Essa preocupação rodou a cidade, propagada diariamente pelos lábios vermelhos da dona Marlene. Seu empenho valeu a pena, porque Valadares não poupou esforços, promovendo até uma competição para eleger a rua mais bonita. Mas toda essa empolgação foi para o ralo com o 7x1 para a Alemanha. Não sobrou disposição nem para retirar os enfeites.

A pracinha da avenida Beira-Mar era nosso antigo ponto de encontro. Era ali que nos encontrávamos na maioria das tardes quando pequenas. Com o tempo, aquele lugar se tornou o esconderijo de Lin, seu lugar secreto. Sempre que havia algum problema ou os pais estavam em casa ao mesmo tempo, ela corria para lá.

Ao chegar, encontrei a pracinha vazia, mas sabia exatamente onde achá-la. Andei pelos brinquedos até os cilindros coloridos. Não me pareceu um lugar muito confortável para estar...

Engraçado, ainda possuía a mesma mania. Diferentemente de Celina, que amava explorar aqueles cilindros ou ficar quietinha na casa de madeira, eu preferia os brinquedos que me faziam voar. Passava horas correndo entre o carrossel e os balanços. Amava a sensação de girar até perder todos os sentidos. E de balançar tão alto em direção ao céu — às vezes parecia faltar tão pouco para tocá-lo!

Brincando em lugares diferentes, nossos caminhos poderiam nunca ter se cruzado. Só que um dia, enquanto Pedro e eu brincávamos com sua nova bola de futebol, ele a chutou com força demais. A bola rolou para um dos cilindros antes que eu conseguisse pegá-la. Lembro de ter olhado com pavor para o brinquedo.

Pedro e eu tínhamos uma mania besta de sempre desafiar um ao outro. Naquele dia, ele disse que eu não era corajosa o suficiente para buscar a bola. Com as bochechas vermelhas de raiva, provei para ele do que eu era capaz. Tomei um susto ao encontrar uma menina de cabelos dourados sentada do outro lado. Ela parecia tão triste e sozinha ali...

Encarando-me com aquele par de olhos azuis curiosos, Lin me entregou a bola. A conversa que começou com um "obrigada" acanhado nunca teve fim — até os últimos meses.

Passei as mãos pelas coxas antes de me abaixar e entrar. O brinquedo que aparentava ser tão grande e sombrio, era pequeno e claro. Nem precisei apertar os olhos para ver Lin sentada na outra ponta. Os cabelos loiros estavam cobertos pela touca do moletom e ela cantarolava "If this was a movie", da Taylor Swift.

Engatinhei em sua direção.

— Oi — anunciei minha chegada.

— O que é, Mabel? — ela me olhou com surpresa e raiva ao mesmo tempo.

— Já que não me responde, resolvi vir até você.

Sentei-me ao seu lado.

— Está perdendo tempo — decretou antes de desviar o rosto, observando alguma coisa lá fora (ou fingindo).

Descansei a mochila ao meu lado.

Ainda sem olhar para mim, ela perguntou:

— Não devia estar estudando para o Enem ou trabalhando? Não quero ser a culpada por arruinar o seu futuro perfeito.

Lutei para que seu tom ácido não ferisse meu coração.

— É, eu tinha que estar estudando. Você sabe como sou terrível em matemática, mas não consigo... Estou preocupada com você.

Empurrei-a carinhosamente com o ombro.

— Uau! — ela soltou uma risada amarga. — Me desculpe, não era minha intenção ser um problema para você.

— Não é isso, Celina — arfei, cansada. — Poxa, você me conhece. Só preciso saber se está bem... Depois do que aconteceu no fim de semana, tenho razões para estar preocupada, não?

— Não. Não tem — ela me lançou um olhar frio. — Não somos mais amigas, lembra? Você é boa demais para mim.

Ergui o queixo e observei a parte superior do cilindro. Ela voltou a cantarolar.

Será que encontrá-la tinha sido uma boa ideia? Eu sabia que Lin tinha direito de estar magoada. Se ela tivesse se afastado de mim sem grandes explicações, eu teria ficado arrasada... Mas precisava me receber com duas pedras na mão?

Eu não estava ali para condená-la, só para ajudar.

— Podemos não ter mais a mesma intimidade de antes, mas nunca deixei de me importar — confessei sem omitir como também estava chateada. — E não me afastei por completo. Você que não aceitou as condições do meu castigo, lembra?

— Se você se importasse de verdade, nunca teria se afastado — falou em tom ainda mais frio.

Ao meu lado, Lin se remexeu, preparando-se para se levantar, mas fui mais rápida e puxei seu moletom, forçando-a a permanecer sentada. Um dos fones escapou do seu ouvido, balançando contra o moletom.

Senhor, me dê as palavras certas...

— Eu precisava, Lin — ela se remexeu mais uma vez. — Ei! Pode me escutar? Só por alguns minutos? — pedi.

Em silêncio, ela tirou os fones e parou a playlist da Taylor no celular. Cruzando os braços, ela fechou a cara. Não era a postura mais amigável do mundo, mas era melhor do que nada.

— Sei que pode ser difícil entender, mas, vamos lá... Eu precisei me afastar, e não só para obedecer a meus pais. Foi para saber quem eu era, sabe?

Lin não esboçou nenhuma reação. Ainda assim, continuei:

— Eu estava perdida, amiga. Não sabia mais qual era meu valor e propósito. Não me sentia amada pelos meus pais. Fiz do meu desejo de ir para os Estados Unidos e ser livre minhas maiores obsessões... — confidenciei. — Deixei que esses desejos moldassem meus dias. Sem saber quem eu era de verdade, não sabia nem me impor ou traçar limites.

— Que papo bobo é esse, Mabel?

Pensei por um instante.

— Lembra da primeira vez que eu saí com o Fred? Aquele domingo que você apareceu lá em casa com aquele minibiquíni...

— Ele não era tão mini assim — retrucou.

Só de lembrar quantas vezes precisei ajustar as peças durante aquele dia sentia meu rosto arder de vergonha.

— Comparado aos meus maiôs, era pequeno demais. Não me senti nada confortável nele, sabia? Mas queria tanto parecer bonita para o Fred que o usei... Eu deveria ter sido sincera com você e comigo mesma, usando algo que eu gostasse mais.

— Se quisesse manter seu estilo cafona, sim.

— Aí é que tá! — retruquei em um tom mais animado. Pelo menos ela estava me acompanhando. — Eu era tão insegura comigo mesma que não tinha coragem de assumir a minha cafonice. E isso não aconteceu só naquele dia. Lembra das blusas apertadas que você me ajudou a comprar?

— Elas eram lindas! — Lin me lançou um olhar de indignação.

— É, elas são bonitas, mas não são o meu estilo.

— Espera aí! — ela se empertigou. — Se não queria comprar, bastava ter dito não. Nunca forcei você a nada, Mabel.

— Não é isso que estou dizendo.

— Você acha que eu mandava em você — apontou um dedo para mim. — Isso sim.

— Não é mandar, é influenciar. Mas eu também fazia isso com você!

— Quando?

— Quando pedia que mentisse por mim e quando eu apoiava seus planos mesmo sabendo que você acabaria se metendo em encrenca. Quando te encorajava a não ir à igreja...

Ela olhou para fora de novo, pensativa.

— Deveríamos ser boas influências uma para a outra — retomei. — Apoiar e corrigir também. Só que me deixei levar pelas circunstâncias, achando que me encontraria se fizesse as coisas de um jeito diferente. Mas não fui feliz daquele jeito, amiga. Quando me olhei no espelho, percebi que eu não gostava da garota que estava me tornando.

— Por que nunca me contou? — ela se voltou, as sobrancelhas caídas.

— Sei lá... Levei muito tempo para entender.

— Queria que se sentisse bonita e se divertisse um pouco mais... — cabisbaixa, Lin brincou com as cordinhas do capuz.

Assentindo, puxei sua mão e a trouxe para o meu colo.

— Finalmente entendi quem fui criada para ser, sabe? — um sorriso se formou em meus lábios. — Me reencontrei com aquela Mabel de onze anos que caminhava por aí, certa do seu valor. Aquela menina que não ligava muito para o que os garotos diziam sobre suas sardas ou o que as garotas falavam do seu estilo. A cada dia me sinto mais forte para ser eu mesma e defender o que acredito — discursei, o peito leve e quentinho.

— Nada de biquínis verde-oliva, então?

— Nada.

— E você ainda quer ser minha amiga? — ela apertou seus dedos contra os meus.

— Claro que sim. Só vai ser um pouco diferente, porque alguns dos meus hábitos mudaram.

— Nada de ir a festas, sair com garotos ou combinar mentiras? — foi a vez dela me empurrar com o ombro.

— É isso aí — dei uma risadinha.

— Tá levando esse negócio de igreja a sério mesmo, né?

— Não é a igreja, Lin. É Jesus.

Meu sorriso aumentou.

— Fico feliz em saber que você se encontrou, que está feliz — ela me deu um sorriso triste. — Mas não acho que isso seja para mim.

— Por quê? — perguntei com cuidado.

— Ah, você sabe... — ela abanou a outra mão. — Não é como se Deus se importasse muito comigo.

— Não é verdade, Lin.

Era triste vê-la carregar uma imagem tão negativa do Senhor. Se abrisse o coração, poderia experimentar um amor profundo e acolhedor, um amor muito maior do que aquele que seus pais sentiam por ela. Um amor que cura, restaura, completa. Um amor que dá vida.

— Já olhou para a minha vida, Mabel? É uma zona! — ela puxou a mão que eu segurava. — Eu... não tenho nada! — exclamou com a voz embargada. — Meu pai é um bêbado e mulherengo. Não pensa duas vezes em trair minha mãe. Já ela, só tem cabeça para trabalhar, para prover o que ele não é capaz de fazer, e brigar, claro. Minha casa é um inferno! Por que seguir esse Deus que não se importa?!

Escondendo o rosto nas mãos, Lin chorou.

Puxei-a para um abraço apertado.

— Ele se importa, sim. Mais do que você é capaz de imaginar — cochichei contra seus cabelos e alisei suas costas.

— S-se ele se importa, por que não m-muda a nossa história, hein? — fungando, ela se afastou. — Ele é o Deus do impossível, não é? Ainda assim, há anos vejo minha mãe lutando em vão por aquele casamento! Ela ora tanto, mas nada muda! E por respeito a Deus, nem cogita se separar... Como posso confiar num Deus desses? Como? — suas frases eram carregadas por uma dose profunda de mágoa.

Engoli em seco.

Os desafios endureceram seu coração e a afastaram daquele que mais a amava.

— Não deve ser fácil manter a confiança nele num cenário desses, amiga. Mas você precisa entender que as circunstâncias não mudam quem o Senhor é. Ele continua um Deus bom, poderoso e presente mesmo quando não age do jeito e na hora que queremos, entende?

— É mais fácil pensar assim quando você tem pais bons e presentes, uma casa enorme e que não falta nada... Sua vida é perfeita, Mabel. Seu maior problema é ter perdido uma viagem para os Estados Unidos! — ela girou os olhos.

Dessa vez, foi impossível não ser ferida por suas palavras. Meus olhos nadaram em lágrimas.

— Minha vida está longe de ser perfeita — passei a mão pelo rosto. — Se não falta nada, é porque meu pai fez do trabalho uma prioridade muitas vezes... Ele perdeu noites em família e sobrecarregou minha mãe, deixando que ela cuidasse da gente sozinha — uma lágrima quente deixou um rastro em minha bochecha. — Depois que as gêmeas nasceram, eles focaram tanto nelas que nem perceberam que eu precisava de atenção também. Para piorar, meu pai passou a me cobrar assim como se cobrava... Não enfrento os mesmos desafios que você, mas isso não te dá o direito de achar que eu não tenho problemas.

Lin escondeu o rosto no capuz.

— Desculpa — pediu, a voz abafada contra o moletom.

— Todo mundo enfrenta problemas, amiga. O fato de passarmos por eles não significa que Deus nos abandonou ou que não se importa. Jesus nunca nos prometeu uma vida perfeita, lembra?

Abraçando os joelhos, Lin assentiu antes de apoiar a testa neles.

— Mas prometeu estar com a gente todos os dias. Tanto nos dias de sol quanto nas piores tempestades.

— Por que eu não o sinto, então? — perguntou em meio às lágrimas.

— Você pode ter se afastado dele — acariciei seus cabelos. — Não é ele quem se afasta primeiro. Somos nós. Eu também me afastei, sabia? Não conseguia senti-lo, ouvi-lo nem amá-lo.

Lin levantou o rosto e cravou as íris de um azul-céu em mim.

— Pensei que ele fosse um Deus exigente e cheio de regras, com expectativas difíceis demais para mim — compartilhei lembrando como passei anos vendo o Senhor da perspectiva errada. — Expectativas ainda piores do que aquelas que meus pais tinham planejado para mim! Só que, quanto mais eu me afastava, mais ele estava disposto a me trazer de volta pra casa. Quando ouvi a voz dele e me aproximei, descobri um Pai amoroso, zeloso e paciente. Um Pai que se importa comigo.

Deixei que as lágrimas rolassem.

— Eu creio que Deus te ama muito e que tem lindos planos para você, amiga. Afinal, ele entregou seu Filho amado naquela cruz por você. Ele tem planos de paz, de vida, Lin.

— Será, El? Na maioria das vezes parece que não... — lamentou.

— Tem sim — afirmei com carinho e esperança. Alisei alguns dos seus fios dourados e os coloquei atrás da orelha. — Se permitir que Deus entre no seu coração, ele te fará provar de um amor paterno que você nunca provou antes, um amor capaz de curar suas feridas mais profundas e preencher seus vazios. Ele pode te ajudar a lidar com toda a bagunça que existe aí dentro e dar uma nova perspectiva sobre os desafios que você tem enfrentado. Ele não vai te dar uma vida perfeita, mas vai caminhar ao seu lado. Todos os dias. Ele prometeu.

— Eu quero, mas... — seus braços caíram sobre as coxas. — É tão difícil.

— Eu sei, amiga. Mas peça que ele te ajude e abra seu coração. Vou estar aqui por você.

60

Quando "Aquieta minh'alma" terminou, tirei os fones. Afundei os pés na areia macia e gelada, observando as pinceladas que coloriam o céu com longos rabiscos rosas e lilás.

Suspirei, grata por aquele fim de semana estar terminando.

Depois de passar duas tardes resolvendo 180 questões e uma redação sobre "Publicidade infantil em questão no Brasil" (um dos temas mais improváveis do mundo, pelo menos para mim), cheguei em casa com a cabeça fritando. Joguei o caderno de questões em algum lugar do quarto, tomei um banho e coloquei uma roupa confortável.

Com uma canga e uma fatia de *red velvet*, corri para a praia. Não ficaria roendo as unhas diante do computador e apertando F5 a cada dez segundos só para conferir o gabarito não oficial. Não. Não adquiri um espírito superior. Na verdade, não tinha mais unhas para roer, e ter conferido o gabarito ontem não ajudou em nada.

Mais abaixo, na praia, duas garotinhas andavam pela areia segurando baldinhos rosas. Elas tagarelavam enquanto escolhiam conchinhas. A imagem me fez sorrir e lembrar da Lin.

Houve uma época em que passávamos horas selecionando as melhores conchinhas. Com o baldinho cheio, Lin voltava para casa e as usava para fazer alguns artesanatos que aprendeu com a avó.

Cruzei com ela pelo centro mais cedo, a caminho da escola onde eu faria o Enem. Ela também estava indo fazer a prova. Ao seu lado, tia Renata parecia um pouquinho aliviada.

Continuava orando para que minha melhor amiga também encontrasse o caminho para casa.

— Mack, nãããão!

Um cachorro gigante saltou sobre mim. Apoiando as patas dianteiras em meus ombros, ele me empurrou contra a canga. Era tão pesado que todos os meus esforços para me livrar dele foram em vão. Depois de me farejar, o cachorro lambeu minha bochecha, me obrigando a soltar uma gargalhada.

— Faz cosquinha — tentei afastá-lo do meu rosto.

O cachorro — ou urso, com aquele tamanho todo, tinha lá minhas dúvidas — me lambeu um pouco mais.

— Mack, deixe a Mabel em paz! — reconheci a voz de Henrique, em um tom enfurecido.— Vem cá, garoto — ele puxou o São Bernardo com força.

Desobediente, Mack me farejou.

— Tá tudo bem aqui embaixo — fiz um tinindo para garantir. Estava mesmo precisando de um ataque de fofura.

Ofegando, Henrique conseguiu afastar o São Bernardo.

Ainda rindo, voltei a me sentar.

— O Mack tá terrível esses dias, cara — lançou um olhar reprovador para o animal. — Sinto muito — com os lábios apertados, Henrique passou a mão pela nuca. Ele ficava fofo constrangido.

— O Paçoca anda tocando o terror lá em casa também. Ontem, ele destruiu uma maleta de couro do meu pai.

— Ah, foi por isso que o senhor Asher me mandou mensagem hoje de manhã perguntando como amenizar as mordidas... — Henrique sorriu.

— Ele jamais te incomodaria no fim de semana se não estivesse desesperado — esclareci.

— Imaginei... — apertando a coleira, Henrique cruzou os braços na altura do peito. — E aí, como foram as provas?

— Não sei. Espero ter ido bem.

Ele assentiu, seus cachos dançando contra a brisa.

— Gostei da blusa — e foi rápido em mudar de assunto.

Depressa, olhei para baixo. A essa altura não lembrava do que tinha vestido. Era uma blusa branca de algodão com uma estampa das Meninas Superpoderosas.

— Obrigada — acanhada, agradeci e alisei a roupa, amarrotada pelo ataque de Mack.

— Era um dos desenhos favoritos da minha irmã. Ela me fazia de refém e me obrigava a assistir todos os dias — Henrique fez uma cara de desespero.

— É incrível como elas conseguem dominar a tevê, não?

— O que elas não dominam?

— Nem fala! Quer sentar? — sugeri.

— Não vou te atrapalhar? Você deve estar cansada por causa das provas.

— Não, Henrique. Não vai.

Com um sorriso bobo no rosto, sentou-se ao meu lado deixando um espaço entre nós, na canga. Com a língua para fora, Mack se deitou na areia. Enquanto observávamos os últimos raios de sol pintarem o oceano, conversamos sobre nossas irmãs, faculdade e música. Era difícil ficar sem sorrir ao lado dele.

— Eu tô viciado nessa daqui — Henrique rolou a playlist em seu celular e clicou em uma canção chamada "My lighthouse". — Não me diz que você ainda não conhece a Rend Collective? — perguntou notando minha testa franzida.

— Ainda não? — encolhendo os ombros, mostrei quase todos os meus dentes.

— Essa tem que entrar na lista — ele indicou o bloco de notas aberto em meu celular.

— Sim, senhor — acatei, digitando a sua quinta indicação em menos de uma hora.

— Eles tocam folk cristão. Você vai amar o som.

— Deixa eu ouvir um pouquinho — pedi.

Deixei meus pés acompanharem o ritmo.

My lighthouse, my lighthouse
Shining in the darkness, I will follow you
My lighthouse, my lighthouse
I will trust the promise
*You will carry me safe to shore**

— Amei a ideia do farol. Nunca tinha pensado nisso, mas faz todo o sentido.

— Não importa quão longe o barquinho esteja, o Senhor é o farol que nos conduz em segurança à terra firme. Sempre — ele filosofou.

— Ah, pronto! Agora eu fiquei com vontade de conhecer um farol.

— Tem um em uma ilha não muito longe daqui. No verão, podemos juntar uma galera da igreja e ir até lá — sugeriu.

— Seria incrível — concordei, a mão formigando com a ideia.

Henrique bloqueou o celular e o guardou no bolso.

— Já que a correria com o Enem passou — ele pigarreou antes de continuar —, queria fazer um convite.

Meu estômago deu uma cambalhota desengonçada.

— Para? — com as sobrancelhas mais arqueadas do que o normal, perguntei.

---

*"Meu farol, meu farol / Brilhando na escuridão eu te seguirei / Meu farol, meu farol / Confiarei na promessa / Tu me levarás em segurança à praia."

— Não sei se a Fernanda avisou, mas no final do mês nossas igrejas vão se unir para um luau de jovens.

— Ela contou hoje de manhã — comentei.

Aonde ele queria chegar?

— Você vai? — foi a vez de Henrique arquear as sobrancelhas.

— Sim — respondi, insegura com o rumo daquela conversa.

— Se eu te convidasse para louvar comigo, você toparia? — Henrique mordeu o lábio.

Sua proposta fez despencar a temperatura em minha barriga. Em vez de fitar seus olhos pidões, observei Mack que fazia um buraco na areia. Meu coração não perdeu tempo, gritando:

É claro que não. Tu não é maluca!

Mas lembrei como tinha sido bom vencer minhas inseguranças e louvar ao Senhor com toda a igreja naquele domingo.

— Tá, eu aceito. Pensou em alguma música já?

A pergunta fez Henrique tagarelar, os olhos brilhando.

61

O cheirinho de café que se esgueirou pelas frestas da porta me fez escovar os dentes, juntar os cachos em um coque desgrenhado e descer.

Saltei alguns degraus, o estômago roncando. Era melhor alimentar aquele monstrinho.

Chegando à cozinha, peguei meus pais no flagra. Abraçando mamãe, meu pai depositou um beijo carinhoso e demorado em sua testa.

— Eca! — quebrei o clima.

Com uma risadinha boba, papai relaxou os braços e a soltou.

— Parece que alguém pulou cedo da cama — mamãe cantarolou, as bochechas rosadas.

— *Good morning, sweetheart.*

— *Morning, dad!* — cumprimentei, empolgada.

— Dormiu bem? — mamãe puxou uma das banquetas.

— Foi difícil pegar no sono, mas depois dormi como uma pedra! — puxei uma também e nós três nos sentamos.

Na bancada, o pão de mel que mamãe amava esperava por ela. As xícaras tinham sido dispostas com cuidado, e uma fumacinha subia da caneca com leite. Aquela era uma tradição que meu pai se empenhava em manter.

Peguei mamãe me analisando. Seus olhos de general continuavam ligeiros como uma águia. Algumas coisas nunca mudariam, não é?

— O que foi, mãe?

— Ansiosa demais? — averiguou.

— Um pouco. É difícil controlar — contei com a cabeça inclinada.

— Com o tempo, vai melhorar. Você vai ver — encorajou.

Meu pai me serviu uma das torradas enquanto eu enchia uma xícara com a bebida mais cheirosa do mundo. Ele também implicou com a minha xícara enorme e cheia. Segundo ele, aquela quantidade toda de cafeína poderia triplicar minha ansiedade. Havia razão nele? É claro, mas resolvi arriscar.

— Que tal uma programação especial para hoje? — passando geleia em sua torrada, mamãe propôs, misteriosa.

— Tô aceitando qualquer coisa para me distrair.

Levei minha xícara aos lábios e inspirei o aroma.

— Até uma tarde de garotas no shopping? Só você e eu? — ela juntou os lábios e esperou, parecia temer ouvir a mesma resposta que eu daria alguns meses antes.

— Adoraria.

Mamãe sorriu e deixou os ombros relaxarem.

— Não é uma desculpa para se livrar do Paçoca, é? — papai a provocou.

O terror provocado pelo filhote fizera surgir alguns fios cinzas em sua barba. Não duvidava que logo meu cabelo mudasse de cor. Aquele cachorro não tinha pena de ninguém. Só na última semana, ele tinha destruído meu capotraste, uma revista de jardinagem da mamãe e um coala de pelúcia da Anna.

— Claro que não — ela negou, mas me deu uma piscadela.

— Será que a gente pode passar em alguma loja? — perguntei. — Queria comprar uma jardineira...

— Jardineiras são ótimas! Eu adorava usar.

— E eu não sei? O que mais tem nessa casa são fotos suas vestindo uma, mãe.

Foram elas que me inspiraram, inclusive.

— Era moda, mocinha — ela estalou os lábios.

— No nosso quintal, nunca deixou de ser.

— Vou repensar nossa programação se continuar com o humor ácido — ameaçou.

— Tá, já parei.

Entramos e saímos de muitas lojas antes de encontrar a jardineira que fez meus olhos brilharem (ainda no cabide). Ela ficaria perfeita com o All Star de cano alto e a blusa lilás. Nossa peregrinação pelo shopping continuou à procura de uma tiara de flores que valesse a pena. Queria uma tiara suave, com flores na medida certa. Algo delicado, não um arranjo na cabeça.

Foi tão gostosa a sensação de pagar minhas compras com meu próprio dinheiro! É claro que ela passou rápido demais — bastou conferir quanto do meu salário tinha sobrado em minha conta...

Finalizamos as compras morrendo de fome. Caminhar até a praça de alimentação foi automático.

— Preciso de um balde de batatas fritas e um litro de milk--shake de morango — constatei.

Sorvi os aromas deliciosos que flutuavam pela praça.

— Esse é um problema fácil de resolver. — Enroscando o braço no meu, mamãe me arrastou até minha loja de fast-food favorita.

Depois de pegar nossas bandejas, sentamos em uma das mesas.

— A ansiedade está voltando, né? — mamãe passou o garfo por sua salada.

— E a senhora está muito saudável hoje — retruquei.

Enchi a mão de batatas e molhei uma delas no milk-shake.

— Elas não vão fugir, sabe? Pode comer devagar — me reprendeu franzindo o cenho.

Fiz uma careta antes de levar a minha gororoba favorita aos lábios.

— Sei lá, acordei estranha — falei de boca cheia. — Tô animada pelo luau e ansiosa pela apresentação, mas também preocupada.

— Lin?

— Ela ainda não confirmou. Sei que não é obrigada, mas queria tanto que fosse — choraminguei.

— Te entendo, querida. Você realmente se importa com a Lin — constatou com um sorriso orgulhoso. — Mas não pode perder a paz por isso — continuou, soando mais séria. — Se é hoje o dia que o Senhor determinou para falar com sua amiga, ela vai aparecer. Fique tranquila. Você já tem feito sua parte cobrindo a Lin de orações e permanecendo disponível para ajudá-la.

Sábado passado, depois de muita insistência, Lin tinha aceitado ver um filme lá em casa. Meus pais a trataram com muito carinho, temendo que ela se sentisse mal. Foi uma daquelas tardes nostálgicas, sabe? Emboladas no sofá, devoramos uma bacia de pipoca e uma panela de brigadeiro. *De repente 30* foi nossa escolha, óbvio.

— É, eu sei. Mas é tão difícil. Como é possível? De verdade.

Mamãe deixou o garfo repousar na tigela.

— Bem... — ela ganhou tempo limpando as mãos no guardanapo. — Só conseguimos fazer isso se o Senhor for a nossa fonte de paz. Quando confiamos nele de todo coração, o Espírito Santo pode nos encher daquela paz que excede todo entendimento de que o apóstolo Paulo fala, sabe? Até mesmo nos momentos de maior insegurança, Mabel.

— Como a senhora faz isso? — apoiei o queixo na mão. — Esperar e confiar pode ser tão complicado! Às vezes, me dá vontade de levantar e agir, entende?

— Claro. É por isso que eu acredito que exige muito mais coragem escolher confiar e descansar em Deus — mamãe se ajeitou na cadeira. — Sabe o que me ajuda?

— Conte tudo. Não esconda nada.

— Gosto de me lembrar quem Deus é. Lembro que ele é digno de confiança e que nele posso descansar, não importa quão terrível seja a tempestade na janela.

— Na gravidez das minhas irmãs, você experimentou esse descanso? Lembro que nos dias mais difíceis, quando papai se escondia no escritório, você parecia tão em paz...

Mamãe sorriu, nostálgica.

— Sim, mas não só naquele momento... Experimento sempre — ela bebericou seu suco de maracujá, me deixando agoniada. — Aliás, foi essa paz do alto que manteve meu coração no lugar naquele dia em que você sumiu... — as lágrimas fizeram seus olhos brilharem.

Meu peito se contraiu diante das lembranças daquele domingo.

— Sinto muito, mãe — pedi, a voz falha. — Não sei o que deu na minha cabeça...

Esticando a mão por cima da mesa, ela alcançou a minha e a apertou.

— Não importa mais. O Senhor respondeu minhas orações e te trouxe de volta para casa.

— Você... estava orando por mim? — minha garganta ficou apertada.

— É claro. Essa é a melhor arma de uma mãe, seja qual for a batalha. É de joelhos que travo minhas guerras.

Onde eu estaria se os joelhos dela não estivessem dobrados? Quem eu poderia ter me tornado se a mão poderosa de Deus não tivesse me alcançado e me feito entender quão perdida eu estava?

— Obrigada por não desistir de mim, mãe.

Lágrimas de gratidão deixaram meus olhos.

— Você nunca vai me ver desistir.

62

O luau começaria só às oito da noite, mas uma hora antes eu já estava pronta.

Um episódio de *Gilmore Girls* rodava na tevê, sem que eu conseguisse prestar atenção. De pernas cruzadas na cama, desbloqueei o celular inúmeras vezes, torcendo para encontrar alguma resposta da Lin.

Nada.

Fitei o teto. Não podia ser dominada por aquela vontade de resolver tudo na força dos meus braços — aquela impulsividade havia me metido em muitas encrencas este ano. Forcei-me a seguir o conselho da minha mãe. Controlando a respiração, deixei meu quarto e desci. Cantarolei "Menina não vá desanimar", da Marcela Taís:

Quando elas decidem acreditar
Elas são fortes e sabem sonhar
Imperfeitas princesas feitas de realeza
Que em suas histórias escolheram lutar

— Que princesa! — meu pai elogiou.

Girei os olhos.

— Não seja bobo, pai — repreendi, as bochechas ruborizando.

— Mas você tá de coroa e tudo! — ele deu de ombros, levantando-se do sofá.

Anna e Alice entraram correndo na sala, acompanhadas pelo Paçoca. Com uma capa de princesa presa no pescoço, ele tentava abrir caminho entre elas.

— Olha, a Mabel tem uma coroa! — boquiaberta, Anna apontou para a tiara de flores entre meus cachos.

— Eu também quero — Alice bateu o pé.

— Já comprei! — mamãe gritou da cozinha.

Entusiasmadas, minhas irmãs deixaram a sala na mesma velocidade em que entraram, por um triz não tropeçando no filhotinho.

— El, vem cá — meu pai pediu em tom solene.

— Tá...

Terminei de descer os degraus. Parei diante dele, que envolveu minhas mãos.

— Foi um ano longo, não é? — perguntou.

— Intenso, eu diria.

— Um ano em que enfrentamos muitos desafios, mas em que também provamos do cuidado e do amor do Senhor — ele balançou nossas mãos. — Tenho certeza de que ainda seremos muito surpreendidos por ele até que dezembro termine...

— Espero que sim, pai.

— Eu só... — ele ergueu os olhos, que brilhavam. — Queria dizer que estou orgulhoso de você, filha. Você é uma garota incrível e será uma mulher tão maravilhosa quanto a sua mãe.

Meu pai enxugou uma lágrima que começava a escorrer.

— Pai... — a emoção embargou minha voz, me impedindo de prosseguir.

— Sou grato a Deus por todas as lições que ele nos ensinou este ano também, principalmente por aquelas que tenho aprendido através de você — ele acariciou meu rosto.

— Está tentando me fazer chorar, é? — sorri me esforçando para impedir que a poça em meus olhos entornasse.

Papai riu.

— Não é minha intenção, prometo. Só quero te dar uma coisa — ele soltou meus dedos.

Do bolso da calça jeans tirou uma caixinha aveludada e a estendeu a mim.

— Pai! Não precisava.

De queixo caído, peguei o presente.

— Sei que faltam alguns dias para o seu aniversário, mas não resisti — ele ergueu o corpo, inquieto e feliz.

Com delicadeza, abri a caixinha. Contra o tecido preto, uma corrente dourada com um pingente de pérola chamou minha atenção.

— Uau! É lindo, pai.

Alisei a corrente veneziana. Era tão delicada!

— Quando vi esse pingente na joalheria, não consegui deixar de pensar em você. Sabe, Mabel, para que uma ostra produza uma pérola, ela precisa ser ferida — começou a explicar. — Sempre que um grãozinho de poeira entra na ostra, ela produz um líquido que cerca o corpo intruso. Esse líquido se solidifica e acaba gerando a pérola. A verdade é que sem feridas, não há pérolas.

Papai levantou o colar com cuidado. Deu a volta e parou atrás de mim. Juntei o cabelo para que ele pudesse prender a joia.

— Você é um dos meus tesouros mais preciosos, filha — ele apertou meus ombros. — Às vezes, me pego desejando que você ainda fosse aquela bolinha rosa e banguela, que eu podia esconder nos braços e proteger de tudo...

— Ai, pai! — a imagem me roubou uma risada.

— *You were so cute!* — ele me rodopiou. — Por mais que eu me esforce, não posso impedir que seja ferida, Mabel — sua voz grave e mansa ao mesmo tempo me permitiu ter um vislumbre da combinação perfeita que formava Richard Asher: um general e um pai amoroso. — Mas quero que esse pingente lembre você de que Deus pode transformar as feridas mais dolorosas nas pérolas mais belas. Nada é perdido com ele, nada.

— Que lindo, pai. Não vou me esquecer disso — prometi, lutando para segurar as lágrimas.

Ele selou o momento com um beijo em minha testa.

Acariciei o pingente.

Talvez estivesse na hora de checar se ele não tinha mudado de ideia. Afinal, alguns meses haviam passado.

— E o intercâmbio, pai? Será que você e a mamãe não podem mudar de ideia? — arrisquei.

— Sei que ainda é difícil para você entender, mas sua mãe e eu cremos que não é a hora, filha. *You trust us, don't you?*

— *Yeah* — concordei, apesar de aquela não ser a resposta que eu esperava.

Fiquei tentada a insistir um pouco mais, mas ali, diante dos olhos amorosos do meu pai, fui lembrada de que eu não precisava ter tanta pressa. Silenciosamente, entreguei aquele sonho nas mãos de Deus. Se fosse da vontade dele, eu exploraria as ruas de Nova York na hora certa e da maneira que ele desejasse.

63

Levei a Instax Mini verde-água ao rosto e tirei uma foto.

Luísa comentou em nosso grupo no WhatsApp que a equipe de decoração havia feito um trabalho incrível na praia. Sua recusa em nos enviar pelo menos uma foto do local aumentou ainda mais nossa curiosidade. Mas o suspense valeu a pena.

Tochas de bambu com óleo foram dispostas pela areia formando um círculo. No centro, uma fogueira fumegava, iluminando ainda mais o espaço. Em um canto, algumas mesas enfeitadas com arranjos de flores nos esperavam. As bandejas eram para lá de convidativas! Acima delas, algumas luzinhas amarelas reluziam.

A cena ficaria ainda mais encantadora quando a superlua nascesse e ocupasse seu lugar entre as constelações.

Mateus garantiu que a noite seria de céu claro, o que nos permitiria observar o evento da praia, o camarote perfeito. A lua estaria mais próxima da Terra, maior e mais brilhante.

Algumas pessoas já tinham chegado e marcado seu lugar em torno da fogueira com uma canga, almofada ou cadeira de praia. Próximo ao círculo, a caixa de som e alguns equipamentos repousavam em cima de tapetes coloridos, onde um grupo de jovens de ambas as igrejas passava alguns louvores

Atravessei o arco de flores na entrada e escolhi um lugar para abrir a canga, que dividiria com as meninas. Aproveitei para tirar uma foto da fogueira. Vendo-me ali, Henrique, que ajustava uns fios entre a equipe do louvor, terminou o que fazia e se aproximou. Um sorriso doce apertava seus olhos.

Ele me cumprimentou com um aperto de mão suave.

— Quer passar a canção? — ofereceu.

— Hum... Não precisa — dispensei com mais confiança do que de costume.

Henrique e eu nos encontramos na igreja antes do ensaio do grupo juvenil ao longo do mês. Apesar de estar um pouco nervosa, sentia que já havíamos nos preparado o suficiente.

— Você é quem manda. Posso? — ele apontou para a câmera que eu havia colocado em cima da Bíblia num cantinho da canga.

— Claro.

Sentada, entreguei-lhe o objeto. Era mais uma das minhas compras com o salário do jornal. Luísa implorou que eu a trouxesse essa noite, rolando até ameaça!

Distraída, não tive tempo de impedir Henrique de mirar a câmera retrô para mim e tirar uma foto.

— Henrique! — resmunguei.

— Não resisti — ele deu de ombros e esperou o resultado.

Sorrindo feito um menininho, estendeu a polaroid para mim, todo orgulhoso.

— Até que ficou boa — elogiei, a contragosto.

— Parece que a superlua já vai nascer... — ele me entregou a câmera. — Quer conferir mais de perto?

— Pode ser.

Henrique estendeu a mão e me ajudou a levantar. Deixamos o círculo e nos aproximamos do mar. Outros jovens haviam feito o mesmo. Com o celular a postos, esperavam pelo nascimento da lua.

Parado ao meu lado, Henrique limpou a garganta.

— Essa tiara ficou linda em você, sabia? — seus lábios desenharam um sorriso tímido.

Por instinto, levei a mão até ela, para garantir que ainda estava no lugar. Apesar de ter ficado apaixonada pelas tiaras ao vê-las aos montes em fotos no Tumblr, tive receio de que não encontrasse nenhuma que ficasse boa em mim. Não podia negar, receber um elogio desses até que era... bom.

— Obrigada.

No horizonte, a lua despontou deixando um rastro prata no mar negro. Ela parecia estar a um toque. Um silêncio confortável pairou entre nós. Ao som das ondas quebrando e das conversas baixinhas de outros jovens pela orla, vimos a superlua nascer. A paz foi quebrada pela chegada de Mateus e Ester, que jorraram dados científicos sobre o fenômeno.

— Já deu, né? — repreendi os dois com um sorriso, por implicância. — Com tantas informações, vão quebrar o clima da superlua.

— Você deveria ser mais grata por ter amigos tão inteligentes — Mateus fingiu estar magoado.

— Nossa! É claro que sou grata por isso — empurrei-o com o ombro. — Henrique, já notou como o Mat é humilde?

— É claro que já — ele entrou na brincadeira.

Recriminando-nos com os olhos, Mateus lembrou que era hora de voltar para a área do luau, que começava a encher. Ele e Ester ficaram responsáveis pela recepção. No arco de flores, alguns dos outros membros da equipe erguiam cartazes e distribuíam sorrisos para os visitantes.

Ainda implicando com o garoto, que estava mais bem vestido e perfumado do que de costume, voltamos para a fogueira. Henrique verificou se eu lembrava de qual seria o momento da nossa participação e voltou para o seu lugar entre os músicos. Mat e Ester também se afastaram, ele pegando um cartaz e ela um potinho com balas para recepcionar a juventude.

Retornei à minha canga e sentei.

Lu e Babi não demoraram a chegar, trazendo as mãos cheias de balinhas e a algazarra de sempre.

Aos poucos, as conversas animadas diminuíram e o culto começou. Ao crepitar da fogueira, nossa adoração subiu ao céu. Foi fácil me sentir à vontade em meio aos louvores.

Lin cruzou o arco de flores na metade de um louvor. Meu peito explodiu. Empolgada, acenei para ela, convidando-a a sentar entre nós.

Quando chegou nossa vez de cantar, deixei meu lugar entre as meninas e caminhei com segurança até Henrique.

— Antes de cantarmos, posso compartilhar uma reflexão? — cochichei enquanto Henrique ajustava o capotraste.

— Deve — seus lábios formaram um sorriso encorajador.

Enquanto ele dedilhava o comecinho de "Ele me ama", passei os olhos pela roda. Pigarreei. A segurança ameaçou dar no pé.

Henrique me entregou um microfone. Desenvolto, ele cumprimentou a galera.

Respirei fundo.

— Antes de louvarmos, Mabel gostaria de compartilhar uma breve reflexão — movendo a cabeça, me incentivou a seguir em frente.

Estalei o dedo mindinho.

Tá, vamos lá!

— Não sei vocês, mas eu sempre quis viver muitas aventuras — confessei. — E acreditava que só poderia vivê-las quando fosse embora da cidade e estivesse longe o bastante dos meus pais. É, eu pensava que não havia aventura maior do que fazer tudo o que eu desejava... — minha voz diminuiu até morrer.

Alguns adolescentes aproveitaram o momento para cochichar alguma coisa ou mexer no celular. Mas havia outros que não tiravam os olhos de mim.

Lembrei de um conselho que ouvi em uma palestra sobre oratória na escola: procure rostos familiares na multidão. Encontrei meu oásis em meio ao deserto. Babi e Ester acenaram, Luísa fez um tinindo discreto e Lin piscou.

Era a dose de coragem que eu precisava para continuar.

— Bom — retomei —, me deixei levar por meus desejos e, como muitos sabem, me envolvi em um acidente. Quando me sentia mais perdida que nunca, vi o Senhor estender a mão e me resgatar. Caminhar com ele diariamente e desfrutar de seu amor tem transformado minha vida... — um sorriso amassou minhas bochechas. — Deus tem me ensinado que não há aventura maior do que andar com ele — completei, a voz entrecortada pelo choro que ameaçava descer.

— Glória a Deus — Fernanda louvou o Senhor, as mãos estendidas em adoração, os olhos brilhando mais que fogos de artifício no ano-novo.

A minha primeira lágrima da noite pingou no tapete.

— Não sei como você chegou aqui nem quais são os desafios que tem enfrentado, mas queria te lembrar que Deus não é um Deus distante e indiferente. Nem um juiz exigente. Ele é seu Criador e deseja ser seu Pai.

Abri a Bíblia em uma passagem que vinha fazendo meu coração arder havia alguns dias.

— *"Será que uma mãe pode esquecer do seu bebê que ainda mama e não ter compaixão do filho que gerou? Embora possa se esquecer, eu não me esquecerei de você! Veja, eu gravei você nas palmas das minhas mãos; seus muros estão sempre diante de mim"* — declamei Isaías 49.15-16 com todo o meu coração. — Deus se importa tanto com sua vida a ponto de ter entregado seu bem mais precioso para pagar o preço que você deveria pagar. Eu sei como é fácil ouvir essa verdade sem que ela provoque uma cosquinha sequer em seu coração... Hoje, porém, te convido a se abrir para Deus o suficiente para que você não só ouça sobre esse amor, mas o experimente em sua vida.

Ao sinal de Henrique, solei "Ele me ama". A voz dele se uniu à minha no coro.

O culto acabou. Os jovens se espalharam pelo espaço, rindo, conversando e implicando uns com os outros. Alguns fitavam o céu, admirando a superlua posicionada bem acima de nós, que iluminava a todos como se o Senhor a tivesse enviado especialmente para nos lembrar de que ele estava ali, nos cercando com seu amor incondicional e imensurável.

Alguns rapazes colocaram mais lenha na fogueira, aumentando o crepitar da madeira, que produzia uma canção única e aconchegante com o som das ondas.

Amontoadas na canga, enlacei o pescoço da Lin, puxando-a para um abraço apertado.

— Fiquei tão feliz por você ter vindo!

— Tá bom, mas não é para tanto — ela se remexeu, lutando para escapar dos meus braços.

Lin ainda não tinha decidido voltar para casa, mas vê-la ali, de olhinhos fechados louvando e prestando atenção nas ministrações, já era prova de que Deus estava trabalhando em seu coração. Afinal, ela poderia estar em qualquer festinha da cidade, mas escolheu passar a noite com a gente...

— Você podia aparecer no nosso discipulado na próxima quinta — Babi a convidou. — A Amanda, nossa discipuladora, nos chamou para assistir *De repente 30*. A Mabel comentou que é um dos favoritos de vocês duas...

— E a Babi vai fazer pipoca doce. Ela é especialista! — Lu curvou o lábio inferior em um biquinho que ressaltava a habilidade da amiga.

— Seria perfeito se você fosse — insisti.

— A pipoca doce me convenceu — ela fitou as unhas, abusada.

Babi fez uma dancinha animada com os ombros enquanto eu segurava minha vontade de gritar.

— Prontas para assar uns marshmallows na fogueira? — Lu sugeriu tão animada quanto uma garotinha de 5 anos de idade.

— Nasci pronta — entrei na onda.

Depois de comermos mais marshmallows do que o recomendado, as meninas se levantaram à procura de alguma coisa salgada para devorar. Passando por nós, Fernanda nos cumprimentou e também convidou Lin para conversar um pouquinho.

Empolgada demais para comer qualquer coisa, tirei os tênis e me levantei. Precisava de alguns minutos sozinha. Sozinha, não. Com meu Pai.

Deixando a área do luau, caminhei até o mar. A água morna molhou meus pés.

De olhos fechados, permiti que meu coração transbordasse em palavras silenciosas tudo o que eu estava sentindo.

Ah, Aba! Muito obrigada por todo esse amor! Sou tão grata por tê-lo conhecido e pela oportunidade diária de senti-lo. Por muito tempo, ouvi falar sobre esse amor, sem experimentá-lo de verdade. Você era o Deus dos meus pais, não o meu. Sei que poderia ter vivido uma longa jornada por esta terra desse jeito, apenas te conhecendo de ouvir falar, mas isso não foi o bastante para você! Você me fez provar dele, profundamente, e agora jamais serei a mesma. Eu não merecia, e ainda assim você não desistiu de mim! Muito obrigada! Te agradeço por todas as mudanças que tem feito em mim até agora. Sou o barro e o Senhor é o oleiro, pode continuar me moldando do jeitinho que desejar. Quero ser quem o Senhor me criou para ser e viver a história que só o Senhor pode escrever para mim...

Inspirei, deixando o ar salgado envolver meus pulmões. Aquele era o cheirinho de casa.

Agradecimentos

A história da Mabel está entrelaçada com a minha própria história em muitos aspectos. Eu tinha apenas 18 anos quando escrevi a primeira versão. Era só uma menina. Uma menina que sentia o peito queimar e as mãos formigarem toda vez que sentava diante do computador ou de um caderninho. Uma menina movida pelo desejo de compartilhar com outras garotas que não existe aventura mais preciosa do que aquela que escrevemos do ladinho de Jesus.

Assim como a Mabel, eu já me olhei no espelho e não reconheci a garota que vi. Me descobri encurvada pelo peso de fardos desnecessários que só me feriam. Me vi pegando um atalho quando a jornada cristã pareceu "séria e monótona demais" para uma menina de 14 anos.

Mas, como a Mabel, eu também vi a mão de Deus me alcançar e me trazer de volta para o lugar mais seguro do mundo: seus braços de amor. Ouvi sua voz bondosa me dizer quão amada sou e conheci de verdade o Pai de amor. Minha jornada nunca mais foi a mesma depois disso.

A história da Mabel não é a minha história, mas é uma honra saber que o Senhor a gerou em meu coração nos últimos anos. Em meio às aventuras e desventuras da nossa ruivinha, eu vi o Senhor fazer flores brotarem das minhas próprias cicatrizes, e saber que você tem este livro em mãos é mais um sinal da graça e do cuidado de Deus.

Por isso, eu não poderia começar este texto sem agradecer a ele: o Pai que nunca perdeu o controle da minha história e que tem me ensinado a enxergar beleza e propósito até mesmo nos dias mais cinzas. Obrigada por me adotar como sua filha e trazer tanta cor para os meus dias. Obrigada por escolher aquela garotinha desgrenhada que amava brincar de "Era uma vez..." para uma missão tão especial: contar histórias que apontem em sua direção. Eu amo a nossa aventura!

Àquela que nunca deixou de dobrar os joelhos e me cobrir com suas orações: mãe, obrigada por todas as horas que você passou me ensinando a desenhar casinhas, me contando as histórias de Rute e Ester ou me ouvindo contar minhas primeiras histórias. Sou grata pelas conversas na cozinha, os abraços apertados, as orações na madrugada e o colo mais aconchegante do mundo — embora eu não caiba mais nele (ninguém mandou você ser tão pequenininha!). Sua vida, seus ensinos e sua risada que enche a casa me moldam todos os dias.

A Júlia, que missão nobre é ser sua irmã mais velha! Quando eu postava os capítulos desta história no Wattpad, você tinha uma janelinha enorme que tornava seu sorriso ainda mais charmoso e fazia as perguntas mais difíceis do mundo. Hoje, você é a minha leitora beta favorita (e consultora particular do mundo *teen*). Amo acompanhar de pertinho o Senhor moldá-la na filha amada que você nasceu para ser e vê-lo gerar tantas flores lindas em seu coração. Continue sendo forte e corajosa, Jujuba. Você é preciosa demais.

Deus me presenteou com alguns raios de sol quentinhos e reluzentes que trouxeram lábios que riem, braços que apoiam, joelhos que travam batalhas, corações gentis que acolhem e mentes criativas que amam gerar histórias, sabe? Elas não só se tornaram minhas parceiras de ministério no Corajosas, mas meu grupinho favorito! Arlene Diniz, Maria Araújo e Queren Ane, vocês são respostas de muitas orações, viu? Amo partilhar a jornada com vocês. Sou grata por tudo que vocês me ensinam e pelas memórias que temos tecido. Que vocês vivam tudo que o céu tem reservado para vocês!

À minha querida editora, Mundo Cristão, obrigada por tanto apoio, dedicação e excelência! Servir ao Reino ao lado de vocês é incrível. Um agradecimento especial ao Daniel Faria, meu editor, por acreditar no potencial da história da Mabel e lapidá-la tão bem.

Fazer parte desse time é mais uma prova do cuidado de Deus. Se eu voltasse no tempo e contasse para a Thaís de 16 anos que ela veria seus livros publicados pela editora responsável por tantas obras que marcaram sua vida, ela surtaria (sério!). Aquela Thaís que andava para cima e para baixo com a sua versão rosa da *Bíblia da garota de fé* chegou a sonhar com isso, mas viver tem sido ainda mais extraordinário do que minha mente poderia conceber (muuuuuito obrigada, Aba!).

E a você, leitor, obrigada por dar uma chance a esta história. Oro para que as lições aprendidas com a Mabel encontrem um lugarzinho em seu coração e germinem no tempo certo. Nos vemos em breve (sim, a história da ruivinha ainda não acabou, hehe).

Continue se aventurando com Jesus!

Sobre a autora

Thaís Oliveira é uma capixaba de 28 anos que tem utilizado as palavras e as redes sociais para compartilhar com o maior número possível de garotas o quanto Deus as ama e quem elas realmente são aos olhos dele. Criadora do ministério on-line Princesas Adoradoras Oficial, Thaís tem escrito sobre identidade, paternidade divina e vida cristã, sempre cercada por xícaras de café, livros e fofurices. É coautora de *Corajosas*, publicado pela Mundo Cristão, e autora de *Princesas adoradoras: Um chamado para a realeza*, *Bom dia, Princesa*, *A jornada da realeza*, entre outros. É formada em História e mestre em Educação Básica e Formação de Professores.

Compartilhe suas impressões de leitura,
mencionando o título da obra, pelo e-mail
opiniao-do-leitor@mundocristao.com.br
ou por nossas redes sociais

Esta obra foi composta com tipografia EB Garamond
e impressa em papel Pólen Natural 70 g/m² na gráfica Eskenazi